U0037616

藏在宋詞裡的趣事

王月亮——著

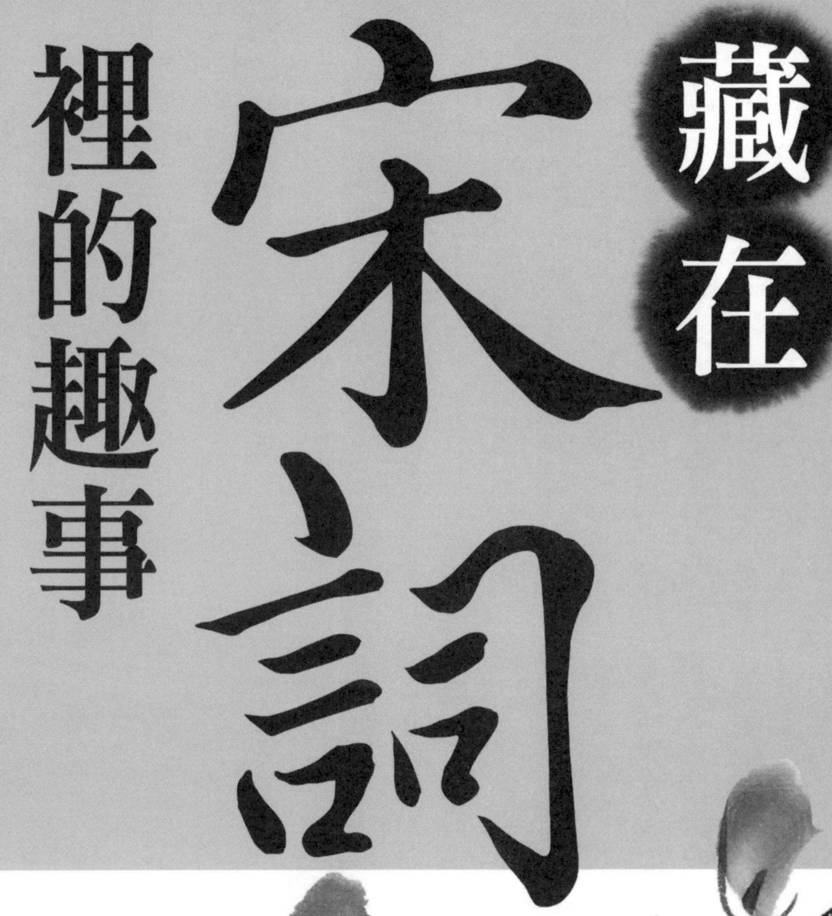

目錄

「春花秋月何時了，往事知多少？」
史上最會寫詞的皇帝——李煜

從「隱士」意外成為「皇帝」

西元九五八年初秋，一場西風吹散了連日的陰霾，被煙雨籠罩的江南終於迎來了一年中最宜人的天氣。蹴鞠場上，身姿俊逸的南唐晉王李景遂猛地一個轉身，一腳將球踢進了球門，四周圍觀的官兵紛紛叫好。晉王臉上露出一絲輕鬆喜悅的神情。

此時的李景遂還不到四十歲，正值壯年，他生性恬淡，對無休止的爾虞我詐和戰場殺戮倍感厭倦，多年來，宮廷裡暗潮洶湧的奪儲之爭尤令他疲憊不堪。如今，他主動請辭「太弟」之位，終於可以回到自己的藩國過逍遙自在的生活了，頓時感到好似卸下了千斤重擔。

「拿水來！」晉王一邊揮汗，一邊對身邊的侍從說。

隨身侍從急忙從丫鬟手裡接過涼水遞給晉王。晉王接過水，一飲而盡。突然，他手中的杯子掉落在地，身體重重向後倒去，口吐鮮血而亡。

晉王的死，宣告了奪儲之爭的徹底結束。而殺死晉王的，正是他多年來的宿敵——他的侄子，南唐太子李弘冀。在領兵打仗方面，李弘冀殺伐決斷、有勇有謀，且能在危急時刻擇良將於瞬息，頗具軍事才能。但這位平日裡沉默寡言的南唐太子野心勃勃又極愛猜忌。由於他的父皇偏愛晉王，曾立晉王為「皇太弟」，即使在他竭力爭取到太子之位後他的父皇仍搖擺不定，總想起用晉王，為免夜長夢多，他殺心頓起，暗中派人下毒殺害了這位在國內頗具聲望、令他惴惴不安的勁敵。

而歷史總以出人意料的方式給予命運無情的嘲弄與打擊——就在這場充滿血腥的宮廷變故後不到三個月，一心想登上王位的李弘冀也一命嗚呼了。

宮廷內接二連三的變故令南唐皇帝李璟感到心力交瘁，剛剛塵埃落定的太子之位又面臨空缺——那麼，誰是最合適的東宮人選呢？

朝中有大臣認為老七李從善具有治國才能，是理想的太子人選，但思來想去，李璟卻最終決定立李煜為太子。

這或許是宿命在作祟。

相傳李煜天生有一隻眼睛重瞳，即有兩個瞳孔，這也是李煜字「重光」的緣由；後來，他又長出駢齒——在古代，重瞳和駢齒被視為聖人之象、帝王之相。因為這一原因，李煜曾多次遭到兄長李弘冀的無端猜忌。為了保全自己，他自號「鍾隱」，以表明自己志在山水，無意爭位。這時的李煜已經在文學上初露才華，他早年寫過的兩首《漁父》，風格清麗，可以看作他這一時期的心情寫照。

浪花有意千重雪，桃李無言一隊春。一壺酒，一竿綸，世上如儂有幾人？

一棹春風一葉舟，一綸繭縷一輕鉤。花滿渚，酒滿甌，萬頃波中得自由。

由於李煜長期以來一直不關心政治，對此也未表現出絲毫野心和興趣，這才讓多疑的李弘冀稍稍放心。然而，命運有時就是這樣吊詭，想得到的人偏得不到，不想得到的人卻往往「得來全不費功夫」。南唐其餘四個較大的皇子皆因各種原因相繼夭折、早逝，如今太子又年紀輕輕突然暴斃，陰差陽錯，使得重瞳駢齒的李煜成了長子——這，恐怕很難不令李璟想到冥冥之中自有天意吧？而選擇李煜當太子，其中尤為重要的原因，是李璟對李煜情感上的偏愛。李璟雖為一國之君，卻頗愛文學，在詩詞上也有一定的造詣。因為喜愛詩詞，他愛屋及烏，格外惜才。馮延巳是五代時頗具才華的詞人，那首傳世名作《鵲踏枝・誰道閒情拋擲久》便出自他手：

誰道閒情拋擲久？每到春來，惆悵還依舊。日日花前常病酒，不辭鏡裡朱顏瘦。
河畔青蕪堤上柳，為問新愁，何事年年有？獨立小橋風滿袖，平林新月人歸後。

因為寫得一手好詞，馮延巳獲得了李璟的欣賞與器重，僅憑藉文學才能就當上了宰相。有一次他的弟弟馮延魯打了敗仗，損兵折將數萬，李璟也沒有深究罪責。

對一個臣子尚且惜才到如此地步，更何況是自己的兒子呢？李璟器重馮延巳，又請馮延巳做六皇子李煜的老師，就已不難看出他對李煜的偏愛了。而李煜也未辜負父親對他的厚望，青出於藍而勝於藍，年紀輕輕就已精通書法、繪畫、音律、詩詞。他在詩詞上的造詣，從他早年的作品中已可見一斑，比如這首《長相思・雲一緺》：

雲一緺，玉一梭，淡淡衫兒薄薄羅。輕顰雙黛螺。
秋風多，雨如和，簾外芭蕉三兩窠。夜長人奈何！

這是李煜早年的代表作，全詞描寫了：秋夜雨打芭蕉，一個年輕女子鬆鬆挽起如雲的頭髮，插著一支玉簪。她穿著薄薄的絲綢裁成的羅裙，微微蹙眉，思念著心中的人。寥寥數筆就勾勒出一片詩情畫意。全詞相思愁意甚濃，卻不見一個「愁」字，可見李煜在詩文上的功力。然而，這位心思細膩的皇子，卻整日將心思花在觀察宮廷女子的髮飾、衣著、神態與心情上，並沒有宏大的抱負與志向。

但這不是偽裝，而是李煜的真性情——他是個才華橫溢的風流才子，同時繼承了父親精緻奢華的生活習性，他崇尚的不是武力征服，而是一種春風暖雨、落絮飛燕的詩意生活。當這種生活無法實現，他便沉醉在宮廷醉生夢死的溫柔鄉裡，希望藉此忘記現實的煩惱，這在他的另一首詞《浣溪沙》中描寫得淋漓盡致：

紅日已高三丈透，金爐次第添香獸。紅錦地衣隨步皺。
佳人舞點金釵溜，酒惡時拈花蕊嗅。別殿遙聞簫鼓奏。

金爐裡煨著獸形的香炭，宮女們遍著綾羅綢緞、頭上滿是金釵，鐘鼓絲樂在舞池間飛旋，宮廷的歌舞徹夜不休，日高三丈了大家都還興致勃勃——這是怎樣的奢靡放縱。

亂世需要梟雄，雖然李煜怎麼看都不是太子的合適人選，但皇帝李璟喜歡他，別人又有什麼辦法呢？對於立李煜為太子一事，大臣鍾謨曾提出反對意見，結果被李璟一怒之下貶官、流放到饒州。

西元九六一年，李璟駕崩，李煜順理成章繼承王位，成了南唐第三任皇帝——後主。

「錦洞天」裡的溫柔鄉

李煜登基即位時，距離唐朝滅亡才不過半個世紀，藩鎮割據、自立為王、恃強凌弱的趨勢正愈演愈烈。此前，盤踞北方的後周在世宗柴榮的改革與治理下國力日益強盛，經過多次南下征戰，後周逐漸收復失地，並迫使南唐向它割地稱臣。那一年是西元九五八年，當時李璟還在世，此後的南唐名義上雖仍為國家，實際卻已是後周的附屬國，一國之君也被剝奪了「帝」號，南唐皇帝已非真正的皇帝了。而比這更為嚴峻的是，西元九六〇年，後周大將趙匡胤發動陳橋兵變，開始了更為緊鑼密鼓的兼併之戰，他的軍隊勢不可當，沒人知道下一個被吞併的將會是誰。

然而，南唐這位年僅二十四歲的新國君似乎並不在意這一切。面對南唐已呈現出的衰頹晚景，李煜無心也無力力挽狂瀾。他是個善良仁厚的好人，曾到監獄裡親自辦案，且常常「賞人之善，常若不及；掩人之過，惟恐其聞」。但正如大臣鍾謨對他的評價——「德輕志懦」、「非人主才」，李煜不具有強勢的性格，也缺乏治國強國的雄才大略，再加上他生在帝王之家，多年來目睹了太多骨肉相殘與鉤心鬥角的慘況，且一直無端遭受兄長李弘冀施予的精神高壓，時間一久，便逐漸養成了面臨壓力時一味逃避的消極態度——因此，面臨北宋咄咄逼人之勢，李煜並不想積極地富國強兵來進行抵抗，他的策略是「量南唐之物力，結北宋之歡心」，然後趁尚能偏安一隅，繼續過紙醉金迷的生活。

這一時期，李煜的生活可謂極盡奢華——春天，他命人用百花將整個宮殿布置成「錦洞天」，令嬪妃們在鬢間插上鮮花、扮成仙女飲酒作樂。七夕，他命人用琉璃屏風、紅白各色的綾羅及金蓮花，將宮殿布置成一座有銀河、鵲橋的人間月宮——而他自己則在四溢的花香、在仙子般的美人簇擁下、在管弦絲竹的樂聲中醉生夢死。

除了奢華，這位多情的國君同時還擁有世上最令人羨慕的愛情。「大周后」娥皇不僅擁有絕世美貌，還能歌善舞，是個精通樂律的才女。宋代大詩人陸游曾如此評價大周后：「通書史，善歌舞，尤工琵琶……至於采戲弈棋靡不妙絕，創為高髻纖裳及首翹鬢朵之妝，人皆效之。」

據說有一次在宮廷宴會上，娥皇舉杯邀李煜共舞，李煜對她說：「要我跳舞，除非你能馬上為我譜一支新曲。」不料娥皇沉吟片刻，隨口吟唱，很快揮筆寫就了曾在南唐盛傳一時的《邀醉舞破》。此外，據說愛好音律的李煜曾收集殘缺樂譜重譜《霓裳羽衣曲》，但總覺得韻味不對，於是娥皇考訂舊譜謬誤、增刪調整，並以琵琶彈奏，使樂聲「清越可聽」。

娥皇對李煜的性情與創作影響頗深，而李煜對娥皇也十分寵愛，娥皇喜歡香風薰霧，他便為她專設司香宮女，焚香器具均為金玉精製而成，數量達數十件之多。此外，他還為娥皇寫下了不少詩詞，那首著名的《玉樓春》便是專門為她所寫：

晚妝初了明肌雪，春殿嬪娥魚貫列。笙簫吹斷水雲間，重按霓裳歌遍徹。
臨風誰更飄香屑，醉拍闌干情味切。歸時休放燭花紅，待踏馬蹄清夜月。

月圓之夜，宮廷中大興歌舞，嬪妃宮女一個個畫眉點唇，歡笑著從大門魚貫而入，在燭光與月光的映照下顯得格外明媚動人。樂聲響起，美貌絕倫的娥皇效仿盛唐美人楊貴妃，在宮女們的簇擁下跳起霓裳羽衣舞……想必此刻看著娥皇舞蹈的李煜，覺得自己比擁有「解語花」楊玉環的李隆基還幸福吧？

可惜娥皇才當了短短數年皇后就得了重病。在她生病期間，妹妹「小周后」經常出入宮中，那時的她正值豆蔻年華，已出落得婷婷嫋嫋，而才華與容貌均不遜於姐姐。很快「小周后」就與李煜相戀，李煜的一首《菩薩蠻》寫的就是當年背著重病的「大周后」娥皇與「小周后」幽會的情景：

花明月暗籠輕霧，今宵好向郎邊去。剗襪步香階，手提金縷鞋。
畫堂南畔見，一向偎人顫。奴為出來難，教君恣意憐。

西元九六五年娥皇病逝後，小周后取代姐姐成了李煜的皇后。李煜常攜小周后遊覽金陵美景，寄情山水與詩詞，過著閒雲野鶴般的生活。然而，此時的南唐卻是內憂外患，一面是北宋頻頻來犯，前線屢屢戰敗；另一面是國內的臣子紛紛降宋——李煜的內心果真如他看上去那般逍遙自在，享有「世上如儂有幾人」的幸福嗎？

李煜畢竟是一國之君，雖然缺乏治國才能，但身處其位，怎麼可能完全將國事置之不理？但他沒有辦法，因此只能繼續當鴕鳥，表面縱情酒色，內心卻充滿了難掩的愁苦與寂寞——這從他中期的詞作中可見一斑，如那首《長相思・一重山》：

一重山，兩重山。山遠天高煙水寒，相思楓葉丹。
菊花開，菊花殘。塞雁高飛人未還，一簾風月閒。

古代有重陽節共賞菊花、共插茱萸的習俗，菊花和茱萸一樣，是家人團聚的象徵。據說這首《長相思・一重山》是李煜因其弟李從善入宋不歸而作。「菊花開，菊花殘。塞雁高飛人未還」，無盡的秋意中蘊含著淡淡苦澀——連南唐的皇子、自己的親弟弟都歸順了宋朝，南唐還能有什麼指望？他又能有什麼指望？

對李煜來說，剩下的日子恐怕是無盡的煎熬與等待。

「多少恨」「多少淚」成就「千古詞帝」

西元九七六年，李煜和小周后一起乘著轎輦，在一支宋軍的護送下離開金陵，浩浩蕩蕩向北而去。坐在轎輦裡的李煜不住地嘆氣，小周后也只是沉默地陪伴在側，一路緘默不語。

南唐滅亡了，曾經的南唐後主如今成了北宋的「違命侯」，過去的奢華生活如浮雲般被風吹散。李煜早知道會有這麼一天，只是當這天真的來臨時，他還是難以接受從九五至尊淪為階下囚。然而，往日他還能寄情山水、藉助縱情歌舞與詩酒來尋求解脫，那麼此時，他又能如何逃避呢？

他無處可逃。

山河破碎，百姓流離失所，是他斷送了南唐。他是亡國之君，很可能留下「昏君」的千古罵名，他已失去了皇位，失去了名聲，失去了自由，接著還將失去什麼？想到這些，李煜的內心再也無法平靜，亡國的沉痛、對現實處境的無奈、對北上後勢必屈辱的俘虜生活的擔憂，種種情感交織在一起，在他內心洶湧翻騰，令他感到戰慄。

北上之後，李煜被軟禁起來，一言一行都要受到監視。他像籠中的鳥兒，滿腔愁緒無處訴說，想出去走走亦成空想，只能通過回憶與詩詞來尋求一絲精神的慰藉。

然而，正所謂「國家不幸詩家幸」。亡國令李煜感到萬分痛苦，但也正是這種切膚的苦痛，擴大了李煜的創作題材，淬煉了他的情感與語言，令他的詩詞創作更上一個臺階，成就他在千古詞壇「南面王」的地位。

在李煜存世不多的數十首詞中，多數佳作都寫於亡國之後，雖然多為回憶過往或慨嘆現實之作，但極具藝術性與感染力，讀來令人唏噓，比如這首為人們熟知的《望江南・多少恨》：

多少恨，昨夜夢魂中。還似舊時遊上苑，車如流水馬如龍，花月正春風。

又如《望江南・多少淚》：

多少淚，斷臉復橫頤。心事莫將和淚說，鳳笙休向淚時吹，腸斷更無疑。

寥寥數語就已淋漓盡致地寫出李煜身為囚徒時的心緒，且「欲說還休」，傳達的情感和意境遠遠超過了文字本身。還有他的兩首《相見歡》，同樣著字不多，卻滿是一個寂寥的亡國之君不可名狀的悲苦與哀愁：

林花謝了春紅，太匆匆。無奈朝來寒雨晚來風。
胭脂淚，相留醉，幾時重。自是人生長恨水長東。

人生如春花，花開有時落有時，終難避免被風雨摧殘的結局。這是花的命運，也是人的命運。

無言獨上西樓，月如鉤。寂寞梧桐深院鎖清秋。
剪不斷，理還亂，是離愁。別是一般滋味在心頭。

人生如天上月，又如輪迴的四季，陰晴圓缺，春夏秋冬，無常流轉。李煜知道他的月圓時分、他人生繁花似錦的春夏已然過去，接下來等待他的，只有冷月清輝下無盡蕭瑟寒冷的秋冬了。

而在李煜的所有詩詞中，最為人們稱道的，莫過於那首《虞美人・春花秋月何時了》了。

春花秋月何時了？往事知多少。小樓昨夜又東風，故國不堪回首月明中。
雕欄玉砌應猶在，只是朱顏改。問君能有幾多愁？恰似一江春水向東流。

這首《虞美人》是李煜的代表作，也是他的絕命詞，寫於西元九七八年的七夕，同時也是李煜的生日。

此時的李煜，已在宋朝當了近三年的俘虜，這三年來發生了許多事，其中最為重要的便是歷史上著名的「燭影斧聲」事件。謀殺兄弟登上皇位的趙光義是個不折不扣的無恥之徒，他垂涎小周后的美色已久，一掌握大權，就強行將小周后從李煜身邊帶走了。

望著小周后頻頻回頭時眼神裡流露出的幽怨，李煜的內心痛苦到了極點。他明白他已經一無所有，如果說他還剩下些什麼，那就是他自己苟延殘喘的生命了。可是，面臨心愛之人頻頻被北宋皇帝召幸的奇恥大辱，他這個階下囚除了悲憤、痛苦，除了「多少淚」、「多少恨」，除了藉詩詞抒懷，還能做什麼呢？

昨夜風兼雨，簾幃颯颯秋聲。燭殘漏斷頻攲枕，起坐不能平。
世事漫隨流水，算來一夢浮生。醉鄉路穩宜頻到，此外不堪行。

這首《烏夜啼》，尤其是「世事漫隨流水，算來一夢浮生」兩句，淋漓盡致地寫出了李煜內心無限的淒涼與悲愴，以及難以訴說的隱痛與絕望。

又是一年七月初七夜，這一天，李煜與隨他一道被俘虜來的后妃們在小樓上吹奏彈唱，希望藉薄酒和音樂來排遣心中的苦悶。據說這天在場的，還有奉宋太宗之命前去探視李煜的南唐舊臣徐鉉。

見到徐鉉，許多故國舊事如在眼前，李煜想起了潘佑，他曾為挽救時局推行變法，變法失敗後又有感於國運衰弱，連上八疏，請求讓李平當尚書令來救國家於危難之中，又想起他輕信李平妖言惑眾、煽動潘佑犯上的言論，後下令將潘佑、李平逮捕入獄，致使兩人自殺的悲痛往事，不禁嘆息道：「當初我錯殺潘佑、李平，悔之不已！」

然而，一切悔恨都為時已晚。故國不堪回首，往事不堪回首，一切都隨時光散去，無法回頭。觸景傷情的李煜心緒難平，在這樣的情形下揮筆寫就千古絕唱《虞美人》。

徐鉉告退後，將軟禁中李煜的言行一五一十告訴了宋太宗。太宗聞之大怒，他不想再容忍李煜，便賜鴆酒讓他自盡——一代「千古詞帝」，這個被曹雪芹評為「古之傷心人」的不幸之人，在歷經詩意至極、又失意至極的人生後，就這樣在悲涼的秋夜黯然辭世了。

「碧雲天，黃葉地，秋色連波，波上寒煙翠。」

北宋最憂國憂民的詞人——范仲淹

寧說真話不要命

西元一〇二二年，宋朝第三任皇帝宋真宗趙恆因病駕崩，臨終前命劉皇后垂簾聽政，輔佐年僅十二歲的太子繼位——這位太子，就是民間傳說「狸貓換太子」的主角——趙禎。

在「狸貓換太子」的故事中，宋真宗的兩個愛妃劉妃與李妃爭寵，後來李妃誕下一名男嬰，劉妃生怕李妃因此被冊封為皇后，便與宮中總管都堂郭槐勾結，趁李妃產後昏迷之際，將血淋淋剝去皮的狸貓放於李妃臥房，並命宮女將太子勒死。後因宮女不忍，太子逃過一劫，而其生母李妃卻因誕下「妖怪」被打入冷宮，直到後來太子歷經磨難輾轉成為皇帝，母子二人才終於相認。

在歷史上，「狸貓換太子」的故事雖是子虛烏有，但確有宋仁宗趙禎認母一事。宋仁宗趙禎的生母不是劉皇后，而是劉皇后身邊的一名李氏侍女。而他之所以會寄養在劉氏膝下，是因為劉氏自入宮以來一直備受真宗寵幸，只因多年不孕與皇后之位僅差一步，所以她用移花接木之計，將侍女李氏派去服侍皇帝，並在皇帝默許的情況下，將李氏誕下的皇子據為己有。

宋真宗去世後，從皇后變為太后的劉氏把持朝政長達十一年之久，直到西元一〇三三年去世，當時二十三歲的趙楨才開始親政。

劉太后在垂簾聽政那些年，做出了一些僭越古代禮制的事。如西元一〇二九年太后生辰，她竟要求皇帝和百官跪在殿前為她祝壽。還有，古代男子到了二十歲要行冠禮，表示已經成年，可宋仁宗到了二十歲，劉太后卻睜一隻眼閉一隻眼，完全沒有交出權力的意思。

滿朝文武大臣有許多人對劉太后的做法不滿，可沒有人敢站出來反對。這時有個剛入京當官不久的秘閣校理，寫了《諫仁宗率百官上皇太后壽奏》、《乞太后還政奏》兩篇文章，直言上疏，勸諫太后不要混淆了家禮和國禮，因而損害一國之君的威嚴，還請太后撤簾罷政，把治理國家的大權歸還給皇帝——這個敢於直諫不要命的人，就是北宋著名政治家范仲淹。

跟直諫死磕到底

宋仁宗趙楨是個有抱負、有仁德的皇帝，因為他的寬厚大度，在他親政期間，除了鐵面無私的「包青天」，還湧現出許多有名的諫臣，而范仲淹便是其中之一。

說起范仲淹，幾乎人人都知道他那句——「先天下之憂而憂，後天下之樂而樂」。不過，范仲淹這種憂國憂民的抱負與情懷，並非當官以後才有，其實早在十幾歲時，他就立下了不為良相就為良醫的志向，立志為黎民百姓做點實事。

為實現抱負，西元一〇〇九年，在長白山醴泉寺念書的范仲淹「劃粥斷齏」，留下了一段佳話。這倒不是因為家裡貧寒吃不起飯，他之所以這麼清苦自律，就是生怕自己在富貴和安樂中失去了志向。范仲淹曾在一首詩中直言不諱：「有客狂且淳，少小愛功名。」這樣的性格，注定他在官場不會為了一己之私而選擇折衷退縮——直諫，哪怕死也要直諫，幾乎成了范仲淹畢生的選擇。

年少成名的晏殊比范仲淹小兩歲，是范仲淹的舉薦人，對范仲淹有知遇之恩。西元一〇二七年，晏殊以京官身分任應天府知府，聽說了范仲淹在興化縣親率百姓築捍海堰之事，對他十分讚賞。次年，在晏殊的舉薦下，在地方當了多年小官的范仲淹終於時來運轉，被召為秘閣校理，成了一名京官。

秘閣校理是個閒職，官銜不大，卻相當於皇帝的文學侍從，不但能經常見到皇帝，還能耳聞不少朝廷機密。當范仲淹上疏太后還權後，作為舉薦人的晏殊對他的行為很是不解，責備他這樣做太過草率，不僅會被朝中大臣視為沽名釣譽、博取諫臣之名，還會連累舉薦他的自己。面對晏殊的提醒與責問，范仲淹給恩公晏殊寫了一封長長的書信，義正詞嚴地回覆道：「惟懼忠不如金石之堅，直不如藥石之良，才不為天下之奇，名不及泰山之高，未足副大賢人之清舉。」（**《上資政晏侍郎書》**）意思是，我正是怕辜負了恩公您的舉薦，生怕自己稱不上忠良，才不顧一切地直諫呀！不過，范仲淹的這次直諫並沒有帶來災難性的後果，此後不久到河中府任通判，也是他自己申請的。

數年後劉太后逝世，皇帝終於親政。因為范仲淹上一次的上疏事件，宋仁宗對他頗有好感，所以一親政，就立刻把范仲淹召回京城，讓他擔任右司諫。這正合了范仲淹的心意——有了言官的身分，便可以直言不諱。

范仲淹入京不久，朝中就發生了因一個巴掌引發的「廢后風波」。原來，因宋仁宗寵幸尚、楊兩個妃子，惹得郭皇后十分不快。一天，尚妃因當面對郭皇后說了不客氣的話，致使郭皇后大打出手。原本，郭皇后是想給尚妃一點教訓，不料宋仁宗上來勸架，她的一巴掌竟打在了皇帝身上。

郭皇后為劉太后所立，宋仁宗又對她感情不深，早有了廢后之意。巴掌事件後，在一向與郭皇后不和的呂夷簡慫恿下，宋仁宗更是決意要廢后。但在范仲淹看來，皇后乃一國之母，「重父必重母，正邦先正家」，因此，他在一年中寫了許多篇反對廢后的奏疏。皇帝被他搞得很煩，直到把他貶官外放到睦州，才落得耳根清淨。

不過，歷經這麼多波折後，范仲淹還是不改耿直忠貞的秉性。西元一〇三五年，廢后風波過去後，仁宗又將范仲淹召回京城，對他委以重任，可不到一年，他又因向皇帝直諫當朝宰相呂夷簡廣開後門、濫用私人與呂夷簡交惡，再次被貶出京。

范仲淹被貶饒州後，妻子病故，自己也患了重疾。當時在建德縣當縣令的梅堯臣寫了一首《啄木》和一篇《靈烏賦》寄給他，規勸他不要像烏鴉一樣只報憂不報喜，雖然不好的事跟烏鴉無關，但在人們看來烏鴉就意味著凶兆。

范仲淹對梅堯臣的關懷和慰問很感激，但他並不打算改變自己的秉性，在回覆梅堯臣的同名《靈烏賦》中，他這樣寫道：「故割而可卷，孰為神兵；焚而可變，孰為英瓊。寧鳴而死，不默而生。」

這，便是錚錚鐵骨、一身正氣的范仲淹。

「不以物喜，不以己悲」的官場失意人

西元一〇四〇年，西夏開國皇帝李元昊破金明寨，圍困延州。北宋朝廷派劉平、石元孫兩軍緊急趕往救援，不料援軍在三川口遭遇全殲，劉、石二人被俘，宋朝滿朝震驚。

當時，任陝西經略安撫副使的韓琦上奏朝廷，希望將范仲淹調往西北邊境助他一起殲敵。就這樣，業已五十一歲的范仲淹騎上快馬，從越州出發，一路匆忙趕往戰事吃緊的西北邊境，開始了一段雖然短暫卻盪氣迴腸的軍旅生涯。

范仲淹是個有文韜武略之才且很實幹的人，到西北後，他著力整頓軍紀，根據實況採取積極防禦戰略，漸漸使戰局有了扭轉之態。然而，作為一名文士，從小在江南長大，此後又一直在江南一帶當官，如今卻遠在邊關、與家人相隔千里，看著邊塞截然不同的風景，范仲淹不禁胸中波濤起伏，寫下了不少感嘆生活的詩詞。

在北宋初年，詞雖較五代時更為普及，但仍以「詩餘」的從屬地位存在，因此在范仲淹的諸多詩詞中，詩明顯要多於詞。然而他的詞數量雖少，但每一首都堪稱佳作。比如被後世譽為詞中絕唱的《蘇幕遮．碧雲天》：

碧雲天，黃葉地，秋色連波，波上寒煙翠。山映斜陽天接水，芳草無情，更在斜陽外。
黯鄉魂，追旅思，夜夜除非，好夢留人睡。明月樓高休獨倚，酒入愁腸，化作相思淚。

詞中一「天」一「地」，一「山」一「水」，寫出了西北邊塞壯闊空曠、秋草離離的景象，這景象與中原、江南是多麼不同。然而，夜來望見明月高懸、不禁對月懷人的，又豈止范仲淹一人？可以說《蘇幕遮》一詞寫出的，正是萬千戍邊將士的無邊寂寥和思鄉之情。

《漁家傲‧秋思》一詞，也是范仲淹在西北任陝西經略副使兼延州知州時所作：

塞下秋來風景異，衡陽雁去無留意。四面邊聲連角起，千嶂裡，長煙落日孤城閉。
濁酒一杯家萬里，燕然未勒歸無計。羌管悠悠霜滿地，人不寐，將軍白髮征夫淚。

跟《蘇幕遮》一樣，這也是一首寫思鄉的詞，全詞充滿了悲涼、壯闊、深沉的意境，而在悲涼之中，又透著戍邊將士有家難歸的無奈，以及為戍邊獻身國家的英雄氣概。

范仲淹的詞作雖然不多，卻氣象開闊，詞境深遠，其詞風與當時流行晏殊等人的婉約之風迥然不同，其氣勢堪與盛唐詩人王昌齡等人的邊塞詩相比，可謂開了豪放派的先河。而范仲淹能寫出這樣的詞句，正與他一生正氣、胸懷大志的個人特質有關。

西元一〇四三年春，在范仲淹、韓琦等人的努力下，西北邊關的布防得到了完善。邊境之憂得以緩解，此時，范仲淹的宿敵呂夷簡病倒了，晏殊取而代之、成為主持朝政的一把手，而已經親政十年的宋仁宗也感受到北宋的積弊，迫切想要改變現狀——可以說，此時是萬事俱備，一切都在朝著有利於變革的方向發展。

就在這年，范仲淹這股「東風」被召回京城，就任參知政事。上任後，他便提出「均公田」、

「厚農桑」等十項改革措施，在仁宗的許可下開啟了轟轟烈烈的「慶曆新政」。

然而，范仲淹的改革觸犯了朝廷上許多官員的切身利益，而皇帝也因後來西夏跟北宋議和而認為國家已太平無事，對推行新政失去了興趣與決心，故而「慶曆新政」猶如曇花一現，不足一年時間就在大臣們的一片反對聲中結束了。

西元一〇四五年，力主新政的范仲淹、歐陽修、富弼等人紛紛被貶。此後，一心憂國憂民的范仲淹輾轉各地，在邠州、鄧州、杭州等地任地方官，再未進入中央權力中心。

英雄遲暮，壯志未酬，即使鐵骨錚錚如范仲淹，也難免會有內心傷感的時刻，而《定風波・自前二府鎮穰下營百花洲親制》一詞，便是這種愁緒的真實寫照：

羅綺滿城春欲暮。百花洲上尋芳去。浦映蘆花花映浦。無盡處。恍然身入桃源路。
莫怪山翁聊逸豫。功名得喪歸時數。鶯解新聲蝶解舞。天賦與。爭教我悲無歡緒。

畢竟歲月不饒人，范仲淹老了，身體已十分衰弱，縱然他想「居廟堂之高則憂其民，處江湖之遠則憂其君」，他的憂如今有誰知道？又有誰能解？

都說五十而知天命。此時年近花甲的范仲淹即使心有不甘，也不得不認命了。因此才滋生了「百花洲上尋芳去」的歸隱之心。

有一年，范仲淹在與跟他同樣仕途不得志的好友歐陽修見面喝酒時，寫下了《剔銀燈・與歐陽公席上分題》一詞：

昨夜因看蜀志，笑曹操、孫權、劉備。用盡機關，徒勞心力，只得三分天地。屈指細尋思，爭如共、劉伶一醉。

人世都無百歲。少癡騃、老成尪悴。只有中間，些子少年，忍把浮名牽繫。一品與千金，問白髮、如何迴避？

在當時的范仲淹看來，像曹操、劉備、孫權這樣的英雄人物，用盡權謀，到頭來也不過落得三分天下的局面，人的一生長不過百年，年少時無知，年老時病弱，真正大好的年華只有中間短短數十年，縱使用來追求功名利祿，得了高官厚祿又怎樣？誰能逃得出老死的結局？綜觀《剔銀燈》全詞，無不透露出一個失意之人對功名的失望。

話雖如此，西元一〇四六年應滕子京之請寫下《岳陽樓記》時，時任鄧州知府的范仲淹似乎又從消極的情緒中走了出來，故而才能在《岳陽樓記》中寫下「不以物喜，不以己悲」這樣的句子。而范仲淹的確是這樣一個豁達之人。在生命的最後幾年，不論被調到何處，他都依然像年輕時那樣幹勁十足，盡自己所能為當地百姓施行惠政，直到西元一〇五二年病逝於奔赴潁州任職途中。

「多情自古傷離別，更那堪，冷落清秋節。」

最多情的婉約派「慢詞第一人」——柳永

一夜成名的柳公子

轉眼又是一年中秋，西湖的十里荷花已半焦枯，但山中的桂花開得正盛，金桂、銀桂、丹桂，花香飄滿了整座杭州城。當明月升上半空時，在一片桂花香中，時任兩浙轉運使的孫何大人府上高朋滿座，人們在熱鬧的酒席上觥籌交錯，吃著精美的點心，氣氛好不歡愉。席間，一個明眸皓齒、衣著華麗的貌美女子撥動琴弦，悠悠地唱了起來：

東南形勝，三吳都會，錢塘自古繁華。煙柳畫橋，風簾翠幕，參差十萬人家。雲樹繞堤沙，怒濤卷霜雪，天塹無涯。市列珠璣，戶盈羅綺，競豪奢。

重湖疊巘清嘉，有三秋桂子，十裡荷花。羌管弄晴，菱歌泛夜，嬉嬉釣叟蓮娃。千騎擁高牙，乘醉聽簫鼓，吟賞煙霞。異日圖將好景，歸去鳳池誇。

歌聲響起，正在談笑的人們漸漸靜了下來。只見孫何與周圍的朋友小聲耳語了幾句，一曲結束後，他拊掌讚道：「好！好詞！這是誰填的詞？」

女子起身作揖，柔聲答道：「大人，是柳七柳公子填的詞。」

孫何微微仰起臉，捋著鬍鬚沉吟片刻，好像想起了什麼，忽然大笑起來。

原來，這柳七便是京官柳宜的公子柳永，不過此時，他的名字還是柳三變。柳宜是南唐舊臣，十分仰慕後主李煜的才華，閒暇時也常作些詩詞自娛。受父親影響，柳永從小就能吟詩作詞，十七歲時為家鄉崇安所寫的《巫山一段雲・六六真遊洞》，就已嶄露才華：

六六真遊洞，三三物外天。九班麟穩破非煙。何處按雲軒。

昨夜麻姑陪宴。又話蓬萊清淺。幾回山腳弄雲濤。彷彿見金鰲。

崇安位於武夷山麓，峰奇水秀，風景迷人。因父親在外當官，不便將家人帶在身邊，所以柳永的童年主要是在崇安度過的。後來，他隨父親在汴京生活了一段時間，又隨叔父回到了崇安。此次從水路取道杭州，正是為了北上汴京參加科考。

柳永原本只想在杭州歇個腳，不料一到杭州，就被這裡繁華的都市風情與旖旎的湖光山色迷住了。直到有一天，他忽然想起在杭州當官的孫何與柳家是世交，就想登門拜訪，希望能得到舉薦。誰知孫府門禁森嚴，他吃了好幾次閉門羹，因而靈機一動，寫了一首描繪杭州盛景的《望海潮・東南形勝》，委託新結識的錢塘歌妓在中秋節當著孫何的面彈唱，希望能以此為敲門磚，與孫大人因詞結緣。

創作《望海潮・東南形勝》一詞時，柳永年僅十九歲，雖然年輕，但他在作詞上的才華與技巧卻已超出了同時代的許多人，形成了含蓄細膩、善於鋪敘白描的風格。由於他的詞通俗易懂，朗朗上口，《望海潮》一詞不久就傳遍了大江南北。可以說，柳永幾乎在一夜之間名聲大噪。

因為《望海潮》一詞，柳永得以出入孫府，與孫何成了布衣之交。次年春天，在孫何還京前夕，柳永還曾追陪左右，並作《玉蝴蝶・漸覺芳郊明媚》一詞贈別：

漸覺芳郊明媚，夜來膏雨，一灑塵埃。滿目淺桃深杏，露染風裁。銀塘靜、魚鱗簟展，煙岫翠、龜甲屏開。殷晴雷，雲中鼓吹，遊遍蓬萊。

徘徊。集旟前後，三千珠履，十二金釵。雅俗熙熙，下車成宴盡春臺。好雍容、東山妓女，堪笑傲、北海尊罍。且追陪，鳳池歸去，那更重來。

這一年，孫何回到了京城，柳永卻還沒過夠放任自流的生活，繼續留在杭州。他在《長壽樂・繁紅嫩綠》一詞中描寫了他當時的生活：

繁紅嫩翠。豔陽景，妝點神州明媚。是處樓臺，朱門院落，弦管新聲騰沸。恣遊人、無限馳驟，嬌馬車如水。竟尋芳選勝，歸來向晚，起通衢近遠，香塵細細。

太平世。少年時，忍把韶光輕棄。況有紅妝，楚腰越豔，一笑千金何啻。向尊前、舞袖飄雪，歌響行雲止。願長繩、且把飛烏繫。任好從容痛飲，誰能惜醉。

是啊，春光和青春如此美好，韶光亦逝，何不趁著年少四處遊樂、在歌舞的陪伴下歡飲達旦、一醉方休？

告別了杭州，柳永又來到蘇州和揚州，見蘇、揚風光無限好，不禁心旌蕩漾，停留於蘇、揚一帶，遲遲不肯動身，直到西元一〇〇七年冬，才在父親的一再催促下繼續北上。

四次落第與「奉旨填詞」

西元一〇〇八年，柳永終於抵達了汴京。當時，距離北宋建朝已有半個世紀之久，國家漸趨安定、富裕，作為京城的汴京更是繁華至極：寬闊的街道上寶馬香車競馳，街道兩側到處是青樓畫閣、繡戶珠簾，穿著絲綢綾羅的人在集市上穿行，沿街的茶坊酒肆間不斷傳出琴聲、歌聲和人們的歡聲笑語……總之，人們的生活過得十分悠閒、富足，整個京城都瀰漫著一派欣欣向榮的氣氛。

生活在這溫柔鄉中，自恃才高又生性風流的柳永哪裡還會把心思放在讀書上？在他看來，考取功名於他而言易如反掌——這種自信或說自負，在次年春試前他所寫的《長壽樂・尤紅殢翠》一詞中展露無遺：

尤紅殢翠。近日來、陡把狂心牽繫。羅綺叢中，笙歌筵上，有個人人可意。解嚴妝巧笑，取次言談成嬌媚。知幾度、密約秦樓盡醉。仍攜手，眷戀香衾繡被。

情漸美。算好把、夕雨朝雲相繼，便是仙禁春深，御爐香嫋，臨軒親試。對天顏咫尺，定然魁甲登高第。等恁時、等著回來賀喜。好生地。剩與我兒利市。

從詞中「對天顏咫尺，定然魁甲登高第」句可以看出，此時的柳永自信滿滿，料定自己勝券在握，因此他認為自己盡可以沉醉於美人的懷抱，繼續為她們填詞作樂，而美人也不必替他操心，只要等著他金榜題名的好消息就可以了。

結果，柳永失算了——西元一〇〇九年舉行的這次春試，他落榜了。

「定然魁甲登高第」的大話都已經說出去了，沒想到結果會是這樣，柳永心裡肯定不好受，不過這年他才二十五歲，來日方長，於是他寫了《如魚水・帝里疏散》這首小詞來寬慰自己：

帝里疏散，數載酒縈花系，九陌狂遊。良景對珍筵惱，佳人自有風流。勸瓊甌。絳唇啟、歌發清幽。被舉措、藝足才高，在處別得豔姬留。

浮名利，擬拚休。是非莫掛心頭。富貴豈由人，時會高志須酬。莫閒愁。共綠蟻、紅粉相尤。向繡幄，醉倚芳姿睡。算除此外何求。

在古代，當官可以說是文人讀書的最高理想，柳永雖表現出一副放蕩不羈的樣子，內心卻對仕途充滿了嚮往，他說「是非莫掛心頭」，其實正是因為內心在乎，他說「算除此外何求」，其實恰恰反映了他落第後內心的失落。

但柳永才高氣盛，不願承認自己的內心情感，越是在意，越要裝出一副滿不在乎的樣子，科舉失利後，仍舊與紅粉佳人們過著「共綠蟻」、「醉倚芳姿睡」的生活。

然而，雖然柳永天賦極高又頗具才華，但在接下來兩次由禮部主持的考試中，他竟然連連失利，這是柳永不曾料到的。第三次落榜時，他憤怒了，懷著憤慨的心情，寫下了《鶴沖天・黃金榜上》一詞：

黃金榜上，偶失龍頭望。明代暫遺賢，如何向。未遂風雲便，爭不恣狂蕩。何須論得喪？才子詞人，自是白衣卿相。

煙花巷陌，依約丹青屏障。幸有意中人，堪尋訪。且恁偎紅倚翠，風流事，平生暢。青春都一餉。忍把浮名，換了淺斟低唱！

在柳永看來，黃金榜上之所以沒有他柳三變的大名，是考官有眼無珠、不懂欣賞，因此才會發生「遺賢」這種事。既然考官不懂得欣賞他，而青樓女子個個是他知己，他還不如回到「煙花巷陌」中去，繼續過「偎紅倚翠」、為歌女填詞、與她們一道「淺斟低唱」的生活。

這原本不過是自視甚高的柳永控制不住情緒發出的牢騷，不想卻影響了他一生的命運。

原來，因為被不斷傳唱，《鶴沖天・黃金榜上》竟然傳到了仁宗皇帝那裡。結果，柳永原本已在西元一〇二四年的科考中及第，可就因為《鶴沖天・黃金榜上》中的「忍把浮名，換了淺斟低唱」一句，仁宗在臨軒放榜時故意黜落他，還說：「且去淺斟低唱，何要浮名！」

正因宋仁宗「且去淺斟低唱，何要浮名」這句評語，柳永知道自己仕途無望，因此以「奉旨填詞」自嘲，當起了專業詞人。

「不願千黃金，願得柳七心」

西元一〇二四年秋，汴京的郊外已是落葉紛飛。傍晚，一場大雨過後，蟬聲叫得比先前更加淒切。風在汴河上冷颼颼地颳著，不斷掀起岸邊離人的衣襟和裙袂，一對戀人在岸上相擁而立，一邊淌著眼淚，一邊互訴衷腸——這對難分難舍的戀人，便是多情才子柳永和他心愛的蟲娘。

柳永一生風流，作為才華橫溢的京城名少，當時京城的歌妓都爭相向他求詞，其中也有不少對他眉目傳情、暗生情愫的女子。雖然官場失意，柳永的情場卻甚為得意，以至於當時的楚館秦樓流傳著這麼一段話：「不願穿綾羅，願依柳七哥；不願君王召，願得柳七叫；不願千黃金，願得柳七心；不願神仙見，願識柳七面。」不說別人，就連陳師師、趙香香這樣的京城名妓，也與柳永往來甚密，不惜花重金求這位大才子一詞。柳永曾作《西江月・師師生得豔冶》一詞，毫不隱諱地記述了這段令他十分得意的風月場韻事：

師師生得豔冶，香香於我情多。安安那更久比和。四個打成一個。
幸自蒼皇未款，新詞寫處多磨。幾回扯了又重按。奸字中心著我。

在眾多柳永交往的女子中，除了有名的謝玉英，還有個女子曾與柳永有過一段恩愛生活，這個女子便是蟲娘。在汴京的這些年，柳永為蟲娘寫下了不少詞。如《木蘭花・蟲娘舉措皆溫潤》一詞，就是專為她而寫：

蟲娘舉措皆溫潤，每到婆娑偏恃俊。香檀敲緩玉纖遲，畫鼓聲喧蓮步緊。貪為顧盼誇風韻，往往曲終情未盡。坐中年少暗消魂，爭問青鸞家遠近。

蟲娘是個才藝雙絕的歌妓，平時舉止溫柔婉順，跳起舞來又顧盼生輝，常露出傲然姿態。當時，有不少闊少爭著親近她，但她唯獨鍾情於浪子柳永，多年來對他一片癡心，即使後來柳永屢試不第、漸漸落魄，她也依然像最初那樣愛他，對他不離不棄，有時還拿出自己的私房錢接濟他。柳永十分珍惜這樣一位紅顏知己，這從他的《集賢賓・小樓深巷狂遊遍》一詞可以看出：

小樓深巷狂遊遍，羅綺成叢。就中堪人屬意，最是蟲蟲。有畫難描雅態，無花可比芳容。幾回飲散良宵永，鴛衾暖、鳳枕香濃。算得人間天上，惟有兩心同。

近來雲雨忽西東。誚惱損情悰。縱然偷期暗會，長是匆匆。爭似和鳴偕老，免教斂翠啼紅。眼前時、暫疏歡宴，盟言在、更莫忡忡。待作真個宅院，方信有初終。

雖有陳師師、趙香香，但在柳永心中，最令他中意的還是「蟲蟲」，因而許下「待作真個宅院，方信有初終」的誓言，可見他對蟲娘的一片真情。

然而如今，對仕途感到無望的柳永要離開京城去遠方了，蟲娘無法隨行，只好忍著傷心，在城外設帳為他餞行。天快黑了，船家等得著急，忍不住催了又催。柳永安慰了蟲娘幾句後，鬆開她的手，快步踏上船板。此刻，他心中所有的離愁別緒，都凝結成了《雨霖鈴‧寒蟬淒切》一詞：

寒蟬淒切，對長亭晚，驟雨初歇。都門帳飲無緒，留戀處，蘭舟催發。執手相看淚眼，竟無語凝噎。念去去，千里煙波，暮靄沉沉楚天闊。

多情自古傷離別，更那堪，冷落清秋節。今宵酒醒何處？楊柳岸，曉風殘月。此去經年，應是良辰好景虛設。便縱有千種風情，更與何人說？

這首被後人視為婉約派代表詞作的《雨霖鈴》，將臨別時的景象描寫得十分細緻，整首詞充滿了纏綿悱惻的情感。

離開京城後，柳永沿著汴河一路南下，回到了年輕時他曾流連忘返的江南。他一邊隨性漫遊，一邊繼續與江南的歌妓打成一片，只是不同於當年：當時的他意氣風發、風流倜儻，是闊綽的柳公子，為歌妓們譜曲填詞只是出於他的一時雅興；而如今，他已過不惑之年，卻一無所成、囊中羞澀，為人填詞成了一種謀生手段。

故地重遊，卻韶光已逝，物是人非。

想起二十多年前，他初到江南時內心是多麼喜悅，所有事物都熠熠閃光，所有事情都充滿了希望；可是現在，彷彿一切都像被陰雲籠罩一般愁霧慘澹，令柳永感到無限惆悵，不禁在一個細雨微涼的秋日，提筆寫下傳頌千古的《八聲甘州・對瀟瀟暮雨灑江天》：

對瀟瀟暮雨灑江天，一番洗清秋。漸霜風淒緊，關河冷落，殘照當樓。是處紅衰翠減，苒苒物華休。唯有長江水，無語東流。

不忍登高臨遠，望故鄉渺邈，歸思難收。嘆年來蹤跡，何事苦淹留？想佳人，妝樓顒望，誤幾回、天際識歸舟？爭知我，倚闌干處，正恁凝愁。

小雨無盡地飄灑，江水滔滔不絕地向東奔流，一如多年前的江南。然而登高望遠，因為心情變了，看到的景象也變了：風成了「淒緊」的「霜風」，山河也染上了清冷蕭條的氣息，而那被秋風秋雨洗濯後花葉萎地的景象，更令人倍感淒涼。

柳永不知道自己為什麼要離開故鄉、獨自在外四處漂泊，忍受這孤苦無依的羈旅之苦。此時，身在江南的他不禁有些厭倦行無定蹤的生活，他滿懷愁緒地想起了故鄉，想起了故人，想要回去，卻又不知該回哪兒去。

群妓合葬柳屯田

西元一〇三四年，柳永迎來了人生中短暫的輝煌。此前一年，因劉太后去世，剛剛親政的宋仁宗為籠絡士人，決定特開「恩科」並放寬要求，使得歷屆科場沉淪之士能有入仕的機會。

這一年，柳永雖已離開江南，卻仍在各地漫遊。聽聞朝廷特開「恩科」的消息，他火速從鄂州趕往汴京，唯恐耽誤了這次機會難得的考試。這時的柳永已是半百之人，歷經世事滄桑，早已不再是當年那個年少輕狂、一身傲氣的柳公子。回京路上所作的《輪臺子·一枕清宵好夢》，很好地傳達出了此時柳永忐忑迷惘的心情：

一枕清宵好夢，可惜被、鄰雞喚覺。匆匆策馬登途，滿目淡煙衰草。前驅風觸鳴珂，過霜林、漸覺驚棲鳥。冒征塵遠況，自古淒涼長安道。行行又歷孤村，楚天闊、望中未曉。

念勞生，惜芳年壯歲，離多歡少。嘆斷梗難停，暮雲漸杳。但黯黯魂消，寸腸憑誰表。恁馳驅、何時是了。又爭似、卻返瑤京，重買千金笑。

千里迢迢騎馬趕路自然是辛苦的，而且回京後前途未卜，途中一路荒涼，夜晚只能暫歇於一個相隔頗遠的小村莊，但一想起即將在京城舉行的這場春試，柳永的內心就燃起了希望。雖然從字面上看，他此番如此匆忙返京，似乎是為了「重買千金笑」，而實際上，掩藏在他浪子行跡背後的，是一顆強烈渴望功名的心。

欣慰的是，這一年，柳永終於進士及第了。

他懷著喜悅的心情，寫下了那首意氣風發的《柳初新》：

東郊向曉星杓亞。報帝里，春來也。柳抬煙眼。花勻露臉，漸覺綠嬌紅姹。妝點層臺芳榭。運神功、丹青無價。

別有堯階試罷。新郎君、成行如畫。杏園風細，桃花浪暖，競喜羽遷鱗化。遍九陽、相將遊冶。驟香塵、寶鞍驕馬。

在這個春日裡，眼前所見的一切又變得美好起來：紅花綠葉都嬌態可愛，風是細的、溫柔的，桃花也是暖的、可人的——總之，人逢喜事精神爽，年已半百的柳永，此時似乎變回了春風得意的少年郎。

第二年，柳永來到睦州任推官，後來，他又被調往餘杭任縣令，此後還在定海的鹽場當過鹽監、在泗州當過判官。宦途奔波，柳永一身疲憊，但每到一任他都兢兢業業，在當地做了不少實事，留下了不錯的名聲。

按理說，柳永有這樣的才幹，應該得到晉升，可一晃十幾年過去，此時的柳永雖已是聞名全國的大詞人，但仕途卻很坎坷，一直得不到升遷的機會。直到他年近六十，宮中有位公公欣賞他的才華，不忍看他如此潦倒不濟，便從中牽線，給了他一個為皇帝獻詞的機會。

好運突然從天而降，柳永怎能不激動？他從未懷疑過自己作詞的才華，於是欣然提筆，寫下《醉蓬萊》一詞：

漸亭皋葉下，隴首雲飛，素秋新霽。華闕中天，鎖蔥蔥佳氣。嫩菊黃深，拒霜紅淺，近寶階香砌。玉宇無塵，金莖有露，碧天如水。

正值升平，萬幾多暇，夜色澄鮮，漏聲迢遞。南極星中，有老人呈瑞。此際宸遊，鳳輦何處，度管弦清脆。太液波翻，披香簾卷，月明風細。

寫完後，柳永對自己的作品十分滿意，為免皇帝還記得當年那個寫了「忍把浮名，換了淺斟低唱」的柳三變，他特意改名為柳永，這才將詞稿呈了上去。

柳永原本以為自己飛黃騰達的一天就要來臨了，卻不料詞中「此際宸遊，鳳輦何處」一句竟與皇帝所寫的《真宗輓詞》中有句話暗合，令仁宗對他「惟務鉤摘好語，卻不參考出處」的做法十分不快，而「太液波翻」一句中的「翻」字更令皇帝感到厭惡。結果，雖然《醉蓬萊》一詞傳開後為天下人所稱頌，但對柳永的前程來說卻是弄巧成拙——宋仁宗看罷反感地將他的詞稿扔在了地上。

此後十年中，柳永一直沉淪下僚，仕途再未有什麼起色，直到六十九歲，才當上了小小的屯田員外郎，但即便這麼小的官職，他也只做了一年，不久就因到了七十致仕的年紀退休了。

退休後的柳永，無錢、無力也無心再四處漂泊，他像秋日的枯葉，靜靜地落了下來。當他帶著一身疲憊，望著傍晚的餘暉，回想起自己年輕時的放浪形骸和此後鬱鬱不得志的一生時，蒼老的臉上不禁浮現出一絲苦笑。

不久，這位才華超群卻一生潦倒的詞壇大家，在異鄉孤獨地死去了。死時，柳永家無餘財，還是一群重情的妓女湊錢安葬了他。

「無可奈何花落去，似曾相識燕歸來。」

詞壇父子兵——宰相詞人晏殊和他的「癡」兒子

十四歲的神童小進士

西元一〇〇四年，早就對中原虎視眈眈的女政治家遼國蕭太后與遼聖宗以收復瓦橋關為由，親率大軍深入宋境。遼軍以強大的兵力長驅直入，使得整個宋廷為之震動。視遼人如猛虎的宋真宗本想遷都一走了之，但在宰相寇準的力薦下不得已被迫親征。而為這支親征隊伍開路的，不是別人，正是歷史上赫赫有名的楊家將——楊業之子楊嗣、楊延朗等人。

由於宋軍指揮有方，又因遼軍戰線過長，經過數月激戰，宋軍漸漸居於上風。寇準主張乘勝追擊，趁此大好時機收復戰略要地燕雲十六州，可皇帝卻想盡早結束戰爭，而遼軍也因補給問題缺乏繼續挺進的信心，於是兩軍一拍即合，才有了日後宋朝以歲幣和絹帛換取和平的「澶淵之盟」。

「澶淵之盟」後，長達半個世紀的遼宋戰爭終於告一段落。從宋真宗起，北宋迎來了長達百餘年的治世。此時，距離唐朝分崩離析尚不足一百年時間，因懼怕重蹈唐朝藩鎮割據的覆轍，宋廷採取重文抑武的治國方略，流傳至今的「書中自有千鍾粟」、「書中自有黃金屋」、「書中自有顏如玉」三句，便來自宋真宗本人為讀書人所寫的《勵學篇》。在這樣的政治環境下，讀書人受到了前所未有的重視，大量平民也有了通過讀書改變命運的機會，像范仲淹、王安石、歐陽修等北宋名臣，都是通過讀書之路走上仕途的。而北宋的詞人宰相晏殊，可以說是通過讀書飛黃騰達的典範。

晏殊出生於江西一個平凡的家庭，除了他，家中還有兩個兄弟。不過三兄弟中，數晏殊最聰明，相傳他五歲能作詩、七歲能寫文章，是當地出了名的「神童」。

西元一〇〇三年，時任洪州通判、自己也寫詩的李虛已，因欣賞晏殊的才華，迫不及待地將自己的女兒許配給晏殊為妻。此後，這位岳父大人發揮自己在官場和文壇的影響力，竭力向當時的文壇名家楊大年等人推薦晏殊。

西元一〇〇四年，也是北宋與遼國簽訂「澶淵之盟」這年，江南安撫張知白以「神童」之名舉薦晏殊。西元一〇〇五年，晏殊被宋真宗賜「同進士出身」，擢秘書省正字——而此時，他只是一個年僅十四歲的少年。

善作小令的宰相大人

晏殊的一生，和許多讀書人相比是極為幸運的。幸運的光環從一開始就照耀在他的頭頂，進士及第後，他又官運亨通，從秘書省正字起步，一路升遷，不到三十歲就成了翰林學士，成為未來宰相的後備人選，不久又被選為左庶子，四十剛出頭就升任參知政事，成為副宰相，半百之年，終於成為大權在握、位極人臣的宰相。

在政治上晏殊支持改革，是范仲淹、富弼等改革派的有力支持者。而且他積極興辦官學，十分愛才，「遇人必以誠，得一善，稱之如己出」。晏殊為相期間提拔、重用了范仲淹、韓琦、富弼等人，歐陽修、余靖、王素等也都受過他的提攜，稱得上慧眼識才的伯樂和「慶曆新政」的幕後推手。晏殊去世後，與他同時代的史學家范鎮曾在輓詞中這樣評價他：「平生欲報國，所得是知人。」

當然，晏殊的身分並不僅是宰相，還是文學家。真正讓他名垂千古的，還是他文學上的才華與造詣。晏殊從小飽讀詩書，一身才氣，詩詞、文章、書法無一不工，而其中成就最高的是晏詞。由於生活的年代國家安定，個人仕途又頗為順利，數十年來一直過著富貴優遊的生活，晏殊得以有許多閒暇時間來創作詩詞，為後人留下了數量可觀的詞作，在歷史上享有「詞人宰相」的美譽。

而晏殊的詞作以小令最為突出。小令的特點是篇幅短小精悍，字數通常在五十八字以內。比如，那首朗朗上口、為後世傳頌的《浣溪沙・一曲新詞酒一杯》，就是一首小令：

一曲新詞酒一杯，去年天氣舊亭臺。夕陽西下幾時回？
無可奈何花落去，似曾相識燕歸來。小園香徑獨徘徊。

大概因為生活安逸悠閒，晏殊的詞中沒有憤世嫉俗，也少有悲苦嘆息，詞的語言清麗、聲調和諧，詞的內容也往往從尋常可見的景象與事物入手，抒發對生命的思考和對人生的感嘆。但是隨著年歲漸長，對生命體驗的昇華，晏殊早年和晚年的詞作，雖詞風接近，境界卻相差很大。

年少時，晏殊功成名就、仕途通達，對人生尚無太多感慨，因此詞中總洋溢著蓬勃向上的朝氣，像春光般明媚，如《採桑子・陽和二月芳菲遍》一詞：

陽和二月芳菲遍，暖景溶溶。戲蝶遊蜂。深入千花粉豔中。
何人解繫天邊日，佔取春風。免使繁紅。一片西飛一片東。

從詞中可見，少年人春風得意，心情舒朗，全然不識愁滋味。

但縱使晏殊衣食無憂，也擋不住歲月的無情流逝，而親友間的生離死別，名利場的爾虞我詐，又令他生出許多感慨。這一切，都被晏殊用細膩含蓄之筆寫進了他的詞作中。如膾炙人口的《喜遷鶯・花不盡》一詞：

花不盡，柳無窮。應與我情同。觥船一棹百分空。何處不相逢。
朱弦悄。知音少。天若有情應老。勸君看取利名場。今古夢茫茫。

這是一首送別摯友的贈別詞。花開了又謝，柳葉綠了又枯，在晏殊看來，人生也同這花草一樣逃不過命運的安排，有重逢必有分離，有得意必有失意，因此他的人生態度，正如他在《浣溪沙・一向年光有限身》中所言：

一向年光有限身，等閒離別易銷魂，酒筵歌席莫辭頻。

滿目山河空念遠，落花風雨更傷春，不如憐取眼前人。

時光匆匆，人生有限，與其傷春悲秋，「不如憐取眼前人」，珍惜當下，不負所愛。晏殊是個寫離愁的高手，給後世留下了許多膾炙人口的名篇，而其中最負盛名、意境最為高遠的，莫過於那首《蝶戀花・檻菊愁煙蘭泣露》：

檻菊愁煙蘭泣露，羅幕輕寒，燕子雙飛去。明月不諳離恨苦，斜光到曉穿朱戶。
昨夜西風凋碧樹，獨上高樓，望盡天涯路。欲寄彩箋兼尺素，山長水闊知何處？

晏殊的這些詞作，表面似在寫離別之情，內裡卻流露出他的生命態度與哲學。晏殊雖長期躋身上流、一生顯貴，但內心深處卻是孤獨的，這種孤獨是因為他看到了歷史輪迴，看到了人生短暫，看到了名利場爾虞我詐最終一場空的滑稽可笑，故而他不願過多涉足這些紛爭，常常保持中立的態度，因此被後世稱為「太平宰相」。然而，他的這一處世哲學往往不被人理解。不說別人，就是曾受過他獎掖、一向以學生自居、並對他十分敬重的歐陽修，就曾因晏殊這種政治上的「曖昧」態度而對他不滿。

西元一〇四二年冬的一天，飄著紛紛揚揚的大雪。那時正值西夏不斷侵擾北宋邊境，戰事吃緊，歐陽修剛從地方調回京城，前往晏府探望老師，恰逢晏殊在西園置好酒席招待大家一同賞雪。歐陽修本以為晏殊正在為邊境之事煩憂，不料卻見他心情大好。目睹此情此景，歐陽修忍不住即興作了一首帶諷諫之意的詩，其中有幾句說道：「主人與國共休戚，不惟喜悅將豐登。須憐鐵甲冷徹骨，四十餘萬屯邊兵。」言下之意是，數十萬將士尚守衛在邊疆忍受著冰天雪地的寒冷，晏大人您只知道賞雪卻把他們忘了可不行呀！聽了這等挖苦諷刺，晏殊的大好心情一掃而空。也許在晏殊看來，慰問惦記邊疆將士並不急於一時，你歐陽修又何必如此不合時宜、在這種時候掃人興致呢？

晏殊與歐陽修性格迴異，為官的方式也截然不同。晏殊嫻靜平和，主張清靜無為、垂衣而治，而歐陽修好論時弊、好爭長短，常因激烈的言論令老師晏殊下不了臺。西元一〇四四年，晏殊想遣歐陽修外任，結果遭朝中兩名大臣聯名彈劾以致罷相，這使晏殊感到甚為不平也甚為不滿。

客觀來講，倘若沒有晏殊舉薦提拔，又在改革中當和事佬，為范仲淹、歐陽修、富弼等人保駕護航，「慶曆新政」的施政綱領恐怕連出臺的機會都沒有。晏殊的保守，又何嘗不是為國家保存元氣，為僚友、後生也為自己免去更大禍患、得以從容進退留下餘地？然而，能真正理解他、體諒他的人卻少之又少。想起這些，晏殊有時也不免傷心落寞。

一些讀不懂晏殊的人，說他的詞有無病呻吟之嫌。而真正懂得晏殊的人，知道他的表達一如他的為人較為含蓄委婉。他由花草、梧桐、春雨、歸燕引發的感慨，飽含著他對生活的諸多思考，以及他對生命、人生的看法與態度。就詞風而論，稱晏殊為「北宋倚聲家之初祖」，是很妥帖的。

恃才傲物的豪門公子哥

西元一〇三八年，晏府上下忙忙碌碌，被緊張的氣氛籠罩著——臥房裡傳來陣陣喊叫，丫鬟們端著水盆在屋裡進進出出，晏殊邁著方步，在大堂踱來踱去。

忽然，一聲響亮的啼哭傳來，一個穩婆匆匆從臥房走出，向晏殊道喜：「恭喜老爺，是個公子！」晏殊聽了，方才的緊張立刻轉為喜悅。而這個剛出生的男嬰，就是日後在詞壇與父親晏殊並稱為「大晏小晏」的晏幾道。

晏幾道是晏殊的第七個兒子，他出生時，晏殊已經四十七歲，可謂老來得子。當時，晏殊在朝廷的官職已經很高，再過幾年就是位極人臣的宰相了，因此，晏幾道完全稱得上是含著金湯匙出生的豪門貴公子。從小在優渥的家庭中長大，宴府裡往來無白丁，晏幾道自是見多識廣，加上他天生繼承了父親的詩詞天賦，年紀輕輕就已寫得一手好詞，被廣為傳唱。

晏幾道的詞風格清麗旖旎，和父親晏殊相比，有過之而無不及。如那首懷念歌女小蘋的《臨江仙．夢後樓臺高鎖》：

> 夢後樓臺高鎖，酒醒簾幕低垂。去年春恨卻來時，落花人獨立，微雨燕雙飛。
> 記得小蘋初見，兩重心字羅衣。琵琶弦上說相思，當時明月在，曾照彩雲歸。

詞雖簡短，卻寫出了見月思人的一片真情，又寫出了人去樓空的空寂與哀婉，令人沉浸在朦朧的意境和淡淡的愁緒中無法自拔，實是詞中的絕品。

由於生活在父親晏殊的庇護之下，年輕時的晏幾道過著悠閒自在的生活，常年流連於酒坊歌肆，因此他的詞作多為寫離愁、相思的小令。如為後世傳頌的《鷓鴣天．醉拍春衫惜舊香》一詞：

醉拍春衫惜舊香，天將離恨惱疏狂。年年陌上生秋草，日日樓中到夕陽。
雲渺渺，水茫茫。征人歸路許多長。相思本是無憑語，莫向花箋費淚行。

又如《蝶戀花・醉別西樓醒不記》一詞：

醉別西樓醒不記，春夢秋雲，聚散真容易。斜月半窗還少睡，畫屏閒展吳山翠。
衣上酒痕詩裡字，點點行行，總是淒涼意。紅燭自憐無好計，夜寒空替人垂淚。

這些詞，無一不寫得詞句精美、風流綺麗，感情真摯而淒迷。所以後人評價晏幾道的詞在同類詞中「一時獨步」，「至於北宋小令……砥柱中流，斷非幾道莫屬。」（陳匪石《聲執》）

不過，這個才華絕倫、心思細膩的富家公子，雖然才華完全不輸父親，但性情卻與父親截然不同。晏殊為人低調、待人寬厚，處世圓融變通，但這位七公子卻完全不通人情世故，用黃庭堅在《小山詞序》中的一段話來評價他最為貼切：「余嘗論：叔原固人英也；其癡處亦自絕。人愛叔原者，皆慍而問其旨：『仕宦連蹇，而不能一傍貴人之門，是一癡也。論文自有體，不肯作一新進語，此又一癡也。費資千百萬，家人寒饑，而面有孺子之色，此又一癡也。人皆負之而不恨，已信之終不疑其欺已，此又一癡也。』乃共以為然。」

的確如黃庭堅所言，晏幾道是個「癡」人。

論家世，他出生相門，不僅父親是宰相，姐夫富弼、楊察，還有他父親的門生范仲淹、歐陽修、韓琦等人都是高官。只要他願意，仕途順遂並不難。即便不出仕，靠著父親留給他的家財也足以富貴一生。但晏幾道天性狂傲，得罪了許多人，又不想放下身段來求人，結果四處碰壁，一輩子只當了判官、通判之類的小官。尤其在富弼、歐陽修等人相繼離世後更是失去庇護，又因不善理財、輕信他人，不久就千金散盡、家道中落，以至於淪落到「家人寒饑」的地步，令人扼腕。

而晏幾道的「癡」，不僅表現在生活中，還表現在文學上——他很固執，當整個北宋文壇都在提倡詩文革新時，他卻不追隨當時流行的文體，而是沉浸在自己的小令詞風中。

元祐年間，當時已成為文壇領袖的蘇軾覺得晏幾道是個人才，但他最擅長的小令詞已經過時，就想通過門生黃庭堅見一見晏幾道，和他探討創作的問題。這本是一番好意，想不到晏幾道不僅斷然回絕了蘇軾，還傲慢地說：「今日政事堂中半吾家舊客，亦未暇見也。」言下之意是，我爹當宰相時曾有那麼多人求見，如今這些人都在朝廷當大官，我尚且沒有時間見他們，哪有閒工夫見你這個不相干的人呢？

試想，晏幾道如此不諳人情世故，如此狂傲，還有誰願意和他交往呢？

有一次，當落魄的晏幾道拿著自己的新作去拜見父親的舊時門生韓維希望得到提攜時，韓維毫不留情地訓斥了他，大意是說他雖有才華，但德行欠佳，要想得到他人的認可與讚賞，首先得改一改德行。韓維所謂的德行欠佳，倒不是說晏幾道品德低劣，而是指他太過狂傲，不諳處世之道。

面對韓維的指責，晏幾道不以為然。他高傲依舊，並繼續沉湎於豪飲與歌舞，生平除了黃庭堅、沈廉叔、陳君友少數幾個意趣相投的好友。稱得上朋友的，恐怕就只剩下在酒宴中萍水相逢的歌女、舞女了。而在這些女子中，晏幾道對沈、陳兩位公子哥家的幾位歌女感情最深，每有新作，就會拿去兩位好友家讓歌女演奏彈唱，在一遍遍的吟唱中，這位多情的公子也不知不覺對她們生出了愛憐的情愫。他有大量的詞，就是專為這些歌女所作的。

如《鷓鴣天‧小令尊前見玉簫》一詞，寫了晏幾道對酒宴上邂逅的一位歌女的懷念：

小令尊前見玉簫。銀燈一曲太妖嬈。歌中醉倒誰能恨，唱罷歸來酒未消。
春悄悄，夜迢迢。碧雲天共楚宮遙。夢魂慣得無拘檢，又踏楊花過謝橋。

而《鷓鴣天‧彩袖殷勤捧玉鐘》的上闋，所寫的便是當年美人揮袖歌舞時令人陶醉的情景：

彩袖殷勤捧玉鍾，當年拚卻醉顏紅。舞低楊柳樓心月，歌盡桃花扇底風。
從別後，憶相逢，幾回魂夢與君同。今宵剩把銀釭照，猶恐相逢是夢中。

可惜隨著沈、陳兩位好友一病一逝，歌女易主，留給晏幾道的就只剩下無邊的落寞和綿綿的離愁了。

西元一〇八九年，范仲淹的兒子范純仁被派往穎昌擔任知府，成了晏幾道的上司。范純仁是個念舊情的人，且很欣賞晏幾道的才華，他一到穎昌就去拜見了晏幾道，提議晏幾道將過往詞作整理成冊，集結成書，而晏幾道也正有此意，於是便有了流傳至今的《小山詞》。

「沙上並禽池上暝，雲破月來花弄影。」

最風流、最長壽、綽號最多的詞人——張先

風流才子和美豔小尼姑

西元九九〇年，距離北宋建朝已有三十年，宋太祖趙匡胤和他的繼承人通過攘外安內、「杯酒釋兵權」、鼓勵讀書人出仕等一系列重大舉措，使得一度受到兵亂重創的政局漸趨穩定，民生經濟也漸漸得到復甦與發展。

太湖一帶，自古以來就是魚米之鄉，在社會安定的大環境下，人們的衣食有了保障，讀書人也就漸漸多了。太湖的南邊有個叫烏程的地方，當時出了一個名叫張維的讀書人，他守著一片田園，白天勞作，夜間讀書，閒暇時背上行囊去溪澗山谷四處漫遊，若在市井或山野間遇見能觸動他的事物就賦詩一首，隨時記錄自己的感悟和心情。

張維雖然不曾富貴顯達，但因為寫詩結交了一些地方上有身分的文人朋友，如張舍人、丁秀才、馬太守等，常聚在一起詩酒唱和，自得其樂。

西元九九〇年，這年北宋沒發生什麼大事，但對張家來說卻很重要——因為正是在這一年，張

維的兒子張先出生了。張先日後官爵顯赫，張家得以光耀門楣，張維也父憑子貴、被史書記上了一筆。而作為詩人，張維的許多詩是因為被張先畫成《十詠圖》而得以留名至今的。

張維和張先生活的年代僅隔了短短三十幾年，時代風氣卻已截然不同，雖然父子倆都是「文青」，不過老爹是愛寫詩的「舊人」，兒子卻成了文化新領域「詞壇」上的代表人物，在當時與柳永齊名。

在北宋初年，詞的地位還很低，依然只是飯後茶餘、酒坊歌肆的消遣之物，張先的詞和同時代的柳永一樣，內容多反映士大夫的詩酒生活及男女之情，而且往往能憑藉歌姬們的傳唱紅遍大江南北。比如，那首流傳至今的《碧牡丹・晏同叔出姬》就是如此：

步帳搖紅綺。曉月墮，沈煙砌。緩板香檀，唱徹伊家新制。怨入眉頭，斂黛峰橫翠。芭蕉寒，雨聲碎。

鏡華翳。閒照孤鸞戲。思量去時容易。鈿盒瑤釵，至今冷落輕棄。望極藍橋，但暮雲千里。幾重山，幾重水。

宋代的許多達官顯貴都會蓄養家姬，《碧牡丹・晏同叔出姬》描寫的正是晏殊在家宴上招待張先的一位歌姬。

相傳晏殊有位寵姬美貌而善歌。晏殊只比張先小一歲，和張先算得上同齡人，兩人同在朝廷為官，又是意趣相投的詞友，因此每每設宴，晏殊都會把張先請來，令寵姬演唱張先的詞曲。

後來，因晏夫人不滿，晏殊無奈，只好將這位寵姬趕走，心裡卻仍對她念念不忘。張先知道老朋友的心底事，因此再次來宴府作客時，特意寫了這首《碧牡丹》，令歌姬們演唱。詞中從「唱徹伊家新制」的過往，寫到歌姬「至今冷落輕棄」的現狀，今昔對比，令人心酸，而一句「望極藍橋，但暮雲千里。幾重山，幾重水」，更是道盡了歌姬無盡的苦戀與相思。晏殊聽後萬分感慨，說道：「人活著就是要快樂，我何必自己苦自己呢！」不久又花重金將這位寵姬迎回了府裡。（見《古今詞話》）

經晏殊的家姬演唱，《碧牡丹》一詞從晏府逐漸傳開，最終成為家喻戶曉的一首著名詞曲。不過，能寫出如此感人又如此深諳女人心的詞，張先靠的絕不僅僅是才華。除了精通音律、寫得一首好詞，他還是個風流才子——女子是他詞曲的傳播者，是他創作的素材，同時也跟他一起，譜寫了許多風流韻事。

張先曾寫過《一叢花令・傷高懷遠幾時窮》一詞：

傷高懷遠幾時窮？無物似情濃。離愁正引千絲亂，更東陌、飛絮濛濛。嘶騎漸遙，征塵不斷，何處認郎蹤。

雙鴛池沼水溶溶，南北小橈通。梯橫畫閣黃昏後，又還是、斜月簾櫳。沉恨細思，不如桃杏，猶解嫁東風。

這是一首寫離愁別緒的詞，寫得哀婉動人。但如此纏綿多情的詞，竟是張先為一位尼姑所作。

這位尼姑不是尋常的尼姑，而是張先的一位情人。一日，她在池邊與張先偶遇，張先見小尼姑容貌驚人，不覺對她一見鍾情，而小尼姑雖然出了家，卻凡心未泯，看到眼前有這麼一位風流倜儻的大才子對自己動情，也禁不住春心蕩漾。自那日相見後，小尼姑就常常與張先私會。

小尼姑住在池中島的閣樓上，因為戒律森嚴，張先每次都要等夜深人靜時才敢偷偷與之相會。半夜，小尼姑聽見樓下有動靜，就悄悄將梯子放下讓張先上樓。

私會尼姑這樣的風流韻事注定不可能長久。《一叢花令．傷高懷遠幾時窮》一詞，正是張先以小尼姑的角度寫就的一段內心獨白。

「十八新娘八十郎」

張先在富貴安逸中活了八十八個年頭，稱得上是北宋最長壽的詞人了。他之所以長壽，一是因為生活優渥悠閒，同時也與他超脫大度的生活態度有關。

北宋時，都城汴京經濟繁榮，街道兩側盡是青樓妓館。雖是青樓女子，但其中不乏頗具才情、色藝雙絕的佳人，她們與詞人之間存在著一種十分微妙的關係：名妓需要靠詞人的詞來成名、以此抬高身價，而詞人則要靠名妓的演唱來傳播新作；此外，才子與佳人往往又惺惺相惜、互為知己。

當時，汴京有個能歌能詩、氣質超群的絕世美人，令文人爭相追捧，且被後人讚為「歌舞神仙女」、「風流花月魁」——她不是別人，正是大名鼎鼎的李師師。

相傳，李師師愛唱新詞，平日裡結交的都是當時文壇赫赫有名的大腕，如晏殊、晏幾道、柳永、周邦彥、秦觀、晁沖之等人。在當時，別的歌妓都需要向這些詞壇大腕索詞，但李師師不一樣，不用她求詞，這些大詞人就會主動贈詞給她。張先就曾特地為她寫過一首《師師令》：

香鈿寶珥。拂菱花如水。學妝皆道稱時宜，粉色有、天然春意。蜀彩衣長勝未起。縱亂雲垂地。

都城池苑誇桃李。問東風何似。不須回扇障清歌，唇一點、小於珠蕊。正值殘英和月墜。寄此情千里。

不說張先與李師師之間有過怎樣的故事，能於眾才子之間遊刃有餘，被晏幾道讚為「遍看潁川花，不如師師好」，與她交往本身就是一件雅事吧？

當然，除了李師師這樣炙手可熱的名妓，張先也給別的歌妓作詞。尤其在老年退休後，他有了更多閒暇時間，就經常為官妓填詞。不過，由於太多美人向他索詞，張先有時也會應接不暇。當時有個名叫龍靚的歌妓，就因得不到張先的詞而急得向張先寫了一首索詞詩：

天與群芳千樣葩，獨無顏色不堪誇。牡丹芍藥人題遍，自分身如鼓子花。

張先看了龍靚的詩，趕緊為她寫了一首《望江南》：

青樓宴，靚女薦瑤杯。一曲白雲江月滿，際天拖練夜潮來。人物誤瑤臺。
醺醺酒，拂拂上雙腮。媚臉已非朱淡粉，香紅全勝雪籠梅。標格外塵埃。

據說因為得了這首詞，龍靚一時賓客盈門，立刻成了當時的歌館紅人。
從張先和歌妓們的交往來看，風流倜儻、一表人才的他生活在一群佳人間，不缺紅顏知己，想必過得十分逍遙。不過，這對張先來說還不夠。這位詞壇才子一生風流，如果將他的風流韻事彙編成冊，恐怕有厚厚一本，而他自己的詞，如實記錄了這些韻事。譬如《謝池春慢・玉仙觀道中逢謝媚卿》一詞，寫的就是張先去玉仙觀的途中偶遇佳人謝媚卿的一段情事：

繚牆重院，時聞有、啼鶯到。繡被掩餘寒，畫幕明新曉。朱檻連空闊，飛絮無多少。徑莎平，池水渺。日長風靜，花影閒相照。
塵香拂馬，逢謝女、城南道。秀豔過施粉，多媚生輕笑。鬥色鮮衣薄，碾玉雙蟬小。歡難偶，春過了。琵琶流怨，都入相思調。

而在張先的情史中，像謝媚卿這樣的女子恐怕不在少數。雖是才子佳人、你情我願的美好相逢，但無法長相廝守畢竟令人遺憾，因此便催生了「琵琶流怨」，催生了張先的一首「相思調」。
而張先的一生最風流的一件事，莫過於八十歲納小妾一事。娶妾之後他還頗為得意地賦詩一首：

我年八十卿十八，卿是紅顏我白髮。與卿顛倒本同庚，只隔中間一花甲。

張先年事已高，心卻未老，他不僅在八十歲納了一個小妾，到了八十五歲高齡，又娶了個正值花季的侍妾。為此，作為忘年交的蘇軾忍不住寫了一首戲作《張子野年八十五尚聞買妾述古令作詩》打趣張先：

錦里先生自笑狂，莫欺九尺鬢眉蒼。詩人老去鶯鶯在，公子歸來燕燕忙。
柱下相君猶有齒，江南刺史已無腸。平生謬作安昌客，略遣彭宣到後堂。

收到蘇軾的詩，張先倒也不覺得受了冒犯，反而生怕蘇軾誤會，特地寫了信去為自己辯解：「愁似鰥魚知夜永，懶同蝴蝶為春忙。」大意是說：我這絕非好色，只是妻子去世了，長夜漫漫十分寂寥，這才娶了小妾排解愁緒。

因寫詞收穫綽號一籮筐

在仕途上，張先的一生沒有跌宕起伏的經歷：四十歲考中進士，後來在各地擔任知縣、判官、通判、知府等官職，後來進尚書省，成了一名都官郎中，直到七十四歲退休，既沒有平步青雲的大喜，也沒有遭受貶謫流放的坎坷挫折，可以說一輩子風平浪靜。

或許正是這樣平靜的生活，讓張先有閒心享受生活，也有閒情創作詞曲，再加上他善交遊，又才華橫溢，在宋初詞壇上，幾乎沒有人不知道他的大名。張先詞曲中的那些名句，也幾乎人人都能念上兩句，因為這些詞句，張先還收穫了不少雅號。

比如，張先曾寫過一首描寫懷春女子的小令《行香子・舞雪歌雲》：

舞雪歌雲。閒淡妝勻。藍溪水、深染輕裙。酒香醺臉，粉色生春。更巧談話，美情性，好精神。

江空無畔，凌波何處，月橋邊、青柳朱門。斷鐘殘角，又送黃昏。奈心中事，眼中淚，意中人。

雖然是寫閨情，卻沒有那麼重的脂粉氣，而是有「雪」有「雲」，意蘊恬淡，營造出一種朦朧美。尤其是「奈心中事，眼中淚，意中人」一句，連用三個「中」字，僅十個字，就由外而內寫出了這位傷春女子心事重重、淚光點點，在黃昏時翹首企盼情人歸來的神態與心情，用語之妙令人稱絕。因此，《行香子・舞雪歌雲》一出，「奈心中事，眼中淚，意中人」就在歌坊妓館間傳唱。因為這首詞，張先獲得了「張三中」的雅號。

除了「張三中」，張先還有一個雅號叫「雲破月來花弄影郎中」。「雲破月來花弄影」也是張先詞中的名句，出自《天仙子・水調數聲持酒聽》：

水調數聲持酒聽，午醉醒來愁未醒。送春春去幾時回？臨晚鏡，傷流景，往事後期空記省。
沙上並禽池上暝，雲破月來花弄影。重重簾幕密遮燈，風不定，人初靜，明日落紅應滿徑。

這是張先晚年所寫的一篇詞作。雖然他的生活一直優遊自在，但也難免會有發愁煩悶的時候。於是，他令家姬演唱《水調歌》，邊聽歌邊喝酒，本想藉歌酒消愁，卻越聽越愁。不知不覺在昏昏沉沉中睡去，待酒醒了，愁仍在。

這是一種怎樣的愁？「臨晚鏡，傷流景，往事後期空記省。」這種無法排遣的苦悶，原來是因回憶年少時的往事引起的。傍晚時分，看門前成對的鴛鴦靜靜游於水上，自己卻形影相弔，不覺心事重重。然而青春不再，往事如煙，年輕時錯過的就永遠錯過了，許多事只能追憶而無法再追尋。

張先沒有點明他追憶的是何事何人，但「沙上並禽池上暝，雲破月來花弄影」一句，寫暮春之夜雲破月出，突然灑下一片月光，既寫出了清朗的夜景之美，又婉約含蓄地點明了此時月下人內心的變化。

《天仙子・水調數聲持酒聽》一詞抒發的雖是張先日常生活的小感慨，卻把一日的心情寫得跌宕起伏，堪稱詞中精品，在當時廣為流傳。而「沙上並禽池上暝，雲破月來花弄影」一句，正是張先「雲破月來花弄影郎中」這一雅號的由來。據說，宋初的「狀元郎」詞人、又稱「紅杏尚書」的宋祁去張先家拜訪時，就讓隨從這樣通報：「尚書欲見『雲破月來花弄影』郎中。」

此外，張先因寫給小尼姑的《一叢花令・傷高懷遠幾時窮》，得了「桃杏嫁東風郎中」的綽號。不過，在諸多雅號和綽號中，最為著名的「張三影」，則是他自己取的。

據說有一次，一個十分崇敬張先的客人對他說：「聽說人人都稱您『張三中』，即心中事、眼中淚、意中人。」張先聽了，有些不以為然地問對方：「為什麼不叫『張三影』呢？」見客人不知道「三影」的出處，張先解釋道：「『雲破月來花弄影』、『嬌柔懶起，簾押殘花影』、『柳徑無人，墜絮飛無影』，此余平生所得意也。」（見《古今詩話》）

「嬌柔懶起，簾押殘花影」出自《歸朝歡》：

聲轉轆轤聞露井。曉引銀瓶牽素綆。西園人語夜來風，叢英飄墜紅成徑。寶猊煙未冷。蓮臺香蠟殘痕凝。等身金，誰能得意，買此好光景。

粉落輕妝紅玉瑩。月枕橫釵雲墜領。有情無物不雙棲，文禽只合常交頸。晝長歡豈定。爭如翻作春宵永。日曈曨，嬌柔懶起，簾押殘花影。

「柳徑無人，墜絮飛無影」則出自張先的另一首名為《翦牡丹・舟中聞雙琵琶》的詞：

野綠連空，天青垂水，素色溶漾都淨。柳徑無人，墮絮飛無影。汀洲日落人歸，修巾薄袂，擷香拾翠相競。如解凌波，泊煙渚春暝。

彩條朱索新整。宿繡屏、畫船風定。金鳳響雙槽，彈出今古幽思誰省。玉盤大小亂珠迸。酒上妝面，花豔眉相併。重聽。盡漢妃一曲，江空月靜。

而「雲破月來花弄影」、「嬌柔懶起，簾押殘花影」、「柳徑無人，墜絮飛無影」三句，不僅是張先自己的得意之作，也被歷代後人廣為傳誦，以致「張三影」在詞壇上比張先更出名了。

「月上柳梢頭，人約黃昏後。」
百科全書式的詞人——「醉翁」歐陽修

連中兩元的「科舉移民」

西元一〇二八年秋的一天，一個穿著單薄布衫的年輕人挎著簡單的包裹，出現在漢陽軍權知軍胥府門口。他看上去二十歲出頭，風塵僕僕，臉上顯出憔悴，看樣子他應該是趕了很遠的路才來到這裡。在胥府門前停留片刻後，年輕人鼓起勇氣走上前，向家丁說明了來意。

這個年輕人，就是日後成為「唐宋八大家」之一的北宋文壇領軍人物歐陽修。不過在年輕時，歐陽修的生活過得並不容易，他幼年喪父，由寡母撫養長大，雖從小聰穎好學，但科舉考試接連失利，先是早年鄉試時落選了一次，後來參加禮部主持的會試時又落選了。回鄉途中，看著北雁南歸，又一年即將過去，而自己已二十出頭仍碌碌無為，歐陽修感到十分著急。

按照當時的律法規定，如果禮部會試不中，就要回到原籍所在地重新參加鄉舉，再次取解後才能參加來年的會試，一來一去又將耗費數年光陰。地方上取解比例低、難度大，而京城的錄取比例要遠超出地方數倍，為了不浪費時間又能提高考中率，家裡有錢有勢的考生都會想方設法走後門，以獲取在開封府考試的資格，其實際身分相當於如今的「高考移民」。這樣的做法律法上雖明令禁止，但在當時卻屢禁不止。

歐陽修家中無法為他提供走後門的條件，離京返鄉途中，他一直想著自己的出路，要想不走常規科舉之路，就得另闢蹊徑，找到一個願意獎掖提攜他的伯樂。終於，在途經雲夢這個地方時，歐陽修靈光一現，腦海中出現了一個人，這個人便是當時在漢陽任知軍的胥偃。

胥偃是被派到漢陽管理政務和軍事的朝廷命官，也是當時的文壇名人，歐陽修拿著自己寫的文章向胥偃毛遂自薦，倘若能獲得他的賞識，就有機會走上一條通向功名的康莊大道。

事實證明，歐陽修這回算是走對了路子。胥偃十分欣賞歐陽修的才華，將他留在家中不遺餘力地指點，還帶他四處拜謁文壇名人，使得歐陽修這個籍籍無名的晚輩很快成了活躍於當時文壇的一顆新星。

西元一〇二九年，在恩師胥偃的保舉下，歐陽修順利取得了國子監的參考機會，並一舉奪得了解元和監元，又在次年的省試中考了第一。

據說，連中「小三元」的歐陽修自信滿滿，還沒參加殿試就為自己備好了狀元袍，但這件狀元袍卻被後來與他成為連襟的同科考生王拱辰先試穿了一下，結果揭榜之日一看，王拱辰中了狀元。

那一年，歐陽修雖然未能如願連中三元，不過第十四名的成績也已相當不錯，更何況宋代有「榜下擇婿」的風俗，胥偃近水樓臺先得月，將愛女許配給歐陽修，二十三歲的歐陽修雙喜臨門，不久又被派去洛陽當官，真可謂好事連連、春風得意。

考取了功名、娶了美人又當了官的歐陽修，終於可以鬆一口氣了，同時也擁有了寫詞的閒暇。

這一時期的歐陽修還十分年輕，人生尚未經歷多少沉浮，因此他的詞多為餽贈友人及唱和之作。如那首作於西元一〇三二年春的《浪淘沙・把酒祝東風》：

> 把酒祝東風，且共從容，垂楊紫陌洛城東。總是當時攜手處，遊遍芳叢。
> 聚散苦匆匆，此恨無窮。今年花勝去年紅。可惜明年花更好，知與誰同？

當時，歐陽修與友人梅堯臣相邀共遊洛陽城東舊地，他忍不住發出了親友相聚匆匆、聚散無常的感慨。雖只是一曲傷時惜別的小作，但整首詞清新灑脫，行氣如虹，不難看出歐陽修的才氣。

逍遙自在的「豔詞」達人

五代十國時期，浙江臨安人錢鏐據江南十三州建立吳越國，以錢塘為都城自立為王。西元九七八年，宋軍勢如破竹直搗南方，以召吳越王錢俶攻打常州、宣州為由將其騙入汴梁並扣留，錢俶無計可施，只得自獻封疆於宋，吳越國自此滅亡。吳越歸宋之後，錢氏子孫有許多都在宋朝當官，錢俶第十四子錢惟演便是其中一個。

錢惟演比歐陽修年長三十歲，博學多才，是宋初詩壇著名流派「西崑體」的重要成員，那首讀來令人慨嘆傷感的《木蘭花・城上風光鶯語亂》便出自他的手：

城上風光鶯語亂，城下煙波春拍岸。綠楊芳草幾時休，淚眼愁腸先已斷。
情懷漸覺成衰晚，鸞鏡朱顏驚暗換。昔年多病厭芳尊，今日芳尊惟恐淺。

雖然錢惟演善用歌功頌德、政治聯姻等手段來謀權邀寵，為當時許多人所不齒，不過他愛才、惜才這一點卻很值得讚賞。歐陽修金榜題名被派到洛陽當官時，錢惟演正任河南府兼西京（即洛陽）留守，據說有一次歐陽修與僚友謝絳一道翹班去嵩山賞雪，兩人登高遠眺時，見一隊人馬從遠處踏雪而來，近前才知道，原來是錢上司派來廚子和歌姬，專門為他們兩個助興來了。錢惟演還讓人捎話，叫兩個年輕的下屬盡情賞雪，不必急於回府辦公。

有如此體恤下屬的上司，歐陽修在洛陽當官那些年活得逍遙愜意。因免去了瑣碎公務的煩擾，他得以常常與梅堯臣、尹洙等好友相聚遊山玩水、切磋詩文學問，又受上司錢惟演「平生惟好讀書，坐則讀經史，臥則讀小說，上廁則閱小辭」的治學影響，勤奮學習，為日後在文學和其他學問上的厚積薄發奠定了基礎。

可以說，歐陽修是北宋一代百科全書式的文學巨匠，不僅在詩詞文章上開創了一代新風，在經學、史學、金石學、書法、農學等各方面也造詣頗深，留下了《集古錄跋尾》、《五代史記》、《洛陽牡丹記》等著作。

年輕時的歐陽修在朝廷做過館閣校勘，後來又擔任過知諫院、右正言、知制誥等職。西元一〇四三年，他的老朋友、一代改革家范仲淹當了副宰相，跟樞密副使富弼等人一起積極推進「慶曆新政」，歐陽修積極參與其中，成了改革派的一員大將。雖也有一些被貶到地方當官的波折，但歐陽修的仕途總體還算順利，晚年時更是在朝中任翰林學士、參知政事、刑部尚書、兵部尚書等要職，成為仁宗時代頗具影響的政治人物。有了這樣的地位，歐陽修又大力宣導詩文革新，積極獎掖後進，成為驅動北宋文壇改革的領袖人物。

不過對歐陽修而言，詞作為「詩餘」，只是閒暇時的一種消遣，因此他的詞作內容多半為日常瑣事與感慨，如那首《踏莎行・候館梅殘》，就是通過館前殘梅來寫離愁別緒的：

候館梅殘，溪橋柳細。草薰風暖搖征轡。離愁漸遠漸無窮，迢迢不斷如春水。
寸寸柔腸，盈盈粉淚。樓高莫近危闌倚。平蕪盡處是春山，行人更在春山外。

而《臨江仙・柳外輕雷池上雨》一詞，寫的則是夏日的雨後景象：

柳外輕雷池上雨，雨聲滴碎荷聲。小樓西角斷虹明。闌干倚處，待得月華生。
燕子飛來窺畫棟，玉鉤垂下簾旌。涼波不動簟紋平。水精雙枕，畔有墮釵橫。

自古才子皆風流，愛情永遠是詞人們繞不開的一大主題。雖然歐陽修的文章多數寫得一本正經，但他絕非不解風情的老古董，相反，他也曾有過一段遊飲無度的生活史，並寫了大量閨情閨怨的「豔詞」，其中最有名的大概是《生查子・元夕》了：

去年元夜時，花市燈如晝。月上柳梢頭，人約黃昏後。
今年元夜時，月與燈依舊。不見去年人，淚濕春衫袖。

他的另一首著名詞作《蝶戀花‧庭院深深深幾許》，細緻刻畫了一個傷春女子獨守空房的孤獨與寂寞：

庭院深深深幾許，楊柳堆煙，簾幕無重數。玉勒雕鞍遊冶處，樓高不見章臺路。
雨橫風狂三月暮，門掩黃昏，無計留春住。淚眼問花花不語，亂紅飛過秋千去。

《生查子‧元夕》通過今昔對照，寥寥數語就點出了一個失戀少女的憂傷，詞短情長，被後人視為詞中精品。明代雜劇家徐士俊甚至認為，元曲中稱得上絕品的作品都是效仿此作而來。而《蝶戀花‧庭院深深深幾許》則被清人毛先舒評為「意欲層深，語欲渾成」。

在歐陽修的詞作中，這些描寫閨情的詞作數量雖少，但藝術成就極高，雖詞風不免沿襲了五代詞的套路，但擴大了詞的抒情功能，審美趣味也由貴族式的富麗轉向了通俗——這也是他在詞創作上的開拓與創新。

在山水與酒之間放浪形骸

除了美人，歐陽修的詞還離不開一個主題，那便是「酒」。

從年輕時起，歐陽修就是個十足的「酒徒」，雖然他並不耽於酒色，是個積極追求功名的讀書人，但遊樂時以酒助興、失意時借酒消愁，會友時把酒言歡，何嘗不是人生美事？

對自號「醉翁」的歐陽修來說，「座上客常滿，樽中酒不空」是他的人生座右銘。他是個將自己浸在酒罈子裡的詞人，他的詞也往往散發出一股濃濃的「酒味」。

如《蝶戀花・海燕雙來歸畫棟》一詞：

> 海燕雙來歸畫棟。簾影無風，花影頻移動。半醉騰騰春睡重。綠鬟堆枕香雲擁。
> 翠被雙盤金縷鳳。憶得前春，有個人人共。花裡黃鶯時一弄。日斜驚起相思夢。

寫的是相思閨愁，但這濃濃春意中的花和人都展現出幾分半醉半醒的慵懶。

歐陽修的「酒詞」還有很多，其中五首《採桑子》可以說是最為集中的體現。西元一〇四九年，已是不惑之年的歐陽修被派到潁州當太守，他十分喜愛潁州山水，一口氣寫下了十首描繪潁州西湖的《採桑子》。頗有意思的是，這十首詞中，竟有一半是與酒有關的。

如《採桑子・畫船載酒西湖好》：

畫船載酒西湖好，急管繁弦。玉盞催傳，穩泛平波任醉眠。
行雲卻在行舟下，空水澄鮮。俯仰留連，疑是湖中別有天。

再如《採桑子·何人解賞西湖好》：

何人解賞西湖好，佳景無時。飛蓋相追，貪向花間醉玉卮。
誰知閒憑闌干處，芳草斜暉。水遠煙微，一點滄洲白鷺飛。

又如《採桑子·清明上巳西湖好》：

清明上巳西湖好，滿目繁華。爭道誰家，綠柳朱輪走鈿車。
遊人日暮相將去，醒醉喧嘩。路轉堤斜，直到城頭總是花。

《採桑子·荷花開後西湖好》：

荷花開後西湖好，載酒來時。不用旌旗，前後紅幢綠蓋隨。
畫船撐入花深處，香泛金卮。煙雨微微，一片笙歌醉裡歸。

《採桑子・殘霞夕照西湖好》：

殘霞夕照西湖好，花塢蘋汀。十頃波平，野岸無人舟自橫。
西南月上浮雲散，軒檻涼生。蓮芰香清，水面風來酒面醒。

由這些詞可以看出，「醉翁」不愧是「醉翁」。對歐陽修來說，無酒不成歡，無酒也不成行。雖然他曾在《醉翁亭記》裡說：「醉翁之意不在酒，在乎山水之間也。」但倘若少了美酒相伴，恐怕遊山玩水的興致就不會那麼濃，所見之景也不會那麼靈動吧？

「至今商女，時時猶唱，後庭遺曲。」

受非議最多的詞壇「聖人」——王安石

不按套路出牌的瘋狂縣令

西元一〇四七年，這年江南的雨水豐沛，陰雨連綿的天氣一直從初春持續到夏季。因雨水過多，許多地方鬧了水患，致使田地裡的莊稼顆粒無收，百姓叫苦連天。

各地受天災影響，到了秋季，江南各地米價瘋狂上漲，一路從每石四百文飛漲到一千五百文。官府一面向朝廷求援，希望從別處調來賑災糧食；另一面極力抑制米價、懲辦奸商，這才使得米價重新回到了一石五百文左右。

然而，就在所有官員都在努力賑災抑價時，位於浙江沿海的鄞縣新縣令卻做出了一項違背常理的舉動：他不僅沒有抑制哄抬米價的奸商，反倒發出公文，強令米價維持在每石三千文左右！不僅如此，他還私下收受米商賄賂，如有不給的，竟還派人去索要！

做出如此瘋狂之舉的鄞縣縣令不是別人，正是王安石。

一開始，幾乎所有人都不知道王安石葫蘆裡賣的是什麼藥，以為他是個公然不顧朝廷法令、趁荒年打劫百姓的貪官污吏，若不是王家世代為官，王安石差點被治了罪。不過，數月過後，江南其他地方紛紛出現米商囤米不售，又因朝廷沒能及時調來賑災糧食，致使百姓或奔走他鄉，或餓死街頭，市井一片蕭條，而鄞縣卻依然一副太平景象，這時王安石這一瘋狂之舉才漸漸被人們理解。

原來，自鄞縣規定每石米價必須維持在三千文後，各地米商紛紛趕來鄞縣做生意。鄞縣自古為魚米之鄉，百姓生活富足，家中多少有些積蓄。對富人來說，雖然對王安石哄抬米價不無怨言，但能在饑荒年代買到糧食已是不幸中的萬幸，誰還在乎錢多錢少？至於那些出不起高價買米的貧困百姓，王安石則用從米商那裡收來的「賄賂」救濟他們。

王安石此舉表面看是在哄抬米價，實則一舉三得——一來，這麼做使得鄞縣米糧充足，即使朝廷無法從別處調來賑災糧食，也不必擔心買不到糧食；二來，無異於通過官府之手，從富人的口袋中將餘錢取來賑濟窮人，使得真正需要賑濟的窮人渡過難關；三來，隨著大量米商的湧入，鄞縣米糧充足，而數月後各地新米即將上市，米商為盡快將糧食販賣出去，必將自動降價，到時候撤銷每石三千文的公告，米價便會重新回歸合理——如此高明的度荒良策，恐怕除了王安石，很難有第二個人能想到了，而此時的王安石才二十六歲。

雖然十分年輕，但王安石當官做事雷厲風行，很有一套方法，且常常不按套路出牌。除哄抬米價一事，他在鄞縣當縣令時還曾有過兩項創舉：一是以青苗為抵押，在荒年或每年青黃不接時將官糧以低息貸給農民，等農民有了收成，再將本息歸還政府；二是建立聯保制度，加強地方治安組織——而這兩項創舉，正是後來「青苗法」和「保甲法」的前身。

「鐵血宰相」的詩詞人生

從西元一〇四二年進士及第踏入仕途到西元一〇六八年入京主持變法，在這長達二十餘年的仕宦生涯中，王安石當過地方縣令、通判，在提點刑獄司任過職，並擔任過舉人考試官和制科考官。而正因為這二十餘年豐富的歷練和經驗，王安石得以接觸國家政體的方方面面，並通過自身實踐，為日後的變法做好了準備。

西元一〇六八年，宋英宗駕崩後，年僅十九歲的宋神宗登上帝位。這個敢作敢為的年輕人對北宋疲弱的現實十分不滿，因而大膽啟用王安石，開啟了北宋歷史上長達十幾年的熙寧變法。

無疑，在這場政治變革中，宰相王安石和年輕皇帝宋神宗是臺前幕後最為關鍵的兩個人。和歷史上所有變革一樣，想要力挽狂瀾、革除北宋積貧積弱的舊弊，變法勢必觸動許多人的利益，也勢必招致激烈反對。而在面對如浪潮般湧來的反對之聲時，王安石因得神宗的信任與支持，表現出了令人敬佩的「三不足」精神——「天命不足畏，人言不足恤，祖宗不足法」。他大膽起用新人、強力掃除一切阻撓變法的障礙，是一位名副其實的「鐵血宰相」。

或許是因為變法影響太大，人們在提及「王安石」三個字時總是繞不開「變法」二字，殊不知，這位政壇上大名鼎鼎的風雲人物，還是北宋文壇一位才華橫溢的文學大家——他的文章雄健簡練、奇崛峭拔，就連寫日常公文也充滿才氣；他的詩歌風格清新、意境幽遠，自創「王荊公體」，被後人評為「荊公絕句妙天下」；而他的詞，雖然傳世的不多，卻一掃當時詞壇旖旎靡弱的風氣，呈現出一種豪縱沉鬱的氣象，可以說王安石開創了北宋詞壇豪放詞風的先河。

如今仍為人們稱道的詠史弔古詞《桂枝香・金陵懷古》，就出自王安石之手：

登臨送目，正故國晚秋，天氣初肅。千里澄江似練，翠峰如簇。歸帆去棹殘陽裡，背西風，酒旗斜矗。彩舟雲淡，星河鷺起，畫圖難足。

念往昔，繁華競逐，嘆門外樓頭，悲恨相續。千古憑高對此，謾嗟榮辱。六朝舊事隨流水，但寒煙衰草凝綠。至今商女，時時猶唱，後庭遺曲。

金陵（今南京）位於長江下游中部地區，地理位置得天獨厚，歷來為兵家必爭之地。千百年來，它曾無數次遭受兵燹之災，但又屢屢從瓦礫荒煙中重整繁華。到北宋時，已有六個王朝在金陵建都，因此王安石在詞中有「六朝舊事」之說。但於王安石，金陵不僅是一座有著厚重歷史的千年古城，同時與他的一生也有著不解之緣。

先是西元一〇三七年，王安石的父親王益在江寧府，即金陵任通判，王安石隨父來到金陵居住。兩年後王益卒於江寧，並葬於江寧，此後王安石一家便在江寧定居下來，所以江寧堪稱他的第二故鄉。後來，王安石又曾幾度在江寧為官：第一次是西元一〇六七年，即變法前夕，這年英宗駕崩，神宗繼位，當時居住在江寧的王安石被任命江寧知府，但不久就被召回京城授予要職；第二次是西元一〇七四年，新法首次受挫，王安石再度回到江寧任知府；第三次則是西元一〇七六年，王安石第二次被罷相後，他第三次回到江寧當地方官，此後一直住在江寧，直至去世。

金陵城就像一位飽經風霜的千年老人，見證了王安石一生的宦海沉浮，同時它又如一面明鏡，讓王安石在觀照自身的同時也看見了千百年來朝代興衰的歷史。

作為一個自小就有雄心壯志、十幾歲就立下「矯世變俗」志向的人，王安石不同於純粹的文人，當他在金陵城登高望遠之時，他看見的不只是金陵壯麗的秋日景象，而是由眼前「千里澄江」的現實之河聯想到了由時間彙聚而成的漫漫歷史長河，「彩舟雲淡，星河鷺起」的景象逐漸隱去，浮現在他腦海中的，是曾在金陵建都的六個王朝的歷歷往事。

然而，往事如煙，六朝舊事就像那東流水早已逝去，但王朝代代更替，可有人真正從前朝的滅亡中吸取教訓？「至今商女，時時猶唱，後庭遺曲」一句，正是這首詞的文眼，它道出了王安石透過金陵所看到宋王朝令人擔憂的未來。

除了《桂枝香・金陵懷古》，王安石另一首寫於金陵的懷古詞《南鄉子・自古帝王州》，也反映了他胸懷家國大事，鑒古思今，對現實憂心的臣子情懷：

自古帝王州，鬱鬱蔥蔥佳氣浮。四百年來成一夢，堪愁。晉代衣冠成古丘。
繞水恣行遊。上盡層城更上樓。往事悠悠君莫問，回頭。檻外長江空自流。

從詞中可見，帝王們在金陵城建功立業、隨後這些功業灰飛煙滅的往事，始終縈繞在王安石心頭，久久揮之不去。他為那些在時間之河中覆滅的王朝感到惋惜，多希望當今聖上可以以史為鑒，力挽狂瀾，締造出歷史上又一個盛世。然而，他能做的卻只是獨自一人在水邊恣意閒遊，眼看著長江滾滾流逝，時光悠悠流逝，新王朝重蹈舊王朝的覆轍。

《南鄉子・自古帝王州》雖然充滿了無奈的喟嘆，卻有著深厚的情懷與大氣的格局，仍不失為一首絕佳的豪邁之作。而《浪淘沙令・伊呂兩衰翁》一詞，作於西元一〇六八年王安石被召入京受重用之際，因此更具昂揚之氣：

伊呂兩衰翁。歷遍窮通。一為釣叟一耕傭。若使當時身不遇，老了英雄。湯武偶相逢。風虎雲龍。興王只在笑談中。直至如今千載後，誰與爭功。

其實，早在西元一〇五八年秋，當時年僅三十七歲的王安石被調為度支判官，他趁著進京述職，就曾以冷峻的文筆寫下《上仁宗皇帝言事書》，在文中總結了自己十幾年來的地方官經歷，指出國家存在經濟困窘、社會風氣敗壞、國防安全堪憂等隱患，並以晉武帝司馬炎、唐玄宗李隆基等人只圖安逸、不求改革、終至覆滅的事實，提醒皇帝效法古聖先賢之道，對宋初以來的法度進行全盤改革，革除積弊。

宋仁宗看到這份《言事書》，內心或許受到了觸動，然而他儘管寬厚，卻是個相對保守的皇帝，加上當年「慶曆新政」失敗的教訓仍歷歷在目，遂將王安石的奏疏擱置一旁，未予理睬。

王安石一心期待的改革，一等就是十年。他沒想到就在自己年屆半百之時，有機會獲神宗的賞識與信任，得以將醞釀已久的變法付諸行動，於是不由自主地從自身想到了古代的伊尹和呂尚——這兩位賢臣，一個曾是水邊漁翁，一個曾是田間農夫，倘若不是因為遇見了湯王和文王，就不可能創立名揚千秋的功業——而神宗之於他，難道不正像湯王和文王嗎？《浪淘沙令・伊呂兩衰翁》一詞既是王安石對神宗的讚頌與感激，同時也表露了他建立一番奇功偉業的氣魄和決心。

當然，這位在推行變法上不遺餘力、甚至不講情面的「鐵血宰相」，在他剛強的性格背後，其實也藏著一顆惜春傷春的詩意的心，如《傷春怨・雨打江南樹》便是這種心態的反映：

雨打江南樹。一夜花開無數。綠葉漸成陰，下有遊人歸路。
與君相逢處。不道春將暮。把酒祝東風，且莫恁、匆匆去。

一場春雨過後，嬌美的花兒一夜之間綻放，然而轉眼綠樹成蔭的美好季節很快就消逝了。因要與友人分別，王安石想起了時光匆匆、春光易逝，不禁想端起酒杯向東風祈禱，希望它能永遠停留。

這首詞十分簡短，卻將「鐵血宰相」性格中的另一面展露無遺——原來，他並非一個只有滿腔報國熱情的政治家，他的內心，其實也充滿著無限的浪漫與溫柔。

騎驢看山、看水的王荊公

西元一〇七六年，王安石因變法遭遇重重阻力，且暴露出許多弊端而被罷相，自此從人生的高峰跌落。

說起這場變法，其利弊得失，歷史上從來褒貶不一：有人稱它是禍國殃民的惡法，西元一〇七三年中原遭逢大旱時，曾有人趁機呈上《流民圖》，說正因王安石亂祖宗之法，才導致了這次天災；當然，也有人稱它是歷史上最偉大、最前衛的一場政治變革。

作為主持這場變法的核心人物，王安石本身也捲入了各類言論，成了歷史上一個備受爭議的人物——恨他的人斥他為奸臣，而擁護他的人則盛讚他為「聖人」，關於他的各種奇聞逸事，也在民間廣為流傳。

比如，有傳言稱，王安石衣著邋遢、長期不洗臉、不換衣服，而且還有一身怪癖。有一次，宋仁宗邀請眾大臣在御花園舉行了一場別開生面的魚宴，當大家都興致勃勃在池中釣魚時，王安石卻坐在一邊，將滿滿一盤魚餌吃了個乾淨。據說因為這件事，宋仁宗對王安石有了看法，認為他是個虛偽做作、搏出位的狡詐之徒，因此不願重用他。而在蘇洵的《辨奸論》中，對王安石也有「衣臣虜之衣，食犬彘之食」的描述。

另一件事說的是王安石當上宰相後，王夫人娘家一個姓蕭的親戚來王府拜見他。這位蕭公子原以為能在相府得到熱情款待，卻不料中午吃飯時間過去了很久，主人才命人端上來一點小酒，兩個胡餅，還有幾碟清湯寡水、根本上不了檯面的小菜。這位蕭公子大失所望，但又不好意思不吃，因而拿起胡餅，在中間隨便咬了兩口就丟下了。他萬萬沒有想到，就在這時王安石竟朝他這邊伸過手來，將他丟棄的餅渣拿過去，津津有味地吃了起來。

還有一件軼事，說的是王安石不近女色。據說有一次，王夫人怕外面傳言他懼內，因此主動為他買了個侍妾，但王安石竟不買帳，當天就把侍妾打發走了（見《邵氏聞見錄》）。

據今人研究，許多關於王安石的軼事傳聞都無憑無據，甚至連蘇洵的《辨奸論》也是假的，很可能是不喜歡王安石的人或反對新法的人捏造出來詆毀他的假證據。

王安石究竟是怎樣一個人？

往事如煙雲般散去，我們也許很難還原歷史上那個真實的王安石，但文如其人，通過王安石親筆寫下的詩詞，多少可窺探些許這位備受爭議的人物的內心世界。

不論王安石是否如傳說那樣不修邊幅，那麼不近人情，至少他寫出了「牆角數枝梅，凌寒獨自開。遙知不是雪，為有暗香來」，「春風又綠江南岸，明月何時照我還？」「不畏浮雲遮望眼，只緣身在最高層」這些千古傳頌的詩句。一個人倘若沒有一顆高潔的心，倘若沒有深邃的思想、非凡的抱負與情懷，又怎能寫得出如此清新高雅、意境深遠的詩句？

自西元一〇七六年第二次被罷相後，王安石就在金陵過起了長達十年的隱居生活。他不喜歡靜坐，每天不是躺著，就是隨便吃點飯，然後騎著毛驢去山林間轉悠一趟，累了就在林中躺下休息（見葉夢得《避暑錄話》）。此間，他寫下了不少描寫山水風光的景物詞，這些詞作宛若一幅幅生動的寫生畫，記錄了他晚年隱居時的行蹤與一幕幕日常生活。

如《漁家傲・平岸小橋千嶂抱》：

平岸小橋千嶂抱。柔藍一水縈花草。茅屋數間窗窈窕。塵不到。時時自有春風掃。
午枕覺來聞語鳥。攲眠似聽朝雞早。忽憶故人今總老。貪夢好。茫然忘了邯鄲道。

文人一旦隱居，詩詞的字裡行間總會透出不食人間煙火的隱逸之氣，或是遠離塵世的清冷之氣。王安石的這首詞總體基調十分清淡：環繞的青山，小橋流水，一路野花野草，幾間竹旁茅屋，有鳥語，有雞鳴，儼然一幅平易近人的塵世山居圖——一個當年在政壇叱吒風雲的人物，隱退後能滿足於幾間茅屋、騎驢代步的生活，可見其性情之真、之平。

再如《浣溪沙．百畝中庭半是苔》，記述的是王安石隱居山林後落寞的生活場景：

百畝中庭半是苔，門前白道水縈迴。愛閒能有幾人來？
小院迴廊春寂寂，山桃溪杏兩三栽。為誰零落為誰開？

想當年他是宰相時，門庭若市、求諫者無數；如今他退隱山中，雖被封為荊公，卻已失去權力，前來看望他的人寥寥無幾，以至於門前的道路都長滿了青苔。人情冷暖，世態炎涼可見一斑。「山桃溪杏兩三栽。為誰零落為誰開」，這是王安石面對滿山桃花發出的感慨，同時也是回首一生發出的慨嘆。

而《菩薩蠻．數間茅屋閒臨水》一詞，寫的則是王安石老來卜居茅舍，心卻不無牽繫家國朝廷的內心狀態：

數間茅屋閒臨水，窄衫短帽垂楊裡。花是去年紅，吹開一夜風。
梢梢新月偃，午醉醒來晚。何物最關情，黃鸝三兩聲。

「數間茅屋」是他的住處，「窄衫短帽」是閒居時王安石的穿著，看花看水看月，則是他日復一日的閒居生活。因無事可做，他常常午覺醒來天就黑了。然而，這位退休宰相的生活果真過得如此具有閒趣嗎？

「何物最關情，黃鸝三兩聲。」為什麼黃鸝的鳴叫最能牽引他的心？因為著名隱士戴顒曾說黃鸝的啼鳴為「俗耳針砭，濤腸鼓吹」之音。（見《雲仙雜記》）

從王安石這些平淡素靜的詞中展現出來的，是一個活脫脫的有真性情、有政治情懷，安於平淡生活但又時時掛念朝廷的改革家形象。

也許，他當年為推行變革、為國家大利，曾表現出不近人情的一面，也曾因此得罪人而樹敵無數，但如蘇軾這樣正直的大臣，與他雖是「政敵」，在人格上對他卻十分敬重。

西元一〇八六年，眼看著神宗皇帝先他而去，而他與這位皇帝為之努力了十數年的新法逐一被廢，王安石在萬般憂憤與無奈中鬱鬱死去，享年六十五歲。

王安石去世後，蘇軾曾寫有《王安石贈太傅》敕文一篇，文中說：「將有非常之大事，必生希世之異人。使其名高一時，學貫千載；智足以達其道，辯足以行其言；瑰瑋之文，足以藻飾萬物；卓絕之行，足以風動四方。用能於期歲之間，靡然變天下之俗……」

敕文中這個「名高一時，學貫千載」、「卓絕之行，足以風動四方」的偉岸形象，恐怕才是歷史上真正的王安石吧。

「大江東去，浪淘盡，千古風流人物。」

豪放派鼻祖——一代「詞宗」蘇東坡

被譽為「百年第一」的全能才子

西元一〇五六年，一輛風塵僕僕的馬車在一座寺廟門口停下，車上走下來一個年近半百的中年人，另外還有兩個年齡相仿的年輕人。這兩個年輕人，一個十九歲，一個十七歲，看上去面目清秀，文質彬彬，他們攜帶隨身包裹跟隨父親進了寺廟，準備在這裡暫時寄居下來，和許多進京趕考的學子一樣，以迎接來年春天禮部主持的貢舉考試。

西元一〇五七年這場春試的主考官，正是當時主張詩文革新的文壇領袖歐陽修，兄弟倆透徹的說理、平易曉暢的文風很符合歐陽公的喜好，輕鬆地通過了這場考試。尤其是哥哥，他寫的《刑賞忠厚之至論》一文頗受歐陽修賞識，被讚為脫盡五代宋初以來的浮靡艱澀之風，判了第二名。據說，歐陽修原本要判此文為第一，但疑心此文為自己的得意門生曾鞏所作，為了避嫌所以改判第二。

在這場科舉考試中名列第二的，正是日後詞壇的大文豪蘇軾。雖然當時蘇軾才二十歲，但已初露鋒芒，獨具慧眼的歐陽修十分欣賞他文學上的天賦與才華，大膽預言：「此人可謂善讀書，善用書，他日文章必獨步天下。」他還曾在給好友梅堯臣的信中如是說：「老夫當避此人，放出一頭地。」

就才華而言，蘇軾完全當得起如此誇讚，他不僅文章寫得好，書法、繪畫、詩詞、音律無不精通，是百年難得一遇的全才。

西元一〇六一年，仁宗皇帝親自主持選拔優秀人才的制科考試，蘇軾又一舉拔得頭籌，成為數百年制科考試歷史上唯一的第三等，被譽為「百年第一」。跟三年一試的常規科舉考試不同，制科考試不定期舉行，應試者由朝廷命官舉薦，在長達數百年的宋朝歷史中總共只舉行過二十二次，又因要求極為嚴格，通過者僅四十一人，而在所有應試者中，第三等為事實上的最高等，因為從未有人得過第一、二等的殊榮——蘇軾的才華由此可見一斑。

然而，正如《孟子》所言：「天將降大任於斯人也，必先苦其心志，勞其筋骨……」這個才高八斗的年輕人在事業上頗為不順，先是西元一〇六六年父親蘇洵病逝，他與弟弟蘇轍扶柩回鄉，守孝三年。三年後，當蘇軾、蘇轍兄弟再回京城時，為革除宋初制度不完善導致的流弊，年輕氣盛的神宗皇帝重用王安石，開始了轟轟烈烈的熙寧變法。當時朝野上下因變法分成了新黨和舊黨兩大陣營，反對變法的歐陽修等人在朝中受到打擊，蘇軾也因政治主張與王安石不合而受到排擠。

西元一〇七一年，在朝中手腳被束的蘇軾無奈自請離京，到地處江南的杭州當了個通判，雖然官職小，官銜低，但遠離了紛爭不斷的朝廷，這一時期他的內心是平靜安寧的，他的詞也多為抒情、唱和之作，洋溢著年輕人的青春氣息。如那首寫給即將離任的杭州太守陳襄的送別詩《虞美人》：

湖山信是東南美，一望彌千里。使君能得幾回來？便使樽前醉倒更徘徊。

沙河塘裡燈初上，水調誰家唱？夜闌風靜欲歸時，惟有一江明月碧琉璃。

再如遠赴潤州「出差」賑災時寫給妻子的《少年游》：

去年相送，餘杭門外，飛雪似楊花。今年春盡，楊花似雪，猶不見還家。

對酒卷簾邀明月，風露透窗紗。恰似姮娥憐雙燕，分明照、畫梁斜。

從氣勢上看，這些詞篇遠不及後期的詞作那般氣勢磅礴，但已突破了「詞為豔科」的傳統格局，漸漸形成了「詞別是一家」的風格。

超然臺上說「超然」的密州太守

十年生死兩茫茫，不思量，自難忘。千里孤墳，無處話淒涼。縱使相逢應不識，塵滿面，鬢如霜。

夜來幽夢忽還鄉，小軒窗，正梳妝。相顧無言，惟有淚千行。料得年年腸斷處，明月夜，短松岡。

這首《江城子》寫於西元一〇七五年正月，是蘇軾悼念亡妻王弗的一首抒情詞。全詞充滿悲涼，沉痛感人。然而，這種因夢見亡妻而生的悲涼，並不僅僅存在於夢境中，或僅停留在夢醒後的片刻，它是不斷擴散的廣闊的悲涼，猶如北方冰雪覆蓋的山川大河一般，是蘇軾長期以來掙扎著想要突破卻始終無法突破的心境。畢竟，此時的蘇軾已年近四十，鬢角漸生白髮。青春無法駐留，一個有抱負的人可以一時假裝對失意毫不在乎，假裝自己享受在江南品茶、寫詞、論道的生活，但這種自我放逐，是蘇軾真正想要的嗎？

自開國以來，宋廷就一直與遼、西夏紛爭不斷，憑藉「澶淵之盟」、「慶曆和議」，北宋與遼、西夏的大戰已休，但隨著國勢強弱的變遷，彼此的邊境摩擦和衝突仍不斷發生，而百餘年的積弊又使宋王朝漸現衰微之勢，面對如此內憂外患，蘇軾何嘗不渴望為國家多做些事？他的《江城子・密州出獵》，就很明確地表達了自己的雄心與抱負：

老夫聊發少年狂，左牽黃，右擎蒼。錦帽貂裘，千騎卷平岡。為報傾城隨太守，親射虎，看孫郎。

酒酣胸膽尚開張，鬢微霜，又何妨？持節雲中，何日遣馮唐？會挽雕弓如滿月，西北望，射天狼。

自稱「老夫」是蘇軾感慨時光易逝，但此時的他正值壯年，只要給他機會，他就願意像孫權那般親自彎弓射虎，像西漢太守魏尚那般奔赴邊疆抗擊遼和西夏的入侵和滋擾。「為報傾城隨太守，親射虎，看孫郎」，「會挽雕弓如滿月，西北望，射天狼」，這豪氣沖天的壯語，正是蘇軾熱切渴望的內心寫照。

除了《江城子・密州出獵》，在擔任密州太守的前後歲月裡，蘇東坡還寫過不少經典的豪放派詞作，如《沁園春・孤館燈青》：

孤館燈青，野店雞號，旅枕夢殘。漸月華收練，晨霜耿耿，雲山摛錦，朝露漙漙。世路無窮，勞生有限，似此區區長鮮歡。微吟罷，憑征鞍無語，往事千端。

當時共客長安，似二陸初來俱少年。有筆頭千字，胸中萬卷，致君堯舜，此事何難。用捨由時，行藏在我，袖手何妨閒處看。身長健，但優遊卒歲，且鬥尊前。

這是西元一〇七四年蘇軾由杭州奔赴密州上任途中寫給弟弟蘇轍的詞，詞中以西晉詩人陸機、陸雲自喻，感慨他與蘇轍兄弟二人「有筆頭千字，胸中萬卷」的才能和「致君堯舜」的雄心壯志，又化用《論語》「用之則行，捨之則藏」之句來寬解仕途不順的弟弟和自己。此時的蘇軾，不論其詞境還是心境，在慨嘆現實之餘流露出的是大氣磅礡與豪放奔騰之氣。

然而，蘇軾的豪情壯志始終沒有用武之地。變法仍在繼續，他雖敬仰王安石正直的人品，卻無法贊同他過於激進的變革方式，而王安石也無法容忍蘇軾的「保守」，這就注定他們在政治上勢不兩立，王安石在朝廷掌權一天，蘇軾就難有所作為。

個人在時代面前是渺小的，蘇軾意識到自己在現實面前無能為力，便只好在政治之外尋求解脫。在密州擔任太守期間，他曾命人將城北的一座舊臺修葺一新，將其命名為「超然臺」，希望能成為《望江南・超然臺作》中所描述的「超然太守」：

春未老，風細柳斜斜。試上超然臺上望，半壕春水一城花。煙雨暗千家。
寒食後，酒醒卻咨嗟。休對故人思故國，且將新火試新茶。詩酒趁年華。

蘇軾是詞人，也是哲人，他生性豁達，明白人生、歷史與這超然臺上所見之景一樣，逃不過春去秋來榮枯的自然規律，但畢竟身在塵世，縱然明白這些道理，又哪裡逃得出現實的苦悶？如果登上超然臺可以真的超然，蘇軾又何必發出「高處不勝寒」的感慨？

明月幾時有？把酒問青天。不知天上宮闕，今夕是何年。我欲乘風歸去，又恐瓊樓玉宇，高處不勝寒。起舞弄清影，何似在人間？
轉朱閣，低綺戶，照無眠。不應有恨，何事長向別時圓？人有悲歡離合，月有陰晴圓缺，此事古難全。但願人長久，千里共嬋娟。

這首《水調歌頭》是蘇軾在密州時寫給遠在他鄉的蘇轍的，詞中不僅道出了對兄弟的思念，更傳達出這一時期他複雜的心境：既有「我欲乘風歸去，又恐瓊樓玉宇，高處不勝寒」的矛盾，又有對「人有悲歡離合，月有陰晴圓缺，此事古難全」的無奈，說「不應有恨」，他真正想表達的，不正是對人生不能遂意的遺憾與苦悶嗎？

一篇表文引發「烏臺詩案」

西元一〇七九年，於蘇軾是個多事之秋。

這年春天，蘇軾被從徐州調到湖州任太守，按照慣例，他給神宗皇帝寫了一篇感恩戴德的《湖州謝上表》，令他想不到的是，這篇表文竟意外掀起了一場震動朝野的軒然大波，他自己差點在這場腥風血雨中含冤死去，許多平日裡和他交往密切的好友紛紛受到了牽連。

事情的起因還是離不開新舊黨爭。當時，四十二歲的蘇軾雖在政治上沒有多大起色，但在文壇上已是赫赫有名的新一代文壇領袖。新黨忌憚蘇軾在文壇的影響力，對他詩文中所流露出對新政的微詞頗為不滿，早想治治這個不聽話的「異黨」，只是苦於一直找不到機會。不過這回，他們總算抓住了蘇軾的「把柄」，原來，蘇軾在《湖州謝上表》一文中寫了「陛下知其愚不適時，難以追陪新進；察其老不生事，或能收養小民」。新黨拿著這句話大做文章，說蘇軾妄自尊大、愚弄朝廷，又翻出大量他以前寫的詩詞，捕風捉影，給他羅列罪名。

經過長達四個月的「潛心鑽研」，監察御史里行舒亶向神宗彈劾蘇軾：「至於包藏禍心，怨望其上，訕瀆謾罵，而無復人臣之節者，未有如軾也。蓋陛下發錢以本業貧民，則曰『贏得兒童語音好，一年強半在城中』；陛下明法以課試郡吏，則曰『讀書萬卷不讀律，致君堯舜知無術』；陛下興水利，則曰『東海若知明主意，應教斥鹵變桑田』；陛下謹鹽禁，則曰『豈是聞韶解忘味，爾來三月食無鹽』；其他觸物即事，應口所言，無一不以譏謗為主。」

緊接著，國子博士李宜之，曾為自己的政治前途隱瞞喪母消息而被蘇軾譏為「不孝」的御史中丞李定，也相繼上奏彈劾蘇軾，歷數他的「罪行」，聲稱必須將蘇軾斬首才能「奮忠良之心，好惡既明，風俗自革」。

西元一〇七九年七月，蘇軾在湖州上任不滿三個月，就突然被御史臺的人逮捕下獄。其後，在御史臺不擇手段的逼供下，他屈打成招，承認了種種他們為他羅列的「罪行」。新黨內的群小覺得這是個契機，不僅想除去蘇軾，還揪出司馬光、范鎮、張方平等數十名與蘇軾過從甚密的朝臣，想藉此機會將政敵一網打盡。

蘇軾萬萬沒料到，他在表中隨意發的一句牢騷話竟會掀起如此軒然大波。

所幸朝中仍有不少正直的大臣為蘇軾等人求情，其中包括他政治上的死敵王安石，而神宗皇帝本人也頗為愛才，不忍殺害蘇軾這樣一個難得的人才。西元一〇七九年十二月底，這場史稱「烏臺詩案」的風波終於有了定論——皇帝下詔對蘇軾從輕發落，貶為黃州團練副使。

「烏臺詩案」這一突如其來的變故成為蘇軾人生重大的轉捩點。

西元一〇八〇年春，劫後餘生的蘇軾終於出獄，他消瘦了許多，也憔悴了許多。「烏臺詩案」帶給他的遠不止獄中遭受的身心折磨與煎熬，更有許多繞不開的現實窘境——往日風光不再，優遊自在的生活也一去不復返，出獄後的蘇軾貧病交加，一路風餐露宿趕到黃州，到黃州後官薪微薄難以養家，只好自蓋茅屋、自闢山地勉強餬口。然而，比起生活的困頓與艱苦，最令蘇軾唏噓的還是人情冷暖。「烏臺詩案」中，不少與蘇軾交好的朝中大臣紛紛受到牽連，被責罰或貶官，詩案了結後，不少往日親友視他為洪水猛獸，因怕受連累對他避而遠之——世態炎涼至此，不免叫人傷心。

經歷人生劇變的蘇軾，此時的心境大為改變，他的《哨遍・為米折腰》一詞，就是此時的內心寫照：

為米折腰，因酒棄家，口體交相累。歸去來，誰不遣君歸。覺從前皆非今是。露未晞。征夫指予歸路，門前笑語喧童稚。嗟舊菊都荒，新松暗老，吾年今已如此。但小窗容膝閉柴扉。策杖看孤雲暮鴻飛。雲山無心，鳥倦知還，本非有意。

噫！歸去來兮。我今忘我兼忘世。親戚無浪語，琴書中有真味。步翠麓崎嶇，泛溪窈窕，涓涓暗谷流春水。觀草木欣榮，幽人自感，吾生行且休矣。念寓形宇內復幾時。不自覺皇皇欲何之？委吾心、去留誰計。神仙知在何處，富貴非吾志。但知臨水登山嘯詠，自引壺觴自醉。此生天命更何疑。且乘流、遇坎還止。

這首詞是蘇軾為好友董毅夫所寫。董毅夫從鄱陽來黃州探望蘇軾，蘇軾則在田間一邊勞作，一邊命家僮唱「噫！歸去來兮……」，扣牛角擊節，為董毅夫唱詞。密州時期一身「狂」與「豪」、對仕途充滿進取的蘇軾已然不再，黃州的蘇軾在沉重的打擊下不覺產生了「歸去」之意。

在這種心境的影響下，蘇軾的詞作內容也有很大的變化，言志的少了，多寫與友人的唱和、對風景的描摹、對事物的歌詠以及對生活的感悟，其風格也不再鋒芒畢露，而是漸趨恬淡寧靜，有種歷經大難後徹悟人生的了然與淡泊。這種了然與淡泊，在蘇軾這一時期創作的許多詞中均有體現，如《水龍吟・次韻章質夫楊花詞》：

似花還似非花，也無人惜從教墜。拋家傍路，思量卻是，無情有思。縈損柔腸，困酣嬌眼，欲開還閉。夢隨風萬里，尋郎去處，又還被鶯呼起。

不恨此花飛盡，恨西園、落紅難綴。曉來雨過，遺蹤何在？一池萍碎。春色三分，二分塵土，一分流水。細看來不是楊花，點點是離人淚。

再如著名的《定風波》：

莫聽穿林打葉聲，何妨吟嘯且徐行。竹杖芒鞋輕勝馬，誰怕？一蓑煙雨任平生。

料峭春風吹酒醒，微冷，山頭斜照卻相迎。回首向來蕭瑟處，歸去，也無風雨也無晴。

作《定風波》時，蘇軾已到黃州整整兩年。兩年來，儘管生活貧瘠艱辛，但總算熬過了最艱難的時候，蘇軾漸漸從心灰意冷的失意中走出，自製茶飲，自釀美酒，自號東坡，借一片山地，在他的「雪堂」中過起了不問世事的生活。這年陽春三月，蘇軾病後初癒，與一眾友人共遊沙湖，不巧途中風雨大作，大家沒帶雨具，一時慌亂進退兩難，唯有蘇軾任憑風雨吹打，依然從容前行。這種從容，是曠達之人經歷大風大浪後的悠然淡定，它幾乎貫穿了蘇軾的整個後半生，在豪放詞代表作《念奴嬌・赤壁懷古》中，也流露出了這一色彩：

大江東去，浪淘盡，千古風流人物。故壘西邊，人道是，三國周郎赤壁。亂石穿空，驚濤拍岸，捲起千堆雪。江山如畫，一時多少豪傑。
遙想公瑾當年，小喬初嫁了，雄姿英發。羽扇綸巾，談笑間，檣櫓灰飛煙滅。故國神遊，多情應笑我，早生華髮。人生如夢，一尊還酹江月。

黃州位於湖北黃岡，坐落於長江北岸、大別山南麓，出城北漢川門，北面有山陡峭如壁，山石顏色赤紅，因此稱為「赤壁」。在黃州時，蘇軾曾多次遊覽此地，並於西元一〇八二年秋、冬寫下了流傳千古的《前赤壁賦》、《後赤壁賦》，還創作了著名的《念奴嬌・赤壁懷古》。

「大江東去，浪淘盡，千古風流人物」，這首詞的開篇氣勢磅礴，然而，多少風流人物、多少英雄豪傑，終歸湮沒於歷史的滾滾長河中，縱然人生得意如雄姿英發的周公瑾又能如何？想到這裡，蘇軾不禁發出了「人生如夢」的感慨。

既然「人生如夢」，那麼還有什麼值得在意和計較呢？

跌宕起伏的後半生

西元一〇八五年正月的一天，身著莊嚴帝服的神宗皇帝趙頊端坐於朝堂之上。這年趙頊三十七歲，正值壯年，卻已是一臉憔悴、一副抱病老態。

從十九歲即位起，此時趙頊已經當了十八年皇帝。他是個年輕有抱負的皇帝，登基不久就啟用王安石開始轟轟烈烈的革新變法，他兢兢業業、勵精圖治，親自主持新政，與政見不同者和既得利益者展開了長達十幾年的斡旋與鬥爭。藉助變法去除貧弱、富國強兵是他的理想，可惜因變法操之過急、方法不當，他最終不得不在重重阻力面前屈服，滿腔熱情的付出，只換得筋疲力竭、變法失敗的結局。

變法失敗已使神宗鬱鬱寡歡、身體每況愈下，而不久前從西北邊境傳來的戰敗消息更是雪上加霜，讓他在內憂外患的情形下病情加重。雖然他還年輕，但幾乎所有人心裡都已升起一種不祥的預兆。朝堂之下，大臣們個個屏氣凝神，面色凝重。

終於，在沉默良久後，神宗向朝中大臣環視了一眼，揮了揮手，命人宣讀了事先準備好的立儲詔書。大臣們心裡的石頭總算落了地。

這年四月，神宗皇帝駕崩，享年三十七歲；哲宗繼位，高太后垂簾聽政。新政隨著神宗時代的逝去暫時告一段落，新黨失勢，司馬光等舊黨重新受到重用，年近半百的蘇軾也因此迎來了人生中短暫的春天。

其實早在西元一〇八四年奉詔調離黃州，就已預示著蘇東坡人生「春天」的臨近，但他沒有狂喜，其心境恰如《浣溪沙・細雨斜風作曉寒》中寫的那般平靜而清曠：

細雨斜風作曉寒，淡煙疏柳媚晴灘。入淮清洛漸漫漫。

雪沫乳花浮午盞，蓼茸蒿筍試春盤。人間有味是清歡。

到了西元一〇八五年，蘇軾東山再起，短短數月先是復官朝奉郎，後被詔還朝中，升起居舍人，再升中書舍人，又升翰林學士知制誥，可謂扶搖直上、平步青雲。

但無論身在何處，蘇軾始終無法改變正直坦蕩的秉性，他曾受盡新舊黨爭的冤苦，如今看到奪回權力的舊黨對新黨不遺餘力的傾軋，又忍不住要站出來抱不平，正如蘇轍後來為他撰寫的墓誌銘中寫的那般：「其於人，見善稱之，如恐不及；見不善斥之，如恐不盡；見義勇於敢為，而不顧其害。用此數困於世，然終不以為恨。」

正直是美德，但正直之人在鬥爭激烈的政治領域卻往往不受待見。西元一〇八九年，蘇軾因不願與舊黨隨波逐流，自請外放杭州。他一到杭州就疏浚西湖、築西湖長堤，為百姓做了許多實事。兩年後，蘇軾一度被召回朝堂，但不久又被貶到潁州、惠州等地當官，人生幾度沉浮，不過，這些對年過半百的蘇軾而言只是些小風小浪，他都不以為意，坦然笑對。

在貶官惠州期間，蘇軾曾作一首《蝶戀花・春景》：

花褪殘紅青杏小。燕子飛時，綠水人家繞。枝上柳綿吹又少，天涯何處無芳草。
牆裡秋千牆外道。牆外行人，牆裡佳人笑。笑漸不聞聲漸悄，多情卻被無情惱。

據說蘇軾的愛妾王朝雲十分喜愛這首詞，時時彈琴吟唱，每唱到「枝上柳綿吹又少」之句就會黯然神傷以致落淚。王朝雲多才多藝，是蘇軾的紅顏知己，她能讀懂蘇軾的豁達與坦蕩，也能讀懂蘇軾在這曠達背後的隱痛與無奈，因此總是無法將「天涯何處無芳草」一句唱出。

但在蘇軾的一生中，惠州並非最遠的「天涯」。西元一〇九七年，哲宗親政後重啟新黨，蘇軾再度遭到打壓，被貶到比惠州還偏遠、荒涼的海南儋州，那裡人煙稀少都十分落後。此時蘇軾已過花甲之年，妻妾均已先他而去，身邊只剩小兒子蘇過，被貶到這樣一個地方，無異於被逼到了絕境，但他仍保持著一貫的曠達，「此心安處是吾鄉」，將儋州視為第二故鄉，在這裡安心辦學講學，傳播學問，教化民眾，才短短數年就使在北宋一百多年裡從未出過進士的儋州出了鄉貢。

蘇軾晚年時曾寫過一首《點絳唇》：

不用悲秋，今年身健還高宴。江村海甸。總作空花觀。
尚想橫汾，蘭菊紛相半。樓船遠。白雲飛亂。空有年年雁。

一首詞中兩個「空」字，正是蘇軾對世事的參悟。因為有此參悟，從西元一〇九七年到西元一一〇一年這人生的最後幾年，他拖著病軀，像任憑亂風吹拂的白雲，從儋州飄到廉州，從廉州飄到永州，後來又奉詔北歸，直到卒於北歸途中。其間所有的沉浮得失，他都作「空花」觀，不悲不喜，無論身在何處、身處何境，都只做自己，盡自己所能，為世人盡一份棉薄之力。

「兩情若是久長時，又豈在朝朝暮暮。」

最傷感的蘇門學士——婉約派「一代詞宗」秦觀

兩個老人在雷州

西元一一〇〇年六月的一天，雖然不斷有海風吹來，但古城海康（今雷州）的天氣依舊有些悶熱。這天，被流放到海康的秦觀換了一身新衣，在簡陋的家中踱著方步，好像在等待某個重要人物的到來。

忽然，門口傳來了一陣腳步聲和說話聲。秦觀大步走出屋子，看見一個白髮蒼蒼的老者在一個年輕人的陪伴下向他走來。

「蘇公！」

看見來者，秦觀三步併作兩步迎了上去。

「少游！」

見了秦觀，來者先是一愣，隨即也加快腳步急忙走上前去，眼中流露出久別重逢的喜悅，也隱隱有些不敢相認的吃驚。

來看望秦觀的這兩位遠客，不是別人，正是蘇軾和他的兒子蘇過。

蘇軾比秦觀大整整十二歲，他與秦觀是師生，是同僚，也是精神上的知己。秦觀因蘇軾的舉薦走上仕途，同時也因與蘇軾的親密關係，多年來一直與蘇軾在宦海中共同浮沉，蘇軾受重用時他得以升官，蘇軾失意時他也跟著被貶。數年前，在舊黨失勢的大潮中，蘇軾被貶到最為偏僻遙遠的儋州當官，不久，秦觀也被流放到海康。

在海康時，秦觀不過半百之年，雖不再年輕，但也算不上垂暮之年。可是，或許是他心思太重，天性不及蘇軾曠達，又抑或是他身體太過羸弱，因此覺得自己命不久矣，此生會在孤苦中死於海康。他做夢也沒想到自己還會在哲宗駕崩、徽宗繼位後收到北歸的詔令，更沒想到還有機會在生前與恩師再見一面。

時隔多年後再次相見，這兩位白髮蒼蒼的老人感慨萬千。

來不及寒暄，秦觀立即將蘇軾和蘇過請進屋裡就座。屋舍寒酸，桌上僅有兩杯熱騰騰的茶水和一些極為簡單的點心。秦觀和蘇軾各坐一邊，你看看我，我看看你，心中有無限的話想說，但一時竟不知該從何說起。

時光荏苒，回首往事，他們相識已有近三十年的光景。想當年他們初相識，蘇軾正從密州移知徐州，已是名揚全國的文壇巨匠，仕途上雖因新黨把權無法在朝廷施展才能，但在地方上擔任太守，倒也過得愜意逍遙。而此時的秦觀還是個初出茅廬、不滿三十的青年人，他十分傾慕蘇軾的才華與為人，曾在熟人的引薦下專程到徐州拜謁蘇軾，還為蘇軾寫下一篇《別子瞻》，其中有「我獨不願萬戶侯，惟願一識蘇徐州。徐州英偉非人力，世有高名擅區域」之句，可見對蘇軾的崇敬之情。

當然，秦觀也不是泛泛之輩，他出生於江蘇高郵城東的武寧鄉，祖父曾當過南康太守，父親也是個讀書人，家中有「蔽廬數間」、「薄田百畝」，算不上大富大貴，但也是書香門第、小康之家，因而得以從小飽讀儒家經典。

年輕時的秦觀豪爽灑脫，遊歷江南各地，四處結交朋友，也和多數讀書人一樣滿懷濟世情懷。他的詩詞也寫得極好，如他早年創作的《行香子·樹繞村莊》：

樹繞村莊，水滿陂塘。倚東風、豪興徜徉。小園幾許，收盡春光。有桃花紅，李花白，菜花黃。
遠遠圍牆，隱隱茅堂。颺青旗、流水橋旁。偶然乘興、步過東岡。正鶯兒啼，燕兒舞，蝶兒忙。

整首詞語言樸素自然，寥寥數語就將春日裡草長鶯飛的村莊景象寫得十分傳神，清新之氣撲面而來。

秦觀的文才很受老鄉孫覺、僧人參寥子等人的賞識，而孫覺、參寥子又都是當時的名士，與黃庭堅、王安石、蘇軾等有交往，正因為這層關係，秦觀得以與蘇軾這位大文豪結識。

西元一〇七七年，蘇軾剛到徐州當太守不足半年，就遇黃河河堤決口，浩浩蕩蕩的黃河水朝徐州方向湧來，蘇軾臨危不亂，鎮定指揮徐州百姓抗擊洪水，備受百姓愛戴。洪水退去後，蘇軾主持在城東門築黃樓，取「土實勝水」之意，並邀秦觀為之作賦。

《黃樓賦》之於秦觀，相當於呈給蘇軾的一份拜師禮。文章寫成後，蘇軾看了大為讚賞，直誇秦觀有「有屈、宋之才」。因蘇軾的誇讚和推舉，一介布衣的秦觀得以在文壇嶄露頭角，成為與黃庭堅、晁補之等人齊名的文壇新秀。

而秦觀與蘇軾的深入交往則是在兩人相識的次年，秦觀去越州探望祖父和叔父，恰逢蘇軾調任湖州知州，於是乘坐蘇軾的官船一同南下，途中他與蘇軾一道遊山玩水、探訪各地，兩人性情相投，一路上相談甚歡，彼此間亦師亦友的關係，也從那時起已悄然建立。

這一時期的秦觀因無牽無掛，生活過得無拘無束，故而曾惹下一些風流韻事，如他最為出名的《滿庭芳・山抹微雲》一詞，據說就是那年在越州時為一歌妓所作：

山抹微雲，天連衰草，畫角聲斷譙門。暫停征棹，聊共引離尊。多少蓬萊舊事，空回首、煙靄紛紛。斜陽外，寒鴉萬點，流水繞孤村。

銷魂，當此際，香囊暗解，羅帶輕分。謾贏得、青樓薄倖名存。此去何時見也？襟袖上、空惹啼痕。傷情處，高城望斷，燈火已黃昏。

詞中所寫的這位女子，是秦觀在遊歷越州時於太守席上見到的一位佳人——一個是年輕瀟灑、風流倜儻的公子，一個是色藝雙絕、多情嫵媚的美人，三杯兩盞薄酒過後，倆人便暗生情愫，這便有了「多少蓬萊舊事」、「青樓薄倖名存」這兩句。

然而，歡愉畢竟短暫，分別卻是必然。在秦觀離開越州時，這位佳人匆匆趕來相送，但蘭舟漸遠，只剩一人在船上黯然傷神，一人在岸上「空惹啼痕」。

《滿庭芳・山抹微雲》一詞寫得真切感人，曾盛極一時，被時人廣為傳唱。它之所以能被口口相傳，一是因為秦觀感情之「真」，二是因為他的詞藝之高——不說別的，僅開篇的「山抹微雲，天連衰草」八字，就像一副工致的對聯，雅俗共賞，而句中一個「抹」字別開生面，寫出了越州山水如畫的韻致，不能不說筆法的精妙高超。

這首詞傳開後，秦觀在詞壇的名聲更盛了，還因此得了「山抹微雲君」的雅稱，連一向看不起「豔詞」的蘇東坡也覺得「山抹微雲，天連衰草」一句寫得甚好，因此戲稱秦觀為「山抹微雲秦學士」。

不過，蘇東坡畢竟是老師，在眾人都誇讚秦觀時，他卻認為這首詞總體雖好，裡面有些句子卻未免黏膩低俗，因此在再見秦觀時說：「不意別後，公卻學柳七作詞。」嚇得秦觀急忙解釋：「某雖不學，亦不如是。」意思是我雖然學問淺薄，但也不至於像柳永那樣。蘇軾卻繼續追問：「『銷魂當此際』非柳七語乎？」問得秦觀啞口無言。（見清代王弈清《歷代詞話》）

不過，秦觀畢竟不是柳永，即便《滿庭芳・山抹微雲》被蘇軾歸為「豔詞」，他此生所作的「豔詞」也並不多，但每首詞一旦寫出，便是詞中珠璣，不可多得。如流傳甚廣的經典詞作《鵲橋仙》便是如此：

> 纖雲弄巧，飛星傳恨，銀漢迢迢暗度。金風玉露一相逢，便勝卻人間無數。
> 柔情似水，佳期如夢，忍顧鵲橋歸路。兩情若是久長時，又豈在朝朝暮暮。

這是一首詠七夕的節序詞。借牛郎織女的故事寫人間悲歡離合的詩詞為數不少，而秦觀的《鵲橋仙》能成為其中經典，不僅是因為詞寫得美，更因其立意高遠，所以「兩情若是久長時，又豈在

「朝朝暮暮」一句才能流傳至今，經久不衰。

初入仕途的悲與喜

西元一〇七九年，因為「烏臺詩案」，蘇軾突然下獄，而後被貶黃州數年。此間，秦觀因兩次應試接連落榜，朝中又無人舉薦，只得暫且退居故鄉，以詩書自娛。

雖然秦觀的詞風與蘇軾迥然不同，但蘇軾卻偏愛這個比他小十幾歲的門生。在黃州期間他自身難保，因此只能在心中為秦觀的處境默默嘆息。而西元一〇八四年，當他收到詔令終於可以離開黃州時，剛一離開黃州，他就跑到江寧向王安石求情，希望這位昔日在政治上叱吒風雲、如今雖隱退但仍不失影響力的前任宰相能提攜秦觀，以提高他在文壇的知名度。

此時，王安石與蘇軾已冰釋前嫌，他十分慷慨，毫不吝嗇地稱讚秦觀的詩歌「清新似鮑、謝」。因有王安石與蘇軾這兩位大人物的讚許和鼓勵，秦觀決心再度赴京應試，並於西元一〇八五年如願考中進士，被授予定海主簿一職。

可以說，如果不是蘇軾，或許秦觀在兩次科舉考試失利後，也會像他父親一樣守著家中百畝薄田度日，當個簡單的文人。然而，因為蘇軾的惜才，因為他的一再鼓勵和大力推薦，秦觀走上了仕途——這一年，他三十六歲，經多年努力終於考中進士是喜，而年華蹉跎，十年寒窗苦讀卻只換得主簿這樣一個無足輕重的官職，又令他稍稍感到失落。

但人生總是充滿未知性與戲劇性，誰又知道進士及第是好事還是壞事？

在秦觀考中進士後不久，因神宗駕崩，垂簾聽政的高太后起用司馬光等舊黨，在這一風雲變幻之際，蘇軾因舊黨重新得勢而東山再起，在短時間內連連擢升，在恩師的舉薦下，初入官場的秦觀也好運連連，很快從主簿升為太學博士，而後又擔任秘書省正字。

被調回京城當官，又在短時間內步步高升，令不諳世事的秦觀以為從此就可平步青雲，於是有些輕浮地寫下了「更無舟楫礙，從此百川通」的天真話。他顯然不知道政治從來都波譎雲詭，得勢與失勢都是轉眼的事。

太平日子沒過幾年，司馬光死後，元祐黨爭便拉開了序幕，以程頤為首的洛黨、蘇軾為首的蜀黨和劉摯為首的朔黨因抱有不同政見而互相攻訐，致使朝政陷入混亂。在劇烈的黨爭中，秦觀曾寫《朋黨論》提醒聖上明辨朋黨、任用君子之黨，後又寫了《財用》、《用人》等充滿雄辯色彩的文章，對新黨舊黨的過錯做了客觀、公允的批駁。儘管秦觀本身想盡量超脫於黨爭之外，可因為他出自蘇門，他的文章不僅沒能使他和恩師蘇軾從黨爭中脫身，反而使他自己四面受敵，陷入了複雜的政治漩渦中。

在隨後的短短數年，秦觀屢遭詆毀，先因被指「素號薄徒，惡行非一」被罷去太學博士之位，後來又因被指與青樓女子過從甚密、行為不檢而丟了秘書省正字的官職。接二連三的打擊令他對仕途沮喪，此時他的內心，誠如《虞美人・碧桃天上栽和露》一詞所寫的那般愁苦：

碧桃天上栽和露。不是凡花數。亂山深處水縈回。可惜一枝如畫、為誰開。
輕寒細雨情何限。不道春難管。為君沉醉又何妨。只怕酒醒時候、斷人腸。

這首詞表面是寫山間一株無人欣賞的碧桃，實際寫的卻是才華得不到賞識與施展的自己。「可惜一枝如畫、為誰開」，不正是他孤芳自賞的寫照嗎？

唱不盡的哀歌

秦觀敏感而多情、率真而正直，同時也顯得有些過於脆弱、單純與悲觀。這樣的性格或許只適合當一個單純的文人，因為自古官場險惡，要在官場如魚得水，就得有八面玲瓏、明哲保身、韜光養晦的本領，但這些本領秦觀幾乎都不具備。

就說他被罷去正字一事——換作他人，在「行為不檢」成為被對手攻訐的原因時，理應檢視自身行為、小心處世，但秦觀卻意氣用事，不僅不避嫌，反而因為官場失意常常醉臥青樓以解憂懷，這就注定了他在官場無法自適的命運。

可以說，秦觀在汴京過得較為如意的幾年，與恩師蘇軾的舉薦與庇護有很大的關係。他第一次入京為官是因為受到蘇軾的大力舉薦，後來得以與黃庭堅、晁補之、張耒這三個蘇軾門生同時供職史館，也是因為蘇軾被詔回京後再次舉薦的結果。

西元一〇九一年到西元一〇九四年供職史館的這段歲月，秦觀得以與志同道合的同門師友共事、閒來把酒言歡，又有恩師蘇軾的庇護，可以說是他一生中最為如意的一段時光。而世人將秦觀與黃庭堅、晁補之、張耒並稱「蘇門四學士」，也是始於此時。

可惜，政治動盪的風波從未停息，西元一〇九四年，隨著哲宗親政起用新黨，蘇軾等一眾舊黨被一竿子打翻，在政治上與老師站在同一陣營的秦觀，在接下來的數年間厄運連連，屢遭貶謫，直到西元一一〇〇年他與蘇軾在海康見面，覆蓋在他頭頂的陰雲才稍稍被風吹散，露出了一點希望之光。

而在多年的失意生涯中，因為無法像蘇軾那般達觀，秦觀一直生活得鬱鬱寡歡，性情轉為沉鬱。無法把控自己命運的他，只好藉助詩詞來抒發內心不盡的苦悶，或如《好事近・夢中作》一詞所寫的那般，只能從夢境中尋求暫時的解脫：

春路雨添花，花動一山春色。行到小溪深處，有黃鸝千百。
飛雲當面化龍蛇，夭矯轉空碧。醉臥古藤陰下，了不知南北。

這是西元一〇九五年，秦觀被貶監處州鹽稅時所作。

一天晚上，他夢見春天來了，春雨過後，春花怒放，滿山春色，林間有黃鸝婉轉的鳴叫，天上有奇幻的飛雲，而在這一片明媚的春光中，他孤身一人「醉臥古藤陰下，了不知南北」。

這是一個輕盈的夢，然而「醉臥」兩字充分展現了詞人想忘卻世間煩惱的內心世界，而這種渴望，恰恰是因為現實太過沉重苦悶，所以只能在虛幻的夢境中尋求解脫。正如秦觀的好友黃庭堅所說，在明媚春光中醉臥古藤下的詞句，是憂傷的斷腸人所寫的斷腸句。

《好事近・夢中作》一詞在當時被廣為傳唱，當時蘇軾已被貶到遙遠的惠州當官，一個友人曾向他詳細講述秦觀的處境，在講到這首詞時，蘇軾不禁哀傷落淚。

不久，秦觀因被人誣告寫佛書，再被降罪，還被削去官職，遭流放湖南郴州（見《宋史文苑傳》）。無端獲罪的秦觀深感淒苦，在奔赴郴州途中，他曾夜泊湘江，想起當年屈原、賈誼等人因懷才不遇而行吟江畔，在感慨之餘寫下了《臨江仙・千里瀟湘挼藍浦》一詞：

千里瀟湘挼藍浦，蘭橈昔日曾經。月高風定露華清。微波澄不動，冷浸一天星。
獨倚危檣情悄悄，遙聞妃瑟泠泠。新聲含盡古今情。曲終人不見，江上數峰青。

湘江的夜色清冷，寒氣逼人，正如他所處的官場，沒有一絲暖意；而湘妃幽怨的瑟聲，一如他此刻寂寞清冷的心境。

初到郴州時，秦觀在一個淒苦的春日寫下了充滿失意與幽怨的《踏莎行・郴州旅舍》：

霧失樓臺，月迷津渡，桃源望斷無尋處。可堪孤館閉春寒，杜鵑聲裡斜陽暮。
驛寄梅花，魚傳尺素，砌成此恨無重數。郴江幸自繞郴山，為誰流下瀟湘去？

那濃霧遮擋的是他人生的渡口，那杜鵑啼叫的是他內心不盡的哀愁。桃源如在雲端遙不可及，而友人從遠方寄來的安慰信件，更增添了他思鄉、思故人的愁緒。

《踏莎行・郴州旅舍》整首詞哀婉淒切，以至於清初詩人王漁陽在《花草蒙拾》中這樣點評：「高山流水之悲，千載而下，令人腹痛。」

到郴州後，秦觀又曾作另一傷心詞作《點絳唇・桃源》：

醉漾輕舟，信流引到花深處。塵緣相誤，無計花間住。
煙水茫茫，千里斜陽暮。山無數，亂紅如雨。不記來時路。

醉酒的人駕一葉小舟隨波而行，不知不覺來到一片世外桃源，然而因無法了斷塵緣，仍為名利所糾纏，最終錯失桃源，又回到了現實中。但桃源之外是什麼呢？——是一片「煙水茫茫」，夕陽的餘暉冷冷地映照在水中，面前是無數的山，不盡的水，那通往桃源的路，已全然記不得了。

這首詞寫的不是夢境，卻比夢境更恍惚迷離。那夕陽下茫茫一片的不是水面，而是詞人的人生，曾經誤入的桃源再也回不去，而此時的他只能駕一葉扁舟在江水間飄蕩，茫然不知何往。

這些平淡中充滿幽怨的詞，如一曲曲哀歌，是秦觀對人生發出的一聲聲無力的嘆息。

這些嘆息都是無力的，因為在命運面前，個人總是無力的。秦觀因無力而生出悲觀，因悲觀而生出絕望。此時的他已經對一貶再貶的宦途生涯心灰意冷，不抱希望，而他壓抑在心中的苦悶，則化成悲哀融入他的血液，深入他的靈魂。

最後的絕唱與輓歌

西元一〇九九年，一間簡陋的房舍內傳出幾聲咳嗽。不久，屋內亮起了一盞油燈，昏暗的燈火在風中搖曳，將桌前單薄瘦削的身影照在牆上，形成一個幢幢黑影，使得屋裡更加昏暗了。

這個不眠之人便是秦觀。這一年他剛滿五十歲，但多年來遭受的一連串打擊令他身心俱疲，他看上去滿臉愁容，表情清苦，身體也十分虛弱。

夜不能寐，於他而言已經不是一天兩天的事了，自從五年前被貶官，他就憂思成疾，整晚整晚地難以入睡。他想知道自己的人生究竟為什麼會落到這般田地，卻又苦苦尋不到答案，只好在日復一日的悲哀中消磨時光，令自己變得形銷骨立。

而這一晚，他似乎比往日更加心事重重。在桌前呆坐許久後，他在桌上鋪開紙，用筆寫下了這麼幾行詩句：

嬰釁徙窮荒，茹哀與世辭。官來錄我橐，吏來驗我屍。
藤束木皮棺，槁葬路傍陂。家鄉在萬里，妻子天一涯。
孤魂不敢歸，惴惴猶在茲。昔忝柱下史，通籍黃金閨。
奇禍一朝作，飄零至於斯。弱孤未堪事，返骨定何時。
修途繚山海，豈免從闍維。荼毒復荼毒，彼蒼那得知。
歲冕瘴江急，鳥獸鳴聲悲。空濛寒雨零，慘澹陰風吹。
殯宮生蒼蘚，紙錢掛空枝。無人設薄奠，誰與飯黃緇。
亦無挽歌者，空有挽歌辭。

這篇悽愴的文字，已不像往常對人生悲慘遭遇的哀嘆，而是秦觀預感自己不久於人世而寫下的《自作輓詞》。其實，早在寫下這篇《輓詞》的數年前，秦觀在剛被削去官籍不久後所寫的《千秋歲‧水邊沙外》中，就已隱隱流露出此生不復有希望的絕望情緒：

水邊沙外。城郭春寒退。花影亂，鶯聲碎。飄零疏酒盞，離別寬衣帶。人不見，碧雲暮合空相對。

憶昔西池會。鵷鷺同飛蓋。攜手處，今誰在。日邊清夢斷，鏡裡朱顏改。春去也，飛紅萬點愁如海。

當時春光正濃，而身處逆境的秦觀毫無心情去感受鳥語花香。抬頭遠望，只見沉沉暮色中幾朵雲在天上飄浮。當他想起舊日與他一起歡會的友人多已零落，看到暮春時節飛花在風中凋落，他彷彿看見了自己不久後的命運。

創作這首詞時，秦觀才四十幾歲，正當壯年，然而此時的他對仕途、對人生已經絕望。他的哀愁是如此深重，以至於只能用「愁如海」三個字來形容，他已被哀愁淹沒，無法自拔。

哀莫大於心死。

被流放郴州時，秦觀曾到衡陽與時任衡陽太守的孔毅甫見過一面。孔毅甫讀了秦觀的這首《千秋歲》，大驚道：「盛年之人，為愁苦之言悽愴太甚！」他對秦觀好言勸慰，但心裡卻明白，這個形貌枯槁之人正如西邊的落日，已是暮氣沉沉，因此在送走秦觀後，他嘆息道：「秦少游氣貌大不類平時，殆不久於世矣！」

孔毅甫所料不錯，自被流放郴州以來，內心絕望的秦觀早已放棄了自己的命運，此生淒苦的他悲觀地料定自己將在孤苦中死去，如他在《自作輓詞》中所寫的那樣淒涼無比。

他是如此絕望，以至於不再對什麼寄託希望，為自己寫好輓詞後，就開始默默等待著這一天的到來。可想而知，西元一一〇〇年，當秦觀得知自己在有生之年竟然還有機會復官時內心是怎樣的激動，而當他收到蘇軾的信件，得知年逾六旬的恩師將在北歸途中專程到海康看望他，內心又是怎樣的波瀾起伏。

西元一一〇〇年六月的那個夏日，這對師生終於又見面了。時隔多年未見，再次相見，隔著一張桌子對望的師生二人都唏噓不已。前塵往事如夢，當初的歡愉、當初的悲痛，都成了遙遠的回憶。如果說這短暫的一生還剩下什麼，那就是隔桌而坐的兩副蒼老的身軀，兩張蒼老的面孔。此情此景，正如秦觀在《江城子・南來飛燕北歸鴻》一詞中所寫的那樣：

南來飛燕北歸鴻，偶相逢，慘愁容。綠鬢朱顏，重見兩衰翁。別後悠悠君莫問，無限事，不言中。

小槽春酒滴珠紅，莫匆匆，滿金鐘。飲散落花流水、各西東。後會不知何處是，煙浪遠，暮雲重。

但是，相聚總是匆匆。不久，蘇軾收拾行囊繼續北上，秦觀也被放還復官，前往橫州赴任。到廣西藤州時，重新感受到一線生命之光的秦觀心情重又變得疏朗，還與同行的人一起遊覽了光華亭。途中他忽覺口渴，叫人去取水，等水送來時，他微笑著看了一眼，便含笑辭世了。不想「後會」終於無法再實現。西元一一〇〇年秦觀與蘇軾的分別，成了這對師生的永別。

「綠楊煙外曉寒輕，紅杏枝頭春意鬧。」

好奇成癖的風流狀元——「紅杏尚書」宋祁

狀元郎出身的「紅杏尚書」

西元一〇二四年，劉太后垂簾聽政已有三個年頭。這年春天，朝廷舉行了一場全國性的殿試。參加殿試的考生，皆由此前數年在一次次鄉試、省試中層層選拔出來，一旦殿試及第，就意味著成了皇帝的「門生」，也有了當官的資格。

如往年一樣，每到唱榜之時，總是幾家歡喜幾家愁——在西元一〇二四年的這次春試中，才子柳永因一首詞不幸被皇帝黜落，第四次應試落榜，從此心灰意冷，開始了漂泊不定的流浪生涯；而比他年輕十幾歲的宋庠和宋祁兩兄弟，卻同時考取狀元，成為京城名噪一時的「雙狀元」。

出現「雙狀元」，是因為古代社會有「長幼有序」的倫理觀念。在西元一〇二四年的那次春試中，原本奪得魁首的是弟弟宋祁，當然，此前已連中兩元的宋庠成績也很好，緊隨其弟，名列第二，但劉太后看了禮部呈遞的名冊後，認為弟弟的名次不能排在哥哥之前，因此在唱榜時將宋庠定為了狀元，而原本應該成為狀元郎的宋祁，卻被排在了第十位。

進士及第後，宋庠和宋祁兄弟倆雙雙步入官場。雖是兄弟，但兩人的性格卻截然不同：宋庠老成持重，做事穩妥，生活清淡簡約，卻不免有些過於保守；相比之下，宋祁則帶有更多的文人氣息，做事更隨性灑脫，在文學上的才華也比哥哥更勝一籌。

宋祁生於西元九九八年，即真宗即位的第二年。那時距離北宋建朝還不足四十年，邊境征戰不斷、國家百廢待興，文化的發展也剛剛起步，遠遠不及後來興盛。詞在當時的地位，雖比唐朝有了較大的提高，但仍僅作為「詩餘」存在。宋初的文人作詩者眾、作詞者寡，像晏殊這樣比宋祁略長幾歲又能留下許多詞作的人，簡直是鳳毛麟角。

作為一個詞人，宋祁留下的詞作不多，在詞壇的地位也遠不及晏殊、晏幾道父子，但他只需一首詞，就令自己後世留名，還在當時得了個「紅杏尚書」的美譽。這首詞，便是傳誦千年不衰的《玉樓春．春景》：

> 東城漸覺風光好。縠皺波紋迎客棹。綠楊煙外曉寒輕，紅杏枝頭春意鬧。
> 浮生長恨歡娛少。肯愛千金輕一笑。為君持酒勸斜陽，且向花間留晚照。

這是一個陽光明媚的春日，宋祁與眾人在東城郊遊時隨性而作的一首春遊詞。太平盛世，暖風徐徐吹拂，湖水碧波蕩漾，楊柳如煙，紅杏怒放，一切都充滿了生機與活力。此時的宋祁，已進士及第在朝為官，雖與哥哥相比官運不算通顯，沒能扶搖直上，但總體上仕途順遂，官職也在平穩地步步高升，生活過得富裕闊綽。

在對待生活的態度上，宋祁崇尚及時行樂，不像哥哥宋庠「儉約不好聲色，讀書至老不倦」，他生活風流奢侈，還在家中蓄養了不少婢妾和歌女，常在家舉行歡宴，與賓客在美酒、美人的陪伴下度過一個個良宵。

據說有一年元宵節，宋祁和歌女們又醉酒作樂到天明。宋庠認為弟弟的行為不妥，便在次日責問他：「聽說你昨晚徹夜燈火，暢飲達旦，窮奢極欲，你還記得當年元宵節吃鹹菜淡飯的日子嗎？」宋祁聽了卻不以為然，反而笑問宋庠：「我倒要問問你，當年吃鹹菜淡飯苦讀是為了什麼？」

後來，宋祁在工部當了尚書，隨後被派去蜀地當行政長官，同時還負責修訂《新唐書》的職務。別人修史書，都要在書卷堆裡專心致志地研究，宋祁則不然，依舊要每天宴飲娛樂一番，然後將臥房的門敞開著，垂下簾子，點上兩根巨大的蠟燭，接著才在一群侍女婢妾的簇擁下，拿起毛筆，蘸一蘸已經研磨好的墨，在已攤在桌面的紙上寫起來——在不知道的人看來，這哪裡是在修史寫書？明明就像天上正在舉行歡宴的神仙。（見《東軒筆錄》）

作為這樣一個風流瀟灑的「享樂主義者」，當宋祁看到無限好的春光之時，忍不住發出「浮生長恨歡娛少」、「肯愛千金輕一笑」的感慨，也就不足為奇了。

不過，《玉樓春．春景》一詞之所以被後世廣為流傳，並不在宋祁惜春惜時的感慨，而在於「綠楊煙外曉寒輕，紅杏枝頭春意鬧」一句。一個「鬧」字，將靜物寫出了動態感，十分傳神地寫出了紅杏怒放的景象，成為這首詞的點睛之筆，不僅使宋祁一下子成了詞壇名人，還為他贏得了「紅杏尚書」的雅號。

以追求奇字怪句為己任

西元一〇四三年，此前西北邊境的戰事令仁宗皇帝看到了國家政體存在的隱患，因此等西北邊防稍加鞏固後，他就將范仲淹、夏竦、韓琦三個在西北建立了功勳的統帥一併召回朝廷，並委以重任，希望他們能盡快出臺改革方案，以消除長久以來存在的政治弊端。

這年九月，范仲淹將一直以來的改革思路與近三十年來的實踐相結合，彙總成《答手詔條陳十事》上呈皇帝，對北宋政治產生深遠影響、被視為王安石變法前奏的「慶曆新政」由此拉開了序幕。

宋祁比范仲淹小九歲，雖然不屬於極力主張新政的「范仲淹集團」，但也曾上疏皇帝指出國家「大有三冗，小有三費，以困天下之財」，並大膽提出裁減冗官冗兵冗僧、節省經費的主張，也算得上有改革意識的開明官員。他與范仲淹同在朝廷為官，又都擅寫詩詞，因此常有相互唱和的時候。

范仲淹是個耿直的人，因此他的詩詞也往往寫得直白率真，沒有刻意雕琢和忸怩作態。宋祁則全然不同，作為「西崑體」的傳人，他不僅在創作詩詞時喜愛化用典故，還格外注重遣詞造句的別出心裁。許多人為寫不出不落窠臼的新句而苦惱，但宋祁卻是這方面的高手，似乎並不需要刻意努力，就能創造出風格獨特又耐人尋味的奇句來。譬如他《送范希文》一詩中的「危言猶在口，飛語已磨牙」兩句，便是此類詩句的典範。

宋祁不僅作詩如此，作詞也如此，那些頗具宋氏特質的奇句、佳句，不必多思，信手拈來。譬如那首《浪淘沙．少年不管》：

少年不管。流光如箭。因循不覺韶光換。至如今，始惜月滿、花滿、酒滿。
扁舟欲解垂楊岸。尚同歡宴。日斜歌闌將分散。倚蘭橈，望水遠、天遠、人遠。

這是一首離別詞。有一年，宋祁路過好友劉原父處，得到他的盛情款待。歡宴上，這對老朋友在歌女舞女的助興下推杯換盞，談笑風生，氣氛好不熱烈。席間，劉原父一時興起，即興作了一首《踏莎行》，而才思敏捷的宋祁，便回贈了老友這首《浪淘沙・少年不管》。

雖是一首字數寥寥的雙調小令，但《浪淘沙・少年不管》一氣呵成、真情流露——面對老友時對過往時光的追憶，對逝去青春的留戀，以及行將分別時的依依不捨之情，盡在這接連的三個「滿」字和三個「遠」字中了，令人拍案叫絕。

一首詞引起的風流案

當然，除了善於在詩詞中煉字，宋祁還是個描寫生活場景和抒情的高手，比如《蝶戀花・情景》一詞：

繡幕茫茫羅帳卷。春睡騰騰，困人嬌波慢。隱隱枕痕留玉臉，膩雲斜溜釵頭燕。
遠夢無端歡又散。淚落胭脂，界破蜂黃淺。整了翠鬟勻了面，芳心一寸情何限。

詞中描繪的少婦，臥房中布置著「繡幕」、「羅帳」，臉上施著「胭脂」和「蜂黃」，無疑過著悠閒華貴的生活。「騰騰」二字寫出她半睡半醒的狀態，「隱隱枕痕留玉臉，膩雲斜溜釵頭燕」則寫出她剛睡醒時慵懶的神態。她做了一場好夢，可惜醒來後向四周看看，卻發現那朝思暮想的夢中人不在身邊，因而忍不住思念傷懷、淚水漣漣。

這首詞著墨不多，刻畫卻十分細膩傳神，可見詞人功力深厚。不過，尤為重要的是，從「芳心一寸情何限」一句可以看出，對於這位美人，宋祁很能體諒她的心情，也對她充滿了憐愛。

說起憐香惜玉，不得不提及詞壇上一段有名的「豔遇」，主角當然就是宋祁。

那時的宋祁，正在朝中任翰林學士。有一次，他從繁臺街經過時，恰逢有宮裡的車子駛來，他來不及躲避，就站在路邊等待。想不到這列車隊中，忽然有一輛馬車的簾子捲起，裡面有個女子輕聲問道：「這不是小宋麼？」

能被宮中女子一眼認出，宋祁當時的感受恐怕是受寵若驚的。由於車中所坐屬於皇帝的三宮六院，他終究不敢抬頭去看，也不敢吱聲，心卻噗噗亂跳，禁不住浮想聯翩。

回到家中，宋祁始終忘不了繁臺街上發生的一幕，心中悃悵，於是提筆寫下了《鷓鴣天・畫轂雕鞍狹路逢》：

畫轂雕鞍狹路逢，一聲腸斷繡簾中。身無彩鳳雙飛翼，心有靈犀一點通。
金作屋，玉為籠，車如流水馬游龍。劉郎已恨蓬山遠，更隔蓬山幾萬重。

詞中的「劉郎」名叫劉晨，相傳生活於東漢年間。有一天，他與阮肇兩人一同去天台山採藥，不期在雲霧繚繞的山中偶遇了兩個美貌女子，並受女子之邀，與她們一起在山上生活了半年。後來，因想念家中妻兒，劉晨和阮肇決定下山看看，誰知山上半年，山下卻已不知過了多少年。他二人容貌未改，但其子孫都已離世。這時劉、阮二人才明白他們是遇見了仙女，匆忙重返天台上去尋找，但早已無仙女的蹤跡。

劉郎的典故，一直都是「豔遇」的代稱，宋祁竟敢公然在詞中用劉郎的典故，還引用李商隱「身無彩鳳雙飛翼，心有靈犀一點通」和「劉郎已恨蓬山遠，更隔蓬山一萬重」的詩句來表達相思之情，不可謂不大膽。然而，這一做法雖不夠審慎，卻能看出宋祁是個性情中人，當時寫下這樣的詞句，恐怕實是胸中情意滔滔、不能自禁。

不久，《鷓鴣天》一詞就傳遍了京城，還傳進了皇宮。仁宗知道這件事後，想必心中也是百味雜陳。他將後宮召集一處，問那日車中是何人叫了「小宋」，這時一個女子站出來說道：「當時皇上大擺宴席，妾曾在席上見過翰林學士，有人告訴妾他就是今科狀元小宋。那天乘車偶然遇見，所以叫了一聲。」

仁宗聽了默然不語，又單獨將宋祁叫來，平心靜氣地將此事說了一遍。宋祁嚇得跪在地上，臉一直紅到耳根，以為自己闖下了滔天大禍。不料，皇帝並沒有責罰他，還笑著對他說：「蓬山不遠。」隨後便將那個在車上喚「小宋」的女子賜給了宋祁。（見《詞林記事》）

不過，別看宋祁妻妾成群，但他並非朝三暮四、「但見新人笑，那聞舊人哭」的薄情郎，對已經娶進門的女子，他個個都很珍視，唯恐自己處事不周傷了她們的心。

相傳宋祁在蜀地當官時，有一天在錦江邊設宴暢飲，江邊有風吹來，他感到有些涼意，就讓侍從回家去取一件半臂（**古代服飾名，相當於寬口短袖衣**）。結果，侍從回來時手裡拿了十幾件衣服，並告訴宋祁，因為每個夫人都給他取了一件，他無法取捨，只好都拿來了。

聽了侍從的話，宋祁呆立在原地，不知該如何是好。他思來想去，覺得穿誰拿的衣服都不合適，因為不管怎樣選，都會讓夫人們產生厚此薄彼的想法，為了不惹她們傷心，他一件半臂也沒穿，挨著凍回到了家中。（**見《東軒筆錄》**）

「試問閒愁都幾許？一川煙草，滿城風絮，梅子黃時雨。」

一腔柔情俠骨的黑醜大漢——賀鑄

少年得志的「賀鬼頭」

北宋熙寧年間，一個秋風烈烈的清晨，一群遊俠縱馬馳騁在都城汴京的郊外。膘肥體壯的馬兒像風一樣從大路上飛馳而過，揚起一地塵土。馬上的騎手都不過二十左右的年紀，個個長得人高馬大、壯實有力，像是練武之人。在這些年輕人中，有個面色青黑的少年，名叫賀鑄，他的頭髮有些稀疏，兩撇濃黑的眉毛卻高高聳起，雙目圓睜，神采奕奕，因為相貌有些醜陋，同伴們都戲稱他為「賀鬼頭」。

這時恰逢一年中最好的狩獵時節，這天，賀鑄正是要跟朋友們一同進山去打獵。在古代，打獵既是一項娛樂，也是習武之人對所習箭術和馬上作戰能力的一種實踐。這些騎手雖然年輕，但個個都是胸懷家國的少年英雄，隨時準備在朝廷需要時奔赴沙場為國殺敵。

尤其是賀鑄，他是春秋時吳王僚之子——吳公子慶忌的後人。慶忌自幼習武，英勇過人，是當時響噹噹的一個英雄人物，後來被闔閭所害，他的後人逃到山陰避難，改姓為賀。唐代名臣賀知章，即賀鑄的十五代祖，便是由慶氏改姓而來的賀氏後人。自賀知章後，賀鑄的先祖賀懷浦、賀令圖等人，都是宋太祖時的名將，而宋太祖趙匡胤的孝惠皇后賀氏，則是賀鑄的族祖姑母。但是後來，宋太祖忌憚賀家，生怕重蹈唐朝藩鎮割據的覆轍，因此賀家漸漸式微，到賀鑄的曾祖、祖父和父親時，官位品級已經很低了。

但不管怎麼說，賀鑄畢竟有著不平凡的出身。而他自己又是個志向遠大的人，他自小習武，且博覽群書，努力讓自己成為一個文武全才——這一切，似乎都在為未來的遠大理想做準備。

西元一〇七一年，賀鑄迎來了人生中的兩件大事：

第一件大事，是他被皇室宗親濟國公趙克彰相中，成了趙家女婿。迎娶濟國公趙克彰的女兒，可以說是賀鑄平生最為得意的一件事。雖然趙氏出身名門，但一點沒有大小姐脾氣，十分溫婉賢慧，婚後與賀鑄情投意合、同甘共苦，很合賀鑄的心意。而賀鑄雖是個相貌黑醜的習武大漢，卻有著一顆細膩而浪漫的心，同時還是個才子，寫得一手雍容妙麗、充滿繾綣情思的好詞。婚後，他曾為妻子寫下不少詩詞，每一首都飽含深情。

如《減字浣溪沙・三扇屏山匝象床》一詞：

三扇屏山匝象床。背燈偷解素羅裳。粉肌和汗自生香。
易失舊歡勞蝶夢，難禁新恨費鸞腸。今宵風月兩相忘。

情人眼裡出西施，在賀鑄眼裡，連妻子的汗都是香的——夫妻間的伉儷情深，由此可見一斑。

再如《菩薩蠻・章臺遊冶金龜婿》一詞：

章臺遊冶金龜婿。歸來猶帶醺醺醉。花漏怯春宵。雲屏無限嬌。
絳紗燈影背。玉枕釵聲碎。不待宿酲銷。馬嘶催早朝。

「雲屏無限嬌」、「馬嘶催早朝」兩句，把賀鑄對妻子的那種愛憐、依戀寫得十分傳神：在他眼中，嬌媚無限的妻子怎麼看也看不夠，總覺得白天夜間與妻子相守的時光太短，以至於早朝時間到了，仍想多逗留會兒、多陪陪妻子——情意之濃真是無以復加。

而第二件大事，便是這年，賀鑄蒙祖蔭被授予了右班殿直的官位。右班殿直是個有名無權的武散官，但這時賀鑄才十九歲，不管怎麼說，他終於踏上了仕途。

至於將來，來日方長，意氣風發的賀鑄相信憑藉自己的能力與才華，總會有得到朝廷重用、大展宏圖的那一刻。

與鑄錢官的不解之緣

成為先祖吳公子那樣的英雄，或賀知章那樣的名臣，是賀鑄的人生理想，可是對賀鑄來說，雖然他有不平凡的出身，也有著趙克彰這樣賞識他的伯樂，但他的現實與理想之間，始終隔著一道鴻溝。

論交朋友，賀鑄為人豪爽且行俠仗義，喜歡馳馬走狗，飲酒如長鯨，很有英雄氣魄，又性格耿直，不會辜負欺騙朋友，倘若朋友有難，也願意兩肋插刀。然而就混跡官場而言，他性格高傲，又喜好評論時事，哪怕是權傾一時的人，有什麼看不慣的，他那張嘴巴也絕不饒人三分，他不僅從不巴結權貴，還喜歡當面指摘他人的過錯——試想這樣的個性，若不是遇上胸襟寬廣的人，有幾個人會喜歡他這樣的「刺頭」？

於是，從西元一〇七一年到西元一〇八一年，轉眼十年過去，年少氣盛的賀鑄已不知不覺到了而立之年。「三十而立」，說的是人到三十就應「立德、立言、立身」，得有一番作為了——而賀鑄呢？雖然他懷著滿腔的報國熱情，也很有才幹，可十年來，朝廷委派給他的只是管理兵器庫、監管兵器製造、負責收繳酒稅這類閒散差事。

人生能有幾個十年？

面對如此境地，英雄無用武之地的賀鑄感到十分苦悶。《行路難・縛虎手》一詞，便是他此時的內心寫照：

> 縛虎手，懸河口，車如雞棲馬如狗。白綸巾，撲黃塵，不知我輩，可是蓬蒿人。衰蘭送客咸陽道，天若有情天亦老。作雷顛，不論錢。誰問旗亭，美酒斗十千。
>
> 酌大斗，更為壽，青鬢長青古無有。笑嫣然，舞翩然，當壚秦女，十五語如弦。遺音能記秋風曲，事去千年猶恨促。攬流光，系扶桑。爭奈愁來，一日卻為長。

在賀鑄看來，他是個有著「縛虎手，懸河口」本領的文武全才，完全有能力勝任要職，為國家和朝廷做更大、更多的事，可殘酷的現實卻令他報國無門，才華得不到施展。他除了寫寫詩詞，安慰自己人生短暫、及時行樂外，也沒有別的辦法了。

在西元一〇七一年到西元一〇八一年這十年間，賀鑄曾兩次罷官，罷官後周遊邯鄲、元城等地，希望能結交志同道合的友人、為仕途找到一線轉機，可惜最終為了生計，他不得不重新幹起了「斗俸折腰得，醉錢常不供」的卑微差事。正如《青玉案・凌波不過橫塘路》一詞所寫的那樣：

凌波不過橫塘路，但目送、芳塵去。錦瑟華年誰與度？月橋花榭，瑣窗朱戶，只有春知處。
碧雲冉冉蘅皋暮，彩筆新題斷腸句。試問閒愁都幾許？一川煙草，滿城風絮，梅子黃時雨。

美好的前程於賀鑄而言，就像不斷遠去的美人，他大好的青春無法與她共度，也不知該去哪裡尋找她的蹤影，只有片片愁緒縈繞心頭，如那「一川煙草，滿城風絮，梅子黃時雨」。

《青玉案》一詞傳開後備受時人好評，被譽為「蘇門四學士」之一的黃庭堅就盛讚賀鑄的詞頗具大詩人謝靈運之風。因為詞中「一川煙草，滿城風絮，梅子黃時雨」一句，賀鑄還得了「賀梅子」的雅稱。然而，在詞壇留名、「彩筆新題斷腸句」，又豈是他的本意？

賀鑄雖官職卑微，卻無時無刻不在關心朝廷大事。西元一〇八八年，眼看北宋朝廷外有西夏和遼的頻頻侵犯，內部新舊黨爭又鬧得不可開交，賀鑄十分焦急，很想幫「美人」解憂，但「美人」漸行漸遠，這令他萬般憂憤也萬般無奈，於是慨然寫下了豪情萬丈又充滿悲壯情緒的《六州歌頭・少年俠氣》：

少年俠氣，交結五都雄。肝膽洞，毛髮聳。立談中，死生同。一諾千金重。推翹勇，矜豪縱。輕蓋擁，聯飛鞚，斗城東。轟飲酒壚，春色浮寒甕，吸海垂虹。閒呼鷹嗾犬，白羽摘雕弓。狡穴俄空。樂匆匆。

似黃粱夢，辭丹鳳。明月共，漾孤篷。官冗從，懷倥偬。落塵籠，簿書叢。鶡弁如雲眾，供粗用，忽奇功。笳鼓動，漁陽弄，思悲翁。不請長纓，系取天驕種，劍吼西風。恨登山臨水，手寄七弦桐，目送歸鴻。

回想年少時，他四處周遊，結交行俠仗義的志士，朋友間肝膽相照，一起豪飲於酒肆，帶著鷹犬彎弓射獵，無所畏懼，彼時是真快樂、真英雄。而今，時光流逝，年華老去，自己卻仍在底層摸爬滾打，有才華卻得不到施展，有志殺敵卻無路請纓，是真惆悵、真苦悶。

縱觀賀鑄的前半生，歸納起來便是「失意」二字。然而，這種失意有時又包含著荒誕滑稽的成分。比如，賀鑄名為鑄，而他一生三為「鑄錢官」，與鑄錢有著不解之緣。

賀鑄與鑄錢官的淵源，得從西元一〇八二年夏說起。這一年，賀鑄三十歲，因王安石新黨的得力骨幹吳居厚在彭城建立了兩所錢監，他從汴京被調往彭城，在官方鑄錢機構寶豐監當差，直到神宗駕崩，高太后掌權，新黨遭受排擠，寶豐監在這風口浪尖被裁撤，賀鑄這才離開徐州回到了汴京。回京時，賀鑄已經三十四歲，五年大好時光就這樣在寶豐監度過了。

然而，這不是終點——西元一〇九五年，已經四十三歲的賀鑄又被調到江夏寶泉監當官，一幹就是四年。另外一次跟錢監有關的差事雖幹得不久，但一生「三為錢官」，這在宋代的官員中是極少見的。

在寶豐監當差時，賀鑄的一個同僚曾戲稱他為「賀大監」，而賀知章當年也恰好被人叫過「賀大監」，只是賀知章的「監」是地位很高的秘書監，不像賀鑄的鑄錢監這般卑微。為此，賀鑄曾哭笑不得地作詩自嘲：

吾家季真登大篷，我為斗筲來寶豐。公乎時以監呼我，自笑名同實不同。
樽酒相望今夜月，鱸魚又負一秋風。少須婚嫁匆匆畢，會買扁舟下浙東。

而第二次到寶泉監當監管時，他更是無奈地作詩道：

偶著強名字，非才但鑄金。不妨稱外監，況復住山陰。
勝日聊披卷，清風故解衿。餘生偷祿隱，何者是升沉。

棄武從文後，依然「芳心苦」

作為皇親國戚，賀鑄不用像其他讀書人那樣參加科舉就踏上了仕途，可以說相當幸運；然而踏上仕途後，他才發現，與其得一個缺乏含金量的虛職，還不如靠自己的才華出人頭地——縱觀北宋歷史，像晏殊、歐陽修、蘇軾、王安石等人，哪個不是通過科舉考試入仕的呢？這些人物要麼揚名文壇，要麼在朝廷擔任要職，即使仕途不順也能當個太守、知府，不像他始終沉淪下僚，盼不到撥雲見日的一天。

在重文輕武的年代，文官的晉升相對容易，從武官轉為文官，是賀鑄長久以來的一大心願。西元一〇九二年，四十歲的賀鑄終於等來了這個機會——在李清臣、范百祿、蘇軾等人的推薦下，賀鑄改供奉為承事郎，終於從一名武散官變成了文散官。

可是，這次轉俸並沒有給賀鑄帶來多少好運，雖然當了文官，但朝廷委派給他的，仍是一些冷門閒差，繁重而枯燥的案頭工作和奔波的宦途漸漸令他生厭。再加上人到中年，各種疾病不斷侵擾，而在接下來的數年間他又接連遭逢喪女、喪妻的厄運，賀鑄的內心比之前更悲苦了。

尤其在妻子病逝後，賀鑄無比悲痛地寫下了那首感人肺腑的名作《半死桐‧重過閶門萬事非》：

重過閶門萬事非。同來何事不同歸。梧桐半死清霜後，頭白鴛鴦失伴飛。

原上草，露初晞。舊棲新壟兩依依。空床臥聽南窗雨，誰復挑燈夜補衣。

想起與妻子相濡以沫的大半生，想起許多個夜晚妻子在幽暗的燈下為他縫補衣衫的往事，而今卻「頭白鴛鴦失伴飛」，賀鑄感到無盡的淒苦。

西元一一〇九年，在官場沉淪數十年的賀鑄在貧病交加中請求退休，定居蘇州。「五十而知天命」，此時的賀鑄已經五十七歲，他不再對仕途抱有什麼幻想，而是閉門自守，專心於讀書、校書及詩詞創作，寫下了《吳門柳》、《畫堂空》、《伴登臨》、《東吳樂》等描繪姑蘇景象的詞作。

兩年後，賀鑄又復了官，直到西元一一一九年才再度退休。此時的賀鑄已年近古稀，身體狀況也每況愈下。晚年的他居無定所，從蘇州漂泊到楚州，又從楚州漂泊到常州，最後卒於常州的一間僧舍中。

去世前，賀鑄曾追憶往事，寫下了他的另一首名作——《芳心苦・楊柳回塘》：

楊柳回塘，鴛鴦別浦。綠萍漲斷蓮舟路。斷無蜂蝶慕幽香，紅衣脫盡芳心苦。
返照迎潮，行雲帶雨。依依似與騷人語。當年不肯嫁春風，無端卻被秋風誤。

這是一首詠荷詞，也是賀鑄對自己一生命運的感慨與總結。

荷花高潔，卻無蜂蝶愛慕它的幽香，不正像他滿腹才華卻得不到賞識和重用？荷花最終在寂寞中凋零枯萎，結得一顆苦澀的芳心，不正像他這一生沉淪下僚晚年獨守貧苦的悲嘆？

然而，究竟是什麼造成了荷花這淒苦的命運，抑或說究竟是什麼造成了他不得志的一生呢？

賀鑄在詞中借荷花寫道：「當年不肯嫁春風，無端卻被秋風誤。」荷花美麗清雅卻結局黯然，詞人可能是在表達對早年孤高自傲的一種悔恨。

「葉上初陽乾宿雨，水面清圓，一一風荷舉。」
詞人中的風流音樂家——婉約派「正宗」周邦彥

喪父又喪妻的少年才子

西元一〇七二年的一天，錢塘讀書人周原仍像往常一樣，大清早起床洗漱後，在書房裡點燃一炷香，十分恭敬地行了膜拜禮，然後走出書房，簡單飲食一番，又回到書房取一本書專心閱讀起來。

不一會兒，他的妻子走進書房，說道：「老爺，都打點好了。」

原來這天，周原十六歲的兒子要離開家去荊州遊學。周原起身，整了整衣襟，大步邁出書房。

從五代十國後期開始，周家世代為鄉邦的詩禮仕宦之家，周原自己飽讀詩書，一生未仕，但他對兒子周邦彥寄予了殷切的期望。他和家人一同將兒子送到門外，看著兒子坐上馬車漸漸遠去，雖然不捨，但更多的還是期待，希望兒子此去可以學成歸來，並在將來揚名立萬、光耀門楣。

從杭州到荊州有千里之遙，加上途中停歇，要走好多天才能抵達。

荊州位於中國內地，境內有蜿蜒高聳的荊山，南面是東流不盡的長江，風貌與位於江南的錢塘迴然不同。雖然旅途勞頓，但周邦彥畢竟是十六歲的少年，剛到荊州不久，就興致勃勃地遊覽了一番。

但新鮮勁過後，身在異鄉的他又常常思念故鄉和家人。古人結婚普遍較早，男子十五歲可以娶親，女子十三歲就可以出嫁。在荊州寒窗苦讀的日子裡，周邦彥最思念的還是他那俏皮可愛的嬌妻。

對於這位嬌妻，周邦彥曾在《南柯子・寶合分時果》一詞中這樣描述她：

寶合分時果，金盤弄賜冰。曉來階下按新聲。恰有一方明月、可中庭。

露下天如水，風來夜氣清。嬌羞不肯傍人行。揚下扇兒拍手、引流螢。

從詞中可以看出，此時周邦彥雖還年少，卻已才華初露。而他那位正值豆蔻年華的妻子十分清新嫵媚：雖然成了親，仍不好意思在走路時離他太近，但又不想被冷落，「揚下扇兒拍手、引流螢」一句，足可見她的嬌俏可愛。對於新婚妻子，周邦彥是十分喜愛的，在荊州求學的數年中，他曾寫下了不少寄內詞，如《虞美人・玉觴才掩朱弦悄》一詞，便是他離家後贈給妻子的：

玉觴才掩朱弦悄。彈指壺天曉。回頭猶認倚牆花。只向小橋南畔、便天涯。

銀蟾依舊當窗滿。顧影魂先斷。淒風休颭半殘燈。擬倩今宵歸夢、到雲屏。

一個人孤身在外，風是「淒風」，燈是「殘燈」，他是多麼渴望能一夜回到故鄉，回到妻子身邊。不過，這位薄命的佳人沒能等到他學成歸去，婚後幾年就染上重疾，身體越來越虛弱。遠在他鄉的周邦彥常常為此憂心，這種心情，在後來寫的寄內詞中也有所流露，如《醉桃源・冬衣初染遠山青》：

冬衣初染遠山青，雙絲雲雁綾。夜寒袖濕欲成冰，都緣珠淚零。
情黯黯，悶騰騰，身如秋後蠅。若教隨馬逐郎行，不辭多少程。

此時距周邦彥遠赴荊州遊學不過一兩年，但當初那個俏皮可愛的少女就像完全變了個人：雖然穿著新衣衫，卻「情黯黯，悶騰騰，身如秋後蠅」——蠅怕冷，到秋後就變得行動遲緩、失去活力——雖然這其中有因為相思而黯然神傷的因素，但也不難看出其病懨懨的狀態。

妻子身染重疾已是不幸，更不幸的是周邦彥收到家書，得知父親也病倒了。西元一〇七五年秋，剛從長安遊學返回荊州的周邦彥匆匆沿水路返回錢塘，一路上他心急如焚，《南浦・中呂》一詞所記述的，正是他此刻焦灼的心情：

淺帶一帆風，向晚來、扁舟穩下南浦。迢遞阻瀟湘，衡皋迥，斜艤蕙蘭汀渚。危檣影裡，斷雲點點遙天暮。菡萏裡風，偷送清香，時時微度。
吾家舊有簪纓，甚頓作天涯，經歲羈旅。羌管怎知情，煙波上，黃昏萬斛愁緒。無言對月，皓彩千里人何處。恨無鳳翼身，只待而今，飛將歸去。

雖然沿途斷雲點點、菡萏送香，可滿懷心事的周邦彥已經無心欣賞風景，他只想脅下生雙翼，即刻回家跟父親和妻子團聚。西元一〇七六年春，父親周原病重離世，而此後不久，周邦彥的妻子也離他而去了，而此時他年僅二十歲。

在汴京一舉成名

西元一〇七九年，為父親守喪三年後，周邦彥再度離開錢塘。這一次，他去的不是荊州，而是經揚州、天長等地一路向西北行，來到了繁華的都城汴京。

此時，距王安石變法已有十幾個年頭，雖然王安石被罷相、新政受挫，但當年頒布的許多新政措施，如太學生三舍法等仍在推行。太學生三舍法創建於西元一〇七一年，將太學生分為上舍、內舍、外舍三等，外舍生在一定時限和條件下可升為內舍生，繼而升為上舍生，而在考試中成績優異的上舍生則可直接授官。這一創舉，目的是在常規科舉考試之外拓寬人才選拔的途徑、甄選出更多實幹的官員。而周邦彥此次北上，正是以太學外舍生的身分赴京求學。

雖然地處江南的杭州已是十分繁華，但與都城汴京一比仍要遜色不少。汴京是王公貴族雲集的地方，街道上來往的都是帶有華蓋的車馬，身穿綾羅的行人，兩側鱗次櫛比的樓房商鋪也都朱漆玉雕、熱鬧非凡，擺滿了令人眼花撩亂的商品，更有貌美的女子笑靨滿面迎來送往——總之，一派富麗堂皇歌舞昇平的景象。

汴京的市民耽於遊樂，士大夫們也都放誕風流，在這種氣氛的影響下，年少時原就風流不羈的周邦彥按捺不住自己的性子也加入了縱情的隊伍，開始流連於酒肆歌坊，過起了倚紅偎翠的生活。《少年游》、《鳳來朝》、《一落索》等豔詞便作於這一時期。如他的名作《少年游・並刀如水》一詞：

並刀如水，吳鹽勝雪，纖手破新橙。錦幄初溫，獸煙不斷，相對坐調笙。

低聲問向誰行宿，城上已三更。馬滑霜濃，不如休去，直是少人行。

在香暖的閨房內，膚白如雪的美人親手為他剝出的鮮橙，他沉醉在美人動人的笙曲中遲遲捨不得離開。夜深了，他打算起身告辭，美人卻挽留道：「那麼晚了，外面路滑霜寒，行人又少，不如就留在這裡吧。」——如此的柔情蜜意，恐怕任誰也難以抗拒。

不過，沉醉於溫柔鄉的周邦彥並沒有忘記自己太學生的身分，沒有忘記他來京求學的目的，時刻關注著國家大事。

西元一〇八二年，北宋大將徐禧率將領在夏、銀、宥三州界築永樂城屯兵駐守，西夏王深感威脅，率數十萬大軍前往攻取。將領种諤認為永樂城三面絕崖，沒有泉水，易攻難守，但徐禧卻認為這是建功立業的大好機會，他不聽种諤的勸誡，結果在永樂城之戰大敗，自己也在此次血戰中陣亡。

永樂城失守的消息震驚朝野，當時在汴京當太學生的周邦彥聽聞這個消息，寫下了名篇《天賜白》，一方面在詩歌中記述了驍將曲真意外獲得白馬破城而出、而後受罰不被重用之事，同時也表達了自己對宋兵窮兵黷武、自取失敗的諷諫。由此可見，雖然周邦彥的詞多寫男女愛情，但他本身富有正義和見地，並非只是個沉溺於煙花柳巷的風流書生。

西元一〇八三年，在汴京當了多年太學外舍生的周邦彥做了一個大動作——他作了一篇洋洋灑灑、長達七千字的《汴都賦》獻給皇帝，賦中以「發微子」和「衍流先生」的對話展開對汴京的描寫，還頌揚了神宗十分看重的新政。宋神宗見到《汴都賦》一文深感驚異，想不到太學中竟然還藏著這麼一個大才子，於是將周邦彥擢升為「太學正」。

因為《汴都賦》一文，周邦彥可以說在一夜之間名滿京城——北宋文壇的這顆新星，就這樣以耀眼的光芒，宣告了自己的登場。

而此時的周邦彥不僅賦寫得好，詞的創作也進入了成熟期，被王國維譽為「真能得荷之神理者」的《蘇幕遮・燎沉香》就創作於這一時期：

燎沉香，消溽暑。鳥雀呼晴，侵曉窺簷語。葉上初陽乾宿雨，水面清圓，一一風荷舉。
故鄉遙，何日去。家住吳門，久作長安旅。五月漁郎相憶否。小楫輕舟，夢入芙蓉浦。

從內容上看，這是一首單純的思鄉詞，「沉香」、「鳥雀」、「水面」、「芙蓉」這些詞中的意象都是平常所見之物，但周邦彥卻用巧妙的構思，將它們寫得十分典雅，寫出了「清水出芙蓉，天然去雕飾」的氣質，足見其才華之盛、藝術境界之高。

受壓抑的詞中老杜

西元一〇八五年，宋神宗因病早逝，高太后掌權，啟用司馬光等舊黨，新黨受到排擠和壓迫，一些新政也隨之被廢。這年前後，周邦彥先在京城任太學正，後被調到盧州（今安徽合肥）任教授，目睹政治風雲劇變的他，曾在此間寫下《宴清都・地僻無鐘鼓》一詞：

地僻無鐘鼓。殘燈滅，夜長人倦難度。寒吹斷梗，風翻暗雪，灑窗填戶。賓鴻謾說傳書，算過盡、千儔萬侶。始信得、庾信愁多，江淹恨極須賦。

淒涼病損文園，徽弦乍拂，音韻先苦。淮山夜月，金城暮草，夢魂飛去。秋霜半入清鏡，嘆帶眼、都移舊處。更久長、不見文君，歸時認否。

與繁華的汴京城相比，離都城數百里遠的廬州自然成了偏僻之地。就在數年前，不到三十歲的他受到皇帝嘉許、在繁華的汴京成為眾人矚目的對象，當時是多麼得意、多麼榮耀，現如今，卻流落到這麼一個偏遠又貧窮的地方當官，周邦彥內心的失落可想而知。

不過，不同於一般儒生，雖然身處那樣一個時代，周邦彥也難以擺脫「學而優則仕」的傳統觀念，但他從小性格疏放不羈。青年時，他曾給自己的書房取名「足軒」，並在《足軒記》中寫道：「吾於萬物，不觀其色而觀其真，不觀其形而觀其理。天下之廣，山海之富，有形有象，不必歷目而物數，故無往而不足……」由此可見，周邦彥在年輕時就已具備了隨遇而安、不刻意追求世俗功名的思想境界，是個能自我解脫的人。因此，他在《宴清都・地僻無鐘鼓》中流露出的情緒，與其說是對官場失意的哀嘆，倒不如說是對境遇改變後孤身在外、一時無法與妻子團聚的牢騷和抱怨。

此時的周邦彥已經再婚，他的第二任妻子王氏美貌而有才學，周邦彥常將她比作卓文君，為妻子寫下了不少詞作，而《浣沙溪》一詞就猶如一面鏡子，令王夫人的形象呼之欲出：

寶扇輕圓淺畫繒，象床平穩細穿藤。飛蠅不到避壺冰。

翠枕面涼頻憶睡，玉簫手汗錯成聲。日長無力要人憑。

自西元一〇八七年離京後的十年，周邦彥一直在外當地方官，他輾轉於廬州、荊州、溧水等地，官銜不高，無非是些教授、知縣之類的小官，又宦途奔波，過得不太稱心。不過，這樣的生活未必全然沒有好處——有時正因為別離，才使人懂得與親友相聚的可貴，正因為失意，才能使人想起往昔被自己忽視的美好生活，對生活產生更深的理解，也更懂得珍惜。

在離京為官的十年間，除了給妻子的寄內詞，周邦彥還寫了不少其他題材的詞作，如《玉樓春・桃溪不作從容住》：

桃溪不作從容住，秋藕絕來無續處。當時相候赤闌橋，今日獨尋黃葉路。
煙中列岫青無數，雁背夕陽紅欲暮。人如風後入江雲，情似雨餘黏地絮。

這是一首送別詞，作於西元一〇八九年秋，這時周邦彥剛剛適應廬州的生活，卻又要離開廬州去荊州赴任。他是個多情才子，在廬州待了兩年，也留下不少風流韻事，如今要與情人離別，想來以後再見的機會渺茫，心中自是不勝惆悵。「人如風後入江雲」是身不由己的無奈，「情似雨餘黏地絮」則是他的一片癡情與癡念。

在荊州和溧水時，周邦彥又寫下《少年游・南都石黛掃晴山》、《掃花遊・曉陰翳日》、《虞美人・廉纖小雨池塘遍》、《滿庭芳・夏日溧水無想山作》、《隔浦蓮近・新篁搖動翠葆》等詞，有的寫別離之情，有的寫相思之意，有的寫遊覽勝景，同時也夾雜著詞人或惆悵，或思念，或失落，或沉鬱的種種情緒。

就詞的內容而言，周邦彥極少在詞中言志，或表達自己的人生觀，寫的主要是他自己日常的小事物、小情緒，但隨著歲月流逝，年輕時詞中的旖旎之風，此時逐漸轉為清麗之風，且周邦彥總有一種極高的本領，能將尋常之物寫出典雅優美的意境。

因詞句清麗婉轉、精巧工整，周邦彥被後人譽為婉約派「正宗」，也有人盛讚他為「詞中老杜」，讚美他的詞格律嚴謹、語言清新雅正，在藝術性上堪與唐代詩人杜甫的詩相媲美——這對周邦彥來說，實是極高的讚譽。

愛創造詞調的音樂奇才

西元一一〇〇年，哲宗駕崩，十八歲的趙佶，也就是宋朝第八代皇帝徽宗登上了皇位。趙佶精通詩詞樂理書畫，在藝術方面有很深的造詣。因他的賞識，善作詞曲的周邦彥被提拔為直龍圖閣——龍圖閣位於會慶殿西側，早先為收藏宋太宗御書、典籍、圖畫、寶瑞，以及宗正寺所進宗室名冊、譜牒等資料的場所，相當於皇帝的私人收藏館。直龍圖閣是本職之外加領的官銜，象徵著受皇帝恩寵的榮耀。

此時，周邦彥年已五十四歲，在此之前，他回京已有三年，三年中先後擔任過秘書省正字、校書郎、考功員外郎等文職。再度回到京城的他心情頗為愉悅，加之職務清閒，因此過得悠然自得：

「倚陌看花，垂楊繫馬，應歌之作，微聞香澤……」所寫詞作還多包含著對往昔的追憶。如《應天長・條風布暖》一詞：

條風布暖，霏霧弄晴，池臺遍滿春色。正是夜堂無月，沉沉暗寒食。梁間燕，前社客。似笑我、閉門愁寂。亂花過，隔院芸香，滿地狼藉。

長記那回時，邂逅相逢，郊外駐油壁。又見漢宮傳燭，飛煙五侯宅。青青草，迷路陌。強載酒、細尋前跡。市橋遠，柳下人家，猶自相識。

春回大地，乍暖還寒，寒食節是個重要的節日，這時，年輕的男女們都會藉著春光出來踏青歡會。多年前，正是在這樣的一個日子裡，周邦彥邂逅了一個美麗的女子。如今又逢寒食，他重遊故地，憑著記憶一路找去，舊日那柳樹成蔭的宅院還是當初的樣子，可他卻孤身一人，已不知當時的伴侶去了何處。「青青草，迷路陌」，往事迷離，令人惆悵。

周邦彥敏感多情，因此他的詞作總是充滿傷感，如他作於西元一一一八年離開汴京到真定府任知府時的送別詞《蘭陵王・柳陰直》：

柳陰直，煙裡絲絲弄碧。隋堤上、曾見幾番，拂水飄綿送行色。登臨望故國，誰識、京華倦客？長亭路，年去歲來，應折柔條過千尺。

閒尋舊蹤跡，又酒趁哀弦，燈照離席。梨花榆火催寒食。愁一箭風快，半篙波暖，回頭迢遞便數驛，望人在天北。

淒惻，恨堆積！漸別浦縈回，津堠岑寂，斜陽冉冉春無極。念月榭攜手，露橋聞笛。沉思前事，似夢裡，淚暗滴。

自西元一〇九七年回京後，周邦彥除了偶因休假或外派短暫離京，多半時光都在京城度過。在同一個地方待得久了，他漸漸成了「倦客」，而令他厭倦的，不僅是日復一日的仕宦生涯，更是一次次的離別——昨天他將友人、親人或情人送走，今天又換成別人來送他。

送別本是人生常事，可於周邦彥而言卻難以忍受，他滿眼所見都是「柳陰」、「長亭」、「舊蹤跡」、「哀弦」、「離席」、「岑寂」這類傷感之物，內心更是「沉思前事，似夢裡，淚暗滴」——由此可見，周邦彥不僅重情，還是個癡人。而唯有癡人，才能寫出這麼多飽含深情的癡詞和癡句。

不過，周邦彥在作詞上最令人驚嘆的還是他創造詞調的才華。這位精通音律的才子不滿足於前人創制的曲調，當遇上現有詞調無法充分表達自己的思想情感時，他會自己創制一套全新的詞調。因為擅作詞調，西元一一一七年，周邦彥被調到皇家最高音樂機構大晟府當官，專門負責譜制詞曲，供奉朝廷。在這裡，他不再需要為官署的俗務煩擾，得以專心致志從事詞曲創作。

據統計，周邦彥一生創制的詞調多達四十種，《側犯》、《紅林擒近》、《花犯》、《慶宮春》等詞調皆出自他手——他的詞調創作，可謂歷代文人中「前無古人，後無來者」的第一人。至此，工於作詞又善作詞調的周邦彥，終於成了婉約派和格律派的集大成者。

值得一提的是，在周邦彥創制的諸多詞調中，有一名為《六醜》的詞調格外好聽，只是名字頗為古怪。宋徽宗在藝術上有很高的造詣，卻不明白「六醜」為何意，他召來諸大臣詢問，大臣們也紛紛搖頭表示不知。最終還是周邦彥自己道出了「六醜」一名的來歷。

原來，古代高陽氏有六個兒子，個個都很有才，可是長相卻都很醜，周邦彥將他創作的新詞調命名為「六醜」，意為這首曲調旋律優美，可演唱難度極高，並非一般歌者可以駕馭。

所謂「曲高和寡」，縱觀古今詞作，依《虞美人》、《西江月》、《鷓鴣天》、《憶江南》等曲調作詞的多如牛毛，作《六醜》的則寥寥無幾，到如今，《六醜》調失傳已久，今人無緣再領略這千年前的驚豔詞曲了。

不過，周邦彥晚年時曾作《六醜・落花》，從這首工麗典雅的惜花之作中，我們或許能通過緩慢鋪敘、迴環曲折的節奏和韻律，捕捉到一點《六醜》曲調的影子：

正單衣試酒，恨客裡、光陰虛擲。願春暫留，春歸如過翼。一去無跡。為問花何在，夜來風雨，葬楚宮傾國。釵鈿墮處遺香澤。亂點桃蹊，輕翻柳陌。多情為誰追惜。但蜂媒蝶使，時叩窗隔。

東園岑寂。漸蒙籠暗碧。靜繞珍叢底，成嘆息。長條故惹行客。似牽衣待話，別情無極。殘英小、強簪巾幘。終不似一朵，釵頭顫嫋，向人欹側。漂流處、莫趁潮汐。恐斷紅、尚有相思字，何由見得。

「尋尋覓覓，冷冷清清，淒淒慘慘戚戚。」

婉約派「宗主」——千古第一才女李清照

李家有女初長成

西元一一〇一年，北宋大臣趙挺之的家中張燈結綵，高朋滿座，十分熱鬧，其中有許多賓客都是當朝高官，他們頻頻舉杯，向主人趙挺之表示祝賀，而剛過花甲之年的趙挺之穿著一身嶄新的衣裳，笑呵呵地向賓客們一一回敬。

原來，這天是趙家三公子趙明誠娶親的大喜日子。這位趙公子迎娶的新人可不是一般人物——她的父親是當朝禮部員外郎、被譽為「後蘇門四學士」的李格非，她母親也是出生於名門的大家閨秀，據說是歐陽修連襟王拱辰的孫女。尤為重要的是，這位女子並不需要藉助父母的光環，因為她自己就是一個不朽傳說——她，就是被後世譽為「千古第一才女」的李清照。

嫁給趙明誠時，李清照才十七歲，正是碧玉年華。因出生在開明的官宦世家，且受到父親李格非的影響，李清照十幾歲時就已才氣逼人，不僅精通琴棋書畫，還寫得一手絕妙好詞，且這些詞無一不工，每一首都是「天下稱之」。如兩首流傳千古的《如夢令》，皆創作於李清照婚前少女時期，一首是《如夢令・常記溪亭日暮》：

常記溪亭日暮，沉醉不知歸路。興盡晚回舟，誤入藕花深處。爭渡，爭渡，驚起一灘鷗鷺。

另一首是《如夢令・昨夜雨疏風驟》：

昨夜雨疏風驟，濃睡不消殘酒。試問卷簾人，卻道海棠依舊。知否，知否？應是綠肥紅瘦。

這時的李清照還是未出閣的少女，但她在詞的創作上已十分成熟，一開始就彰顯出與眾不同的風格，藝術成就極高，令人嘆為觀止。據說李詞一出，當時的文士們無不拍手稱讚。尤為難得的是，從詞中可以看出，少女時代的李清照性情爛漫且大氣，她時常乘著小舟外出遊覽，從「沉醉不知歸路」、「濃睡不消殘酒」也可以看出，她的性情豪放，將飲酒作為生活中的一大樂趣——此番閒情雅致與浪漫逸趣，恐怕當時的風流才子也少有人能比得上。

此外，李清照早年創作的另一首詞《點絳唇・蹴罷秋千》，也反映了她少女時代的純真俏皮：

蹴罷秋千，起來慵整纖纖手。露濃花瘦，薄汗輕衣透。
見客入來，襪剗金釵溜。和羞走，倚門回首，卻把青梅嗅。

婚後，李清照與趙明誠情投意合，過得幸福美滿，雖然嫁到趙家，作為新媳婦，她不免得按當時的規矩恪守婦道，但俏皮的天性卻依然如故。那首創作於新婚後不久的《減字木蘭花・賣花擔上》，就將她婚後的幸福生活與爛漫個性展現得淋漓盡致：

賣花擔上，買得一枝春欲放。淚染輕勻，猶帶彤霞曉露痕。
怕郎猜道，奴面不如花面好。雲鬢斜簪，徒要教郎比並看。

從賣花人那裡買得一枝含苞欲放的鮮花，將它插在鬢角對著丈夫微笑，叫他看看究竟是花美還是人美——能寫出這樣的詞，可見年輕時的李清照不僅才氣逼人，還十分精靈活潑。

不同的相思與離愁

然而，再美滿的生活也難免會有缺憾。

大丈夫志在四方，趙明誠也不時有外出交遊或赴任的時候。古代交通落後，夫妻一別，少則數月、多則經年才能團聚，這令渴望與丈夫朝夕相處的李清照十分悵然。

因為分隔兩地，李清照在對丈夫的思念中，寫下了一首首纏綿悱惻、真摯感人的相思詞作，比如那首著名的《醉花陰・薄霧濃雲愁永晝》，便是一年重陽佳節李清照遙寄給丈夫的「情詞」：

薄霧濃雲愁永晝，瑞腦消金獸。佳節又重陽，玉枕紗廚，半夜涼初透。
東籬把酒黃昏後，有暗香盈袖。莫道不消魂，簾卷西風，人比黃花瘦。

看著別人都在這一年一度的重陽佳節家人團聚、共賞菊花，而自己卻因丈夫不在身邊獨自一人喝著悶酒，一句「莫道不消魂，簾卷西風，人比黃花瘦」，傳神地寫出了李清照對丈夫的思念和獨守閨房的孤寂。

再如那首被後世廣為傳頌的《一剪梅・紅藕香殘玉簟秋》，寫的也是盼望丈夫歸來的心情：

紅藕香殘玉簟秋，輕解羅裳，獨上蘭舟。雲中誰寄錦書來？雁字回時，月滿西樓。
花自飄零水自流，一種相思，兩處閒愁。此情無計可消除，才下眉頭，卻上心頭。

再如《鳳凰臺上憶吹簫・香冷金猊》，也是一首深婉細膩的相思詞：

香冷金猊，被翻紅浪，起來慵自梳頭。任寶奩塵滿，日上簾鉤。生怕離懷別苦，多少事、欲說還休。新來瘦，非干病酒，不是悲秋。
休休，這回去也，千萬遍《陽關》，也則難留。念武陵人遠，煙鎖秦樓。惟有樓前流水，應念我、終日凝眸。凝眸處，從今又添，一段新愁。

從詞中可以看出，雖然相思令人消瘦、令人孤獨寂寞，但在這寂寞之中，飽含的是李清照對丈夫難捨難分的濃情與深愛。

西元一一〇七年，因為一場政治鬥爭，這對夫婦的生活發生了劇變。

這場政治鬥爭，源於年輕的宋徽宗不務正業，他沉迷於書法、繪畫等「藝術事業」，以致政治大權旁落到蔡京、童貫、高俅等奸臣手中，致使本已積貧積弱的北宋急遽走向衰落。西元一一〇六年，趙挺之出任尚書僕射（**相當於宰相**），希望能力鏟奸惡，無奈老邁力衰，最終在波譎雲詭的政治鬥爭中敗下陣來，並於西元一一〇七年春被罷相後抱恨而終。趙挺之這棵大樹一倒，年輕的趙明誠失去了倚靠，不久即遭蔡京誣陷被追奪贈官，不得不攜帶家眷退居青州鄉里。

然而，「塞翁失馬，焉知非福」。在青州生活的十餘年，雖然生活不及當年富裕，但趙明誠夫婦遠離險惡的政治鬥爭，過起了閒雲野鶴的生活。

趙明誠是個金石迷，有「盡天下古文奇字之志」，他幾度外出尋訪古寺名山，得以廣集碑文資料，在此間創作了對後世影響深遠的《金石錄》。而李清照也十分享受夫唱婦隨的平淡生活，她陪同丈夫一起研究金石古籍，還潛心鑽研詩詞，獨自撰寫了頗具創見的《詞論》。學問之餘，這對小夫妻還會在花前月下鬥茶論酒，日子過得逍遙自在，以至於李清照情不自禁地感嘆道：「甘心老是鄉矣！」

可惜隨著趙明誠復出當官，這種神仙眷侶般的生活被打破了。雖然丈夫外出為官家境隨之好轉，夫婦倆不必再為得到一些心愛的文物而典質家產，可兩地相隔的愁苦，又浮上了李清照的心頭。

此時的李清照已不同於年輕時候，年屆四十的她雖才華依舊，容顏卻隨著歲月流逝而日漸老去。此外，她還有一件沉重的心事，那便是婚後這麼多年來，她和趙明誠之間一直沒有子嗣。

在古代，「不孝有三，無後為大」，像趙明誠這樣有身分地位的人，納妾在當時是很正常的。但李清照畢竟不是尋常女子，面對丈夫的納妾之意，她敏感的內心怎麼可能不泛起層層漣漪？

寂寞深閨，柔腸一寸愁千縷。惜春春去，幾點催花雨。
倚遍闌干，只是無情緒。人何處，連天衰草，望斷歸來路。

暮春時節，看雨催花落，不禁由易老的春天和易逝的春花聯想到寂寞深閨裡韶華已逝的自己——一首《點絳唇・閨思》，含蓄地寫出了李清照丈夫外出為官、自己獨居青州時複雜淒苦的心情。

同樣是相思與離愁，此刻李清照的心緒已不再像年輕時那般單純，而是多了幾分無奈和難言的隱憂。這種愁苦的心情，直到趙明誠將她接到身邊才有所好轉。

婉約派「詞宗」的豪放與淒涼

西元一一二六年，金軍的鐵蹄飛踏而來，次年，京城淪陷，徽、欽二帝被俘，不到兩百年的北宋帝國處在風雨飄搖中。這場歷史上著名的「靖康之難」導致山河破碎，萬千無辜百姓流離失所，李清照夫婦也難以倖免於難。

西元一一二七年，徽、宗二帝北去後，康王趙構在南京應天府即位，建立南宋。趙明誠被調到江寧任知府，他放心不下留在青州老家的金石古玩，便讓李清照專程前往搶救。一路風塵僕僕，李清照終於將十幾車珍貴的金石收藏安全運到了江寧，但多數沒能帶出的都在青州兵變時毀於戰禍之中，令他們二人痛心不已。

然而，在內憂外患的動亂年代，性命尚且難保，更何況身外之物呢？

趙明誠知江寧期間，江寧曾一度發生叛亂，明誠未起兵鎮壓，而是選擇翻牆逃跑。這件事令李清照對丈夫感到失望。雖然作為一介女子，她只能在江寧被圍困時隨夫一路西逃，但在逃出江寧、路過烏江時，仍不禁發出了「生當作人傑，死亦為鬼雄。至今思項羽，不肯過江東」的感慨。她多麼渴望朝廷群臣與將領們能有項羽般寧死也不退縮的骨氣，可惜的是，這些本應頂天立地的男人紛紛選擇了逃難，胸襟還不及她一個弱女子豪邁。

但李清照的豪情絕非一時興起，在南渡之後，這位被後世譽為婉約派「詞宗」的女詞人，還寫下過一篇氣勢磅礴的詞作《漁家傲・天接雲濤連曉霧》：

> 天接雲濤連曉霧，星河欲轉千帆舞。彷彿夢魂歸帝所。聞天語，殷勤問我歸何處。
> 我報路長嗟日暮，學詩謾有驚人句。九萬里風鵬正舉。風休住，蓬舟吹取三山去！

這首詞意境開闊，充滿了浪漫主義色彩，後世詞評家都震驚於這樣一首豪放的詞作竟出自一位女子之手。我們常說文如其人，如果一個人內心沒有寬廣的胸襟與氣魄，又怎麼可能寫得出這樣的詞作？這首《漁家傲》，正是李清照在國家面臨外敵入侵、陷入內外交困危局時的真實寫照。她渴望自己能像男兒一樣報效國家，可惜縱然她是一代才女，在那樣的時代，她的報國之志無法實現，政治上的才華也無法施展，所以發出了「學詩謾有驚人句」的慨嘆。

且不說建功立業，在當時，對一個女子來說，即便是簡單生活也十分不易。那時女性的個人價值不被認可，而是依附於男人而存在，這個男人，可以是父親、丈夫或兒子，可失去他們女人就會陷入無助的境地。這一點，李清照在丈夫趙明誠去世之後，體會尤為深刻。

那是西元一一二九年，此時的李清照已經四十五歲，她原本在池陽家中等著丈夫在湖州安定下來後趕去與他會合，不料趙明誠剛到建康就突發重病，等李清照聞訊匆忙趕往，他已不久於人世。

那是一個涼風透骨的秋日，年不及半百的趙明誠離開了人世，留下李清照孤身一人，在戰火紛飛的動亂中悵然不知何往。

尋尋覓覓，冷冷清清，淒淒慘慘戚戚。乍暖還寒時候，最難將息。三杯兩盞淡酒，怎敵他、晚來風急？雁過也，正傷心，卻是舊時相識。

滿地黃花堆積。憔悴損，如今有誰堪摘？守著窗兒，獨自怎生得黑？梧桐更兼細雨，到黃昏、點點滴滴。這次第，怎一個愁字了得！

丈夫暴卒，父親早已過世，而她又膝下無子，這時的李清照，真正淪為了孤家寡人。一首《聲聲慢・尋尋覓覓》，充滿了哀婉淒涼的語調，正是李清照此時無比淒涼的內心寫照。

此後數年，隨著金兵與宋軍展開拉鋸戰，李清照隨南宋朝廷四處逃難，不知經歷了多少磨難，隨身攜帶的金石古玩和珍貴書畫典籍，或被明搶，或被暗盜，丟失了大半。多少個夜晚，想起故國與往事，她就如《添字醜奴兒・窗前誰種芭蕉樹》中寫的那樣惆悵不已：

窗前誰種芭蕉樹，陰滿中庭。陰滿中庭。葉葉心心，舒捲有餘清。
傷心枕上三更雨，點滴霖霪。點滴霖霪。愁損北人，不慣起來聽。

一個男人和一段錯婚

西元一一三二年，李清照孤身一人來到杭州，在這裡暫時棲居下來。這一年，李清照已經四十八歲，連年的奔波令她身心俱疲。

她病倒了，孤苦伶仃地躺在租來的房子裡，想起少女時代那些無憂無慮的快樂時光，想起青州十年光景，又想起這些年四處漂泊、艱辛悲傷的經歷，她難過得只能暗自垂淚。

就在這個時候，一個名叫張汝舟的男人走進了李清照的生活。在李清照重病期間，張汝舟對她噓寒問暖、關懷備至，又三番五次遣媒人說媒，令李清照在絕望中看到了一絲希望。

此時，距趙明誠去世已有三年。這三年中，李清照飽嘗苦楚，像一片無根的落葉。她實在厭倦了朝不保夕、動亂不安的生活，想找個可靠的地方停下來歇一歇。於是，在媒人的和張汝舟甜言蜜語的攻勢下，李清照答應了張汝舟的求婚。

然而，這個渴望藉助李清照的名聲、企圖私吞她珍貴藏書的男人，婚後不久就露出了他市儈的面目。而李清照不是一個逆來順受的尋常女子，她奮起反抗，卻招來張汝舟喪心病狂的毆打。最終，這段一開始就夾雜著不純目的的婚姻，因李清照不堪折磨提請離異、並告發張汝舟早年科舉舞弊一事而宣告結束，前後僅持續了短短幾個月的時間。

按照宋朝的律法，妻子揭發丈夫，即便屬實，也要被判兩年監禁。李清照為重獲自由不惜以坐牢為代價，可見她的第二段婚姻有多麼不幸。所幸李清照還有親戚在朝廷為官，她在牢中待了幾天就被釋放了。李清照終於重新獲得了自由。

再嫁與離異風波令她聲名受損，但也令她更看清了社會現實，變得更加堅強。在接下來的二十幾年中，李清照一直孤身一人在世間漂泊，她不再寄希望於他人，而是靜下心來，潛心創作《金石錄後序》，以完成丈夫趙明誠生前的遺願，寂寞的時候就寫寫詩詞，聊以自慰。

西元一一三五年，隨南宋朝廷避難金華時，李清照曾作《武陵春・春晚》一詞：

風住塵香花已盡，日晚倦梳頭。物是人非事事休，欲語淚先流。
聞說雙溪春尚好，也擬泛輕舟。只恐雙溪舴艋舟，載不動許多愁。

這時的李清照已年過半百，身邊沒有一個親人，她歷經世事的艱難與不幸，內心淒涼悲苦，「只恐雙溪舴艋舟，載不動許多愁」，實是她晚年生活最為真實的寫照。

「我是清都山水郎，天教分付與疏狂。」
南宋詞壇的塵外之音——「詞俊」朱敦儒

不肯出仕的「清都山水郎」

西元一一二六年，幾個官差從洛陽出發，騎著飛馬一路向西馳騁而去，到了洛陽城，他們在驛站稍事休息後又立刻啟程，踏上一條通往山裡的道路。

大路在山腳消失，山間小路蜿蜒崎嶇，道路兩旁是鬱鬱蔥蔥的山林，山谷裡鳥鳴蟲吟，十分幽靜。行不多遠，眼前出現了一片較為開闊的地方，還有幾間房舍，房舍裡隱隱有樂聲傳來。幾個官差料定那便是朱先生的住處，於是將馬拴在屋前不遠處，下馬走上前去。

守門的家丁見來了宮裡的官差，急忙進去稟報。暫態，屋裡的樂聲停了下來。官差們剛進門，一個面目清秀、風度翩翩的中年人就迎了出來。

這個中年人，就是深居山林的隱士朱先生。而這位朱先生是何許人也？他就是右司諫大臣朱遜之的兒子朱敦儒。

出身富貴之家的朱敦儒從小飽覽群書，年少時就曾寫出「試將天下照，萬象總分明」這般氣宇軒昂的詩句，被時人視為奇才。朱敦儒不僅才華橫溢，工於詩詞書畫，且志行高潔，有經世之才，雖然隱居於距汴京城百里之外的洛陽山林，甘做一介布衣，但聲望極高，時人無不知曉他朱先生的大名。

朱敦儒聲望在外，朝廷曾多次請他出山入仕——這樣的機會，其他讀書人求都求不來，但朱敦儒偏偏特立獨行、不以為意。《鷓鴣天・西都作》一詞中所寫的，便是他的志向與心跡：

我是清都山水郎，天教分付與疏狂。曾批給雨支風券，累上留雲借月章。
詩萬首，酒千觴。幾曾著眼看侯王？玉樓金闕慵歸去，且插梅花醉洛陽。

他渴望做個如梅花般品性高潔的隱者，嚮往的是縱詩飲酒、沉醉山林的逍遙生活，不願如塵世之人汲汲於富貴。

不過，官差畢竟是朝廷派來的，既然皇帝有口諭要他進京面聖，朱敦儒也不敢違抗，只得換上衣服，帶上簡單的行李，隨著幾個官差進京去走一趟。

此時，徽宗已經退位，將風雨飄搖的江山交給了兒子趙桓。宋欽宗趙桓在宮裡親自接見了這位由朝中大臣舉薦的名士，一見朱敦儒果然氣度不凡，當場就授予了他鴻臚卿的官職。

不過，朱敦儒先叩謝了聖上的美意，隨後不卑不亢地對眼前這位比他小十九歲的皇帝說：「陛下，臣就像那山中的麋鹿，喜歡閒適的曠野生活，高官厚祿並不是我的理想與追求。」

趙桓沒想到朱敦儒會說出這樣的話，他先是一愣，繼而想到自己請他出仕他還要一再推辭，也就不再勉為其難，將這「山間麋鹿」重新放歸山林。

回到洛陽後，朱敦儒繼續過著他遊山玩水、逍遙自在的生活。

作為出身富貴的公子哥，朱敦儒也和當時許多風流名士一樣，曾有過一段狎妓歡糜的時光，《菩薩蠻・風流才子傾城色》一詞寫的就是他年輕時放浪形骸的生活：

風流才子傾城色。紅纓翠幰長安陌。夜飲小平康。暖生銀字簧。
持杯留上客。私語眉峰側。半冷水沉香。羅帷宮漏長。

但這種「風流才子傾城色」的日子只是朱敦儒生活的點綴，他並非一味沉醉於溫柔鄉的蕩客，而有一股曠達之氣。正如《朝中措・先生筇杖是生涯》一詞所寫的那般：

先生筇杖是生涯，挑月更擔花。把住都無憎愛，放行總是煙霞。
飄然攜去，旗亭問酒，蕭寺尋茶。恰似黃鸝無定，不知飛到誰家？

這是朱敦儒晚年所作的一首詞，詞中所寫正是他一生嚮往也用一生踐行的自由生活：拄一根竹杖，在煙霞繚繞的秀美山水間尋春問花，飄然而來，又飄然而去，遇到酒坊茶館就停下喝一杯，歇歇腳，行無定蹤……

不論年輕時還是年老時，朱敦儒曠達俊逸、偏愛山水的性情一直未曾改變。《雨中花・嶺南作》一詞的上闋，便是朱敦儒年輕時在洛陽尋訪名山勝水、縱馬狩獵的生活寫照：

故國當年得意，射麋上苑，走馬長楸。對蔥蔥佳氣，赤縣神州。好景何曾虛過，勝友是處相留。向伊川雪夜，洛浦花朝，占斷狂遊。

胡塵捲地，南走炎荒，曳裾強學應劉。空漫說、螭蟠龍臥，誰取封侯。塞雁年年北去，蠻江日日西流。此生老矣，除非春夢，重到東周。

朱敦儒對於這種閒適愜意的生活是十分滿意的，他後來曾寫《臨江仙・生長西都逢化日》一詞：

生長西都逢化日，行歌不記流年。花間相過酒家眠。乘風遊二室，弄雪過三川。

莫笑衰容雙鬢改，自家風味依然。碧潭明月水中天。誰閒如老子，不肯作神仙。

是啊，生在太平年間，生來就擁有衣食無憂的富貴生活，且能遠離朝廷紛爭、按照自己的喜好生活，還有什麼比這樣的人生更愜意呢？

南渡後的意外之舉

西元一一二六年，金兵的鐵蹄踏入中原，北宋大片土地淪陷，徽、欽兩位皇帝被俘，康王趙構死裡逃生在江寧府（今南京）建立新朝，隨後又狼狽渡江南逃，輾轉於越州（紹興）、明州（寧波）、定州（舟山）等地，甚至一度逃至浙江南端的溫州，將中原的大好河山拱手讓給了金人。中原百姓不堪戰亂的禍害和金人的燒殺搶掠之苦，無論貴族還是百姓，都紛紛逃往南方避難，這其中也包括隱居洛陽的朱敦儒。

突然而至的風雲劇變令過往閒適安逸的生活一去不復返，在匆忙南渡的途中，朱敦儒目之所及，都是失去家園的流民，他們饑腸轆轆、焦渴難耐，拖著疲憊的身軀隨人群緩緩向南，眼神中流露出無限的迷惘。而此時的朱敦儒也已不再是當年那個安享富貴的公子哥了，洛陽的山林可以令他躲避塵世的喧囂，可無法阻擋金兵的金戈鐵馬，他的處境雖然比這些一無所有的流民好一些，但抬眼望去，前方的人生一片迷茫，他的餘生又該寄託何處呢？朱敦儒在南渡途中寫的《卜算子・旅雁向南飛》一詞，正是他此時心境的寫照：

> 旅雁向南飛，風雨群初失。饑渴辛勤兩翅垂，獨下寒汀立。
> 鷗鷺苦難親，矰繳憂相逼。雲海茫茫無處歸，誰聽哀鳴急。

這首詞寫的是朱敦儒在南逃途中饑渴辛勞、茫然不知所往的心情和經歷，也是所有流離失所的人處境與內心的寫照。

流落南方後，朱敦儒曾於街頭偶遇當年在汴京城紅極一時的絕代佳人李師師，想不到靖康之難後她失盡所有，竟淪落到在民間隱姓埋名、賣藝為生的地步。感慨之餘，朱敦儒為李師師寫下了《鷓鴣天・唱得梨園絕代聲》一詞：

唱得梨園絕代聲。前朝惟數李夫人。自從驚破霓裳後，楚秦吳歌扇裡新。
秦嶂雁，越溪砧。西風北客兩飄零。尊前忽聽當時曲，側帽停杯淚滿巾。

李師師的處境令人同情，但就連她這樣曾經頗受宋徽宗恩寵的人也過得如此淒慘，更何況那些南渡的尋常百姓呢？

南渡後的所見所聞令朱敦儒感觸良多。雖然他表面上是個耽於享樂的公子哥，但其實他的內心有著經世濟國的大理想，這種情懷與抱負，在他早年所作的《望海潮・丁酉，西內成，鄉人請作望幸曲》中就已經有所表露：

嵩高維嶽，圖書之淵，西都二室三川。神鼎定金，麟符刻玉，英靈未稱河山。誰再整乾坤。是挺生真主，浴日開天。御歸梁苑，駕回汾水鳳樓閒。
升平運屬當千。眷凝旒暇日，西顧依然。銀漢詔虹，瑤臺賜碧，一新瑞氣祥煙。重到帝居前。怪鵲橋龍闕，飛下人間。父老歡呼，翠華來也太平年。

從「誰再整乾坤。是挺生真主，浴日開天」一句可以看出，當年在洛陽時朱敦儒雖隱居山林，看似對家國大事不聞不問，但實際上，他的內心時時盼望著重整乾坤的明君出現——成為名士不是他飽讀詩書的目的，他的理想是與明君一起「浴日開天」。

那麼，他為什麼要拒絕入仕呢？

答案很簡單：正是因為沒有明君。無論徽宗還是後來的欽宗都不是明君，所以才有北宋末年奸臣當道、黨派之爭愈演愈烈、賣官鬻爵層出不窮的政治亂象。

朱敦儒將這一切看得清清楚楚，他知道在這樣的世道根本無法實現他的理想與抱負，索性不去蹚這渾水；再則，他品行高潔，又怎麼會願意與朝中那些奸臣同流合污呢？

可是南渡之後，親眼看見中原的大好河山被金人恣意踐踏，百姓流離失落、哀鴻遍野，朱敦儒再也無法假裝對這些慘象視而不見。

西元一一二七年，他跟隨南宋朝廷逃至金陵時，曾作《相見歡．金陵城上西樓》一詞：

> 金陵城上西樓，倚清秋。萬里夕陽垂地，大江流。
> 中原亂，簪纓散，幾時收？試倩悲風吹淚，過揚州。

金陵是南宋都城所在地建康的別稱，當時還沒有受到金兵的威脅。逃到這裡後，一路風塵僕僕的朱敦儒得以暫作喘息。然而此時登樓遠眺，見到夕陽下大江奔流的景象，他感受到的已不再是山河的壯闊，而是無盡的悲涼。和所有愛國人士一樣，朱敦儒身在金陵，心卻牽繫著北方淪陷的大好河山，心中生出抗擊金兵、收復失地的志向。

此後為避戰禍，朱敦儒從金陵取水路一路南下，客居嶺南雄州（今廣州南雄）。一路上，他寫下了許多感懷之作，如《憶秦娥．霜風急》：

霜風急。江南路上梅花白。梅花白。寒溪殘月，冷村深雪。

洛陽醉裡曾同摘。水西竹外常相憶。常相憶。寶釵雙鳳，鬢邊春色。

江南的梅花令他想起洛陽城的梅花和許多美好的往事，而如今，故園難回，留給他的只有不盡的思念。

再如《採桑子・彭浪磯》：

扁舟去作江南客，旅雁孤雲。萬里煙塵，回首中原淚滿巾。

碧山對晚汀洲冷，楓葉蘆根。日落波平，愁損辭鄉去國人。

詞人由金陵南下雄州時曾途經江西彭浪磯，此時的他如一隻失群孤雁被一葉扁舟帶向更遠的南方，眼看離故鄉越來越遠，放眼北望，他不禁感到無限落寞，忍不住淚水漣漣。

而《雨中花・嶺南作》一詞，則是朱敦儒到嶺南時所作。詞的上闋是他對當年狂歡盛遊的浪漫往事的回憶，而下闋則是對自己被迫南逃、寄人籬下處境的喟嘆，而此中「空漫說、螭蟠龍臥，誰取封侯」一句，又有他對南宋小朝廷偏安一隅、自己空有一腔報國熱忱卻無路請纓的悲嘆。

這位寄居南方的北客，雖然在南渡之後又兩度拒絕出仕，但那是因為時機不成熟，其實他的內心非常渴望蕩平敵寇、回歸故鄉。

西元一一三三年，當南宋朝廷遷都臨安（今杭州），終於在東南一帶站穩腳跟進而招募治國賢士，此時業已五十二歲的朱敦儒突然做出了一項意外之舉——入仕為官。

從滿腔熱情到「萬事原來有命」

朱敦儒突然應召出仕，表面看似突然，似乎有悖於他自詡的「幾曾著眼看侯王」的高潔志向，實則不然。

西元一一三三年，世事已發生劇變：金兵撤離江南、暫停南侵；南宋朝廷遷都杭州，暫時站穩腳跟；因有岳飛等名將在，南方諸地的農民起義和盜匪得到鎮壓，南北邊境之地作了一些防禦金兵的部署，收復北方失地也有了一線希望；許多在北宋末年辭官或隱居的名士，如譙定、徐俯等人紛紛復出為官……這些跡象，都使宋高宗趙構主持的新朝看上去萬象更新，令朱敦儒產生明君已出的希望。

就朱敦儒本身而言，自南渡以來，他和友人的遭遇，以及他親眼所見的流民景象，也激發了他內心對出仕的渴望。《水龍吟・放船千里凌波去》一詞，便反映了他渴望報國的志向：

放船千里凌波去，略為吳山留顧。雲屯水府，濤隨神女，九江東注。北客翩然，壯心偏感，年華將暮。念伊嵩舊隱，巢由故友，南柯夢，遽如許！

回首妖氛未掃，問人間、英雄何處？奇謀報國，可憐無用，塵昏白羽。鐵鎖橫江，錦帆衝浪，孫郎良苦。但愁敲桂棹，悲吟《梁父》，淚流如雨。

江南山水固然嫵媚動人，但此時的朱敦儒卻無心欣賞。回想故國往事已成舊夢，當此國家危亡之際，他發出了「問人間、英雄何處？」的喟嘆，他多麼渴望朝中能有英雄挺身而出力挽狂瀾，也盼望著自己能有「奇謀報國」的一天。

而在《蘇武慢》一詞中，朱敦儒將抗擊金兵、收復失地的抱負寫得更為直白：

枕海山橫，陵江潮去，雉堞秋風殘照。閒尋桂子，試聽菱歌，湖上晚來涼好。幾處蘭舟，採蓮遊女，歸去隔花相惱。奈長安不見，劉郎已老，暗傷懷抱。

誰信得、舊日風流，如今憔悴，換卻五陵年少。逢花倒趓，遇酒堅辭，常是懶歌慵笑。除奉天威，掃平狂虜，整頓乾坤都了。共赤松攜手，重騎明月，再遊蓬島。

此番應召千里迢迢從嶺南趕赴臨安，朱敦儒想的就是「掃平狂虜，整頓乾坤」。

抵達南宋京城臨安後，朱敦儒因面見聖上時議論明暢而受宋高宗器重，不久即被賜進士出身，授秘書省正字，次年改左承奉郎兼兵部郎官，數年後又被提拔為兩浙東路提點刑獄公事。

雖然已過半百之年，但朱敦儒認為自己尚寶刀未老，他躊躇滿志，一心渴望輔助賢君振興國家收復失地，因此自入朝以來，他堅定地支持主戰派，呼籲朝廷積極抗擊金兵、迎回徽、欽二帝。

然而，西元一一四〇年夏天發生的一件事震驚了朝野，也給躊躇滿志的朱敦儒重重一擊。

西元一一四〇年，南宋抗金名將岳飛率領岳家軍一路揮戈北上、屢戰屢勝、最終將兀朮圍困在誅仙鎮。這本應是朝野上下額手相慶的大喜事，卻不料就在岳飛大敗兀朮、殺得兀朮不得不放棄開封渡河北遁時，朝廷卻在一天內連發十二道班師詔金牌，措辭嚴厲，命岳家軍撤兵，並命岳飛即刻回京朝見聖上。

詔令荒唐得令人髮指，但岳飛不得不從，他知道這一走十年之功必將功虧一簣，當場悲憤大哭。而實事也如岳飛所料，岳家軍剛一撤離，金兵就捲土重來，南宋無數士兵用生命和血淚換來的中原土地再度淪為失地。

而最令人悲憤的是，宋高宗和秦檜等投降派為了與金人合議，竟於西元一一四一年製造了千古冤案——以「莫須有」的罪名將精忠報國的岳飛父子下獄，並於次年除夕應兀朮「必殺岳飛，而後和可成」的要求將岳飛父子殘殺於大理寺獄中。這年，岳飛才三十九歲，正當英雄氣盛的壯年，而其子岳雲年僅二十三歲。

岳飛被害後，秦檜又大力清洗朝中其餘主戰派將領和大臣。在這樣的大勢下，朱敦儒深感無力。不久，他因不苟同秦檜的求和政策遭人彈劾，被削去浙東提點刑獄公事的職務，改授閒置。此時，是去是留，朱敦儒內心充滿了矛盾，這種劇烈的掙扎在《蘇幕遮・酒壺空》一詞中表露無遺：

酒壺空，歌扇去。獨倚危樓，無限傷心處。芳草連天雲薄暮。故國山河，一陣黃梅雨。
有奇才，無用處。壯節飄零，受盡人間苦。欲指虛無問征路。回首風雲，未忍辭明主。

故土再難收復，故國也再難歸去。雖然朱敦儒仍在朝廷，但他明白，連岳飛這樣的千古奇才都落得如此悲慘的境地，他不過是個人微言輕的幽官，滿腔報國熱忱更是無從實現。面對這樣的現實，他深感無力與無奈，因此發出了「有奇才，無用處」的慨嘆。

那麼，既然在朝中無法實現理想，何不索性歸去？

朱敦儒也想過歸去，重新隱退山林，但又不甘心就這樣毫無作為地離任，因此總是下不了「辭明主」的決心。轉眼又是數年過去。西元一一四九年，這時朱敦儒已是年近古稀的老人了。

世事短如春夢，人情薄似秋雲。不須計較苦勞心。萬事原來有命。
幸遇三杯酒好，況逢一朵花新。片時歡笑且相親。明日陰晴未定。

正如這首《西江月・世事短如春夢》中所寫，「世事短如春夢」，一切都是命中注定，過去的就讓它過去吧，何必計較？至於明日，誰也不知道還將發生什麼。既然如此，何不抓住片刻的歡愉時光，珍視這眼前的好酒與好花呢？

在數年的猶豫後，朱敦儒終於看清，終於絕望，也終於不再幻想，他毅然請歸，又回到「桃源」深處當起了隱士。可以說，這是朱敦儒對人生的徹悟，也是他對命運無奈的妥協。

「無拘無束無礙」的世外神仙

搖首出紅塵，醒醉更無時節。活計綠蓑青笠，慣披霜沖雪。
晚來風定釣絲閒，上下是新月。千里水天一色，看孤鴻明滅。

《好事近・搖首出紅塵》一詞中這位醒醉無時、頭戴斗笠、身穿蓑衣、駕一葉扁舟在湖中悠然垂釣的老漁夫，便是歸隱後的朱敦儒。

辭官請歸後，朱敦儒一直隱居於嘉禾一帶（今浙江嘉興），過著不問世事、湖上垂釣、踏雪尋梅的閒居生活。此間，他寫下了不少描述這段隱逸生活的詞作，詞中記述了他的日常，以及他晚年超然塵外的心境。

如《感皇恩・一個小園兒》：

一個小園兒，兩三畝地。花竹隨宜旋裝綴。槿籬茅舍，便有山家風味。等閒池上飲，林間醉。都為自家，胸中無事。風景爭來趁遊戲。稱心如意，剩活人間幾歲。洞天誰道在、塵寰外。

他的屋旁有花有竹，屋前有山有水。他守著自己的一片小天地，閒時常獨自在湖上看雲吹笛，自娛自樂。如《卜算子・古澗一枝梅》中所寫：

古澗一枝梅，免被園林鎖。路遠山深不怕寒，似共春相趓。幽思有誰知，託契都難可。獨自風流獨自香，明月來尋我。

朱敦儒就是那枝野外的梅花，不再做塵世之夢，而是「獨自風流獨自香」，靜靜地與山水為伴，與明月為伴。倘若有友人來，他就將小舟划至岸邊，與客人一道返家。

他的家布置得十分別致，牆上掛有古琴、筑、阮等樂器，屋簷間棲息著各種珍禽，而室內的籃子、缶等容器，總是準備著各種果子、果脯，遇有客來，他就拿來招待客人。（見周密《澄懷錄》）

朱敦儒的晚年生活過得猶如閒雲野鶴，而他這一時期的詞也都充滿著俊逸清氣，猶如塵外之音，為他在詞壇贏得了「詞俊」的美稱。

然而，西元一一五五年，在朝野上下一直享有聲望且已七十四高齡的朱敦儒竟然應秦檜之邀，再次入仕為官。儘管朱敦儒在鴻臚少卿的官位上待了短短十八天就因秦檜之死退了下來，但這一戲劇性的插曲成了他人生中的一大污點，備受時人詬病。當時甚至有人寫詩諷刺奚落他：「少室山人久掛冠，不知何事到長安。如今縱插梅花醉，未必王侯著眼看。」

其實，就像朱敦儒在《西江月・日日深杯酒滿》一詞中寫的那樣：

> 日日深杯酒滿，朝朝小圃花開。自歌自舞自開懷，無拘無束無礙。
> 青史幾番春夢，黃泉多少奇才。不須計較與安排，領取而今現在。

他已經看透世事，甘於一輩子隱居，過飲酒賞花、自得其樂的生活。但人生在世，又哪能事事遂意？

樹欲靜而風不止。當時，權傾朝野的宰相秦檜想要籠絡文人騷客以粉飾太平，而秦檜的兒子秦熺又喜好詩詞，秦檜起用朱敦儒，正是為了讓他給自己的兒子當老師。

對於這件事，一項品性高潔、以梅花自喻的朱敦儒本可以拒之不受，無奈此前，他的兒子已被秦檜拉入朝中為官。朱敦儒當然知道秦檜奸狠的本性，他如此委曲求全，實是舐犢情深、生怕愛子在秦檜手下遭遇不測。

然而，時人又有幾個了解他的處境？有幾個能體諒他的無奈之舉？面對世人的指摘與譏諷，已是垂暮之年的朱敦儒無法為自己辯解，只得默默承受命運帶給他的劫難。

回顧一生，他曾在《臨江仙・堪笑一場顛倒夢》中寫道：

堪笑一場顛倒夢，元來恰似浮雲。塵勞何事最相親。今朝忙到夜，過臘又逢春。
流水滔滔無住處，飛光忽忽西沉。世間誰是百年人。個中須著眼，認取自家身。

想當初他潔身自好隱居山林，因蔑視權貴三度辭官，被世人視為品格高潔的名士，而如今，因為種種緣由，他誤入仕途，無功而返，晚年又惹出這麼一場被世人笑話的鬧劇，今昔對比，實是感到人生猶如一場顛倒夢境，令人因世態炎涼而心冷心傷。

朱敦儒意識到，年復一年，時光在忙碌中匆匆流逝，人生不滿百，一個人能做的也只是「認取自家身」了。

然而，該如何「認取自家身」呢？世間之事，真假對錯，又該以什麼作為衡量的依據呢？朱敦儒在《臨江仙・信取虛空無一物》中對這一疑問給出了自己的答案：

信取虛空無一物，個中著甚商量。風頭緊後白雲忙。風元無去住，雲自沒行藏。

莫聽古人閒話語，終歸失馬亡羊。自家腸肚自端詳。一齊都打碎，放出大圓光。

說什麼「塞翁失馬，焉知非福」，「亡羊補牢，為時不晚」，不管如何辯解，馬和羊已經丟失，這便是既成的事實。古人所謂的福禍轉化的論調，終究不過是執念。在朱敦儒看來，一個人若想真正超脫苦厄，自己的心事應當由自己來定奪，跳出一切他人的評說，方可真正獲得超脫，得到內心的圓滿。

這位飽經滄桑的老人，認清了自身的立足點，了悟了四大皆空，不再為世事所拘。稱讚也好，譏諷也罷，任憑世人怎麼評說，他只管守著自己的赤子之心，在山野間當一個老漁夫，在山水間隨風來去。

「落花已作風前舞。又送黃昏雨。」

蔡京集團中的一股清流——葉夢得

蔡京集團裡的「異見」才子

西元一一〇〇年，年僅二十三歲的宋哲宗駕崩，哲宗年輕無嗣，於是他的弟弟趙佶登上帝位，是為宋徽宗。徽宗即位後沒幾年，文德殿前便立起了一塊巨大的石碑，碑上刻有文臣、武臣、內臣等三百零九位朝臣的名字，司馬光、蘇軾、蘇轍、范存仁、秦觀、黃庭堅等人均在其中。

不過，這並不是頌揚政績的功德碑，而是一塊由時任司空尚書左僕射兼門下侍郎的蔡京親自書寫的「恥辱碑」，碑中所列人物均為「元祐奸黨」，立碑的目的是「黜元佑害政之臣……永為萬世臣子之戒」。

不可否認，蔡京在書法、散文上有出眾的才華。多年前他竭力巴結童貫，並通過童貫牽線，以自己的書畫作品為敲門磚得以接近宋徽宗，並被召入京城為官。由於他本性奸猾且善於權術，很快就扶搖直上成了朝中權臣。站穩腳跟後，蔡京一面以規勸皇帝繼承父志、推行新政為名，將所有政見不一者打入「元祐黨籍」加以貶低與迫害；另一面隻手遮天，大肆在朝中安插自己人以鞏固勢力。當時想升官晉爵的人如過江之鯽踏破了蔡府的門檻，而蔡京來者不拒，只要給的禮足夠多，即便是不學無術的人也能在朝中為官。

當然，並非所有蔡京舉薦的朝臣都是不學無術之徒，如依附蔡京、不到三十歲就升任祠部員外郎的葉夢得就是個例外。

葉夢得二十歲中進士，而在中進士前，他就已經是文壇小有名氣的才子了。那首當年傳遍大江南北的《賀新郎》，便出自他之手：

睡起流鶯語。掩青苔、房櫳向晚，亂紅無數。吹盡殘花無人見，惟有垂楊自舞。漸暖靄、初回輕暑。寶扇重尋明月影，暗塵侵、尚有乘鸞女。驚舊恨，遽如許。

江南夢斷橫江渚。浪黏天、葡萄漲綠，半空煙雨。無限樓前滄波意，誰採蘋花寄取。但悵望、蘭舟容與。萬里雲帆何時到，送孤鴻、目斷千山阻。誰為我，唱金縷。

這首懷人之作寫於西元一〇九四年，據說是為一位妓女所作（見《蘆蒲筆記》），詞中將眼前的幽景與昔時的幽情相融合，把女子對遠去情人的思念刻畫得淋漓盡致，歷來被讚為詞中精品。而創作這首詞時，葉夢得才十七歲。

葉夢得會有如此才情，一是因為他出類拔萃的個人稟賦，二是因為他的家世——二十四歲就高中「榜眼」的北宋名臣葉清臣是他的曾叔祖，而「蘇門四學士」之一的晁補之則是他的親舅舅。葉家與晁家都是官宦世家，也是書香門第，出生於這樣的大家庭，再加上自己聰穎好學，葉夢得年紀輕輕便學富五車、能文善詩，也就不足為奇了。

儘管葉夢得才華橫溢，卻在十七歲那年遭遇了科舉不第的失意。不過，畢竟青春年少，這一挫折並未令他沮喪。年輕時的葉夢得意氣風發，過著太平盛世下的閒適生活，而他的詞作，大多如《賀新郎》一詞那般，詞風婉麗簡淡，正迎合了當時的社會潮流。

用「迎合」二字來形容葉夢得，可謂再恰當不過：他的詞是對那個時代的迎合，而他的為人處世也無處不在迎合——他不是疾惡如仇的耿直人，也不是恃才傲物、蔑視權貴的狷介之士，因為他知道在風雲變幻的朝廷，自己只是一棵小草，只有依傍大樹才能躲避風雨安全地成長，而徽宗時代一手遮天且善於權謀的蔡京，正是這樣一棵「大樹」。

倘若不懂「迎合」，不主動投向蔡門，那麼單憑他自己，很可能會像那些「元祐黨人」一樣遭受無情的打壓。然而，儘管葉夢得與蔡京私交甚密，表面上看是蔡京集團的一員，但葉夢得始終保持著自己的良知，在大是大非面前，他不因一己私利而裝聾作啞，他的「迎合」是有底線和原則的——當蔡京大興「元祐黨禁」時，葉夢得曾規勸蔡京「天下有道，則庶人不議。今舉籍上書之人名氏刻於石以昭來世，恐非所以彰先帝之聖德也」；當蔡京打算重用奸惡之徒童貫時，他又一再婉言相勸，希望能阻止此事，還因此得罪了蔡京與童貫。

尤其令人欽佩的是，葉夢得雖親近蔡京，卻並不對他言聽計從或曲意奉承。西元一一〇九年，蔡京因被多人彈劾罷相，數年後復相時，他曾在杭州會見葉夢得。見到蔡京時，葉夢得直指他的功過是非：「公所以見議於天下者，權太盛意太果，以喜怒為賢否，以恩怨為廢置耳！」（見《言行錄》）

道不同，不相為謀。即使葉夢得不是鋒芒畢露之人，但這種「不合時宜」的做法和秉公辦事的作風，必將致使他與蔡京不合。在蔡京當權期間，他曾讓葉夢得推薦朝臣，葉夢得先後推薦了兩個人，一個是當年的科舉狀元俞栗，另一個則是石公弼，而這兩個人，一個一上任就揭發蔡京心腹劉炳的罪過，因而被蔡京疏遠；另一個為了除君側，在西元一一〇九年連上數十章彈劾蔡京罪狀、致使蔡京落職。

西元一一〇九年蔡京落職那年，葉夢得也因遭人彈劾、先被罷免翰林學士出任汝州知州，後來乾脆連知州也被罷免，成了一個有名無實、只拿微薄俸祿而不供職的洞霄祠官（**見岳珂《桯史》**）。原本，以葉夢得與蔡京的私交，葉夢得想要在三年後蔡京復出為相時憑藉蔡的勢力東山再起並非難事，但他深知蔡京「以喜怒為賢否，以恩怨為廢置」卻不願迎合，致使他失去了這一機會，並被蔡京漸漸疏遠，在此後多年一直得不到重用。

仕途的沉浮，對葉夢得來說是一種打擊，更是一種歷練與提純。三十二歲之後或被貶，或閒居的生活像一股清流，滌去了葉夢得年輕時身上殘存的世俗氣，使他的人格更為淡泊，詞格也因此具有了一種淡雅曠達的「清氣」。如《應天長（自潁上縣欲還吳作）》一詞：

松陵秋已老，正柳岸田家，酒醅初熟。鱸膾蓴羹，萬里水天相續。扁舟凌浩渺，寄一葉、暮濤吞沃。青箬笠，西塞山前，自翻新曲。

來往未應足。便細雨斜風，有誰拘束。陶寫中年，何待更須絲竹。鴟夷千古意，算入手、比來尤速。最好是，千點雲峰，半篙澄綠。

作這首詞時葉夢得不過三十幾歲，可他的心境卻似歷經滄桑的老人，已看淡人生。因為看淡，所以內心不會被世間俗事羈絆，眼睛才能見到「萬里水天相續」、「千點雲峰，半篙澄綠」的清麗而壯闊的景色。

知府大人與「許昌唱和」

或許因為內心簡淡、對世事沒有太多追求，又或許是平和為人的態度使得他不至於招惹太多是非，縱觀葉夢得的一生，除了幾次宦海沉浮，並未經歷大起大落。而在這平淡的一生中，作為詞人，西元一一一七年在許昌結社交友的經歷，可以說對他的詩詞創作影響巨大。

西元一一一七年，葉夢得邁入不惑之年。這年他從蔡州來到潁昌府（又名許昌）任知州，並作有《永遇樂（蔡州移守潁昌，與客會別臨芳觀席上）》一詞來記之：

> 天末山橫，半空簫鼓，樓觀高起。指點栽成，東風滿院，總是新桃李。綸巾羽扇，一尊飲罷，目送斷鴻千里。攬清歌、餘音不斷，縹緲尚縈流水。
>
> 年來自笑無情，何事猶有，多情遺思。綠鬢朱顏，匆匆拚了，卻記花前醉。明年春到，重尋幽夢，應在亂鶯聲裡。拍闌干、斜陽轉處，有誰共倚。

因為是餞別，不論賓主，多少有些傷感。而從「拍闌干、斜陽轉處，有誰共倚」一句來看，除了離別的傷感，想到就要去往一個陌生的地方當官，葉夢得的心中充滿了孤寂。

不過，到穎昌後，情況卻比葉夢得預想的要好得多——他在這裡為官四年，不僅因疏浚西湖、賑災濟民的惠政獲得了百姓的愛戴，還在公務之餘結識了文壇嘉公子，並與他們一起結成許昌詩社，詩詞唱和，還一起泛舟西湖，成了當時文壇的一樁美談。

當時許昌詩社的成員共計十二人，大多廉潔清高、耿直聰敏，有的具有英雄氣概，而有的則具有隱士情懷。

如學識淵博、善於醫術的王實——宋哲宗當年為太子的時候，他的父親王陶曾是太子的老師，後來哲宗繼位，想要重用王陶，王陶卻以「羽翼已成，四皓不聞於再起；田園粗足，兩疏那見於復來」推辭不就（見《過庭錄》）——王實繼承了父親疏淡的性情，他追慕嵇康、陶淵明，居官時曾多次主動辭官，是一位瀟脫超然的貴公子。

再如在文學與繪畫上都有很高造詣的文壇前輩——浮休居士張舜民，此人性格豪邁率真，敢於直言進諫，年輕時很受司馬光的賞識。他在詩詞上的造詣也很高，詞風豪邁曠達且極富才情，因風格與蘇軾相近而常被人誤以為是蘇詞。如流傳至今的《賣花聲・題岳陽樓》一詞便具有蘇詞風格：

木葉下君山。空水漫漫。十分斟酒斂芳顏。不是渭城西去客，休唱陽關。
醉袖撫危闌。天淡雲閒。何人此路得生還。回首夕陽紅盡處，應是長安。

張舜民年輕時曾隨軍西征，寫下了不少「白骨似沙沙似雪，將軍休上望鄉臺」這類充滿英雄氣概、感懷西征將士的邊塞詞。但這些憂國憂民的詩作卻被朝廷視為「謗詩」，張舜民因此從西征前線撤回、被貶謫到遙遠的郴州當官（見《郴行錄》）。這首《賣花聲》，就是詞人在一個秋日酒後登臨岳陽樓時抒發的感慨，雖只有寥寥數語，卻寫出了君山上大片黃葉隨風蕭蕭落下，眼前的洞庭湖煙波浩渺的壯闊景象，意境壯闊而富有悲情，被後人評為詞中佳作。

在許昌詩社中，還有一個值得一提的人物——蘇過。

蘇過比葉夢得年長五歲，是蘇軾的第三個兒子，也是蘇軾格外寵愛的一個兒子。他從小跟隨在父親蘇軾身邊，得到父親的言傳身教，能詩能文、才華過人，且書法筆力遒勁，為人也大有其父風範，被時人稱為「小蘇」。

蘇軾的一生跌宕起伏，而他在宦海的沉浮和人世的滄桑，包括「烏臺詩案」被貶黃州、而後飛黃騰達、又遭一貶再貶，蘇過都看在眼裡。父親的教誨和獨特的生活經歷，使蘇過形成了淡泊名利的自由之志。當年蘇軾被貶儋州時，蘇過將妻兒託於兄嫂，獨自一人挑書陪伴在老父左右，除了悉心照料父親之外，讀書著書，成了他最大的樂趣，而他所作的詩文，也常獲得蘇軾的讚許與嘉獎。

西元一一一〇年，蘇過隨父北歸。蘇軾過世後，他曾與叔父蘇轍一起居住在潁昌，後來出仕為官。西元一一一七年，葉夢得到潁昌任知府時，蘇過恰好在潁昌府郾城任知縣。葉夢得仰慕蘇過詩名已久，而蘇過對葉夢得的才華也十分欣賞，兩人因詩詞結緣，在潁昌相見恨晚，並締結了深厚的友誼。

在潁昌期間，葉夢得與蘇過常常詩詞唱和、把酒閒談。在認識蘇過前，葉夢得年輕時因常到舅舅晁補之家，與張耒等蘇門學士有過或多或少的交往，也從他們的言談中領略到蘇軾狂放曠達的風采，但對蘇軾的為人所知不多，而通過蘇過這一「視窗」，通過蘇過所講的黃州釀「蜜酒」、惠州釀「桂酒」、儋州「造墨」等趣事，葉夢得得以一窺一代文豪蘇軾的真實人生，不禁對這位同時代的大人物肅然起敬，且不知不覺地被蘇軾正直豪放的作風、曠達的氣度以及幽默超然的生活智慧所打動、所影響。

文如其人。當葉夢得的人格氣度發生變化，他的詞風也隨之發生了變化。如《虞美人・雨後同干譽、才卿置酒來禽花下作》一詞：

落花已作風前舞。又送黃昏雨。曉來庭院半殘紅。惟有遊絲千丈、罥晴空。
殷勤花下同攜手。更盡杯中酒。美人不用斂蛾眉。我亦多情無奈、酒闌時。

這首詞作於一個暮春的午後、葉夢得與友人一同在花下飲酒之時。「落花已作風前舞」雖婉約而有氣勢，「更盡杯中酒」五個字則盡顯豪情。與此前清麗淡雅的詞風相比，這首創作比穎昌的詞作多了些豪放與曠達，頗具蘇東坡婉約詞的妙處。

再如《臨江仙（正月二十四日晚至湖上）》一詞：

三日疾風吹浩蕩，綠蕪未遍平沙。約回殘影射明霞。水光遙泛坐，煙柳臥欹斜。
霜鬢不堪春點檢，留連又見芳華。一枝重插去年花。此身江海夢，何處定吾家。

這首詞創作於葉夢得潁昌任上，寫的是春日裡泛舟潁昌西湖時所見的景象，清雅的詞風，恰恰反映了他對平淡生活的嚮往——然而，這種平淡的生活該去哪裡尋找呢？

如果可以一直在潁昌當太守，如果朋友不離散，如果年年歲歲都有西湖上的許昌唱和，那麼這樣的生活應該也要算得上平淡宜人了吧？可惜，樹欲靜而風不止。西元一一二〇年，常平官員為討好當時把持內廷大權的宦官楊戩，給楊戩送了不少財帛，楊戩要潁昌府照做，葉夢得卻不願討好佞幸，上疏替潁州百姓求情，最終被罷免了潁昌太守，調到南京鴻慶宮擔任提舉。

鴻慶宮是北宋皇室一座重要的宗廟，葉夢得在這裡負責祭祀等事務，職務十分清閒。此後五年，葉夢得卜居湖州卞山，以讀書、著書為樂。整整五年不得朝廷重用，失意自然是有的，但宦海風波險惡，此時在他心中升起的，更多的是退隱之意。既然嚮往歸隱，仕途的失意便不會令他感到多少苦澀。相反地，他徜徉於江南清秀的山水間，獲得了一種恬淡清淨的生活感受。

葉夢得的生活狀態，從他這一時期創作的詞作中可見一斑。如《臨江仙・與客湖上飲歸》：

不見跳魚翻曲港，湖邊特地經過。蕭蕭疏雨亂風荷。微雲吹散，涼月墮平波。
白酒一杯還徑醉，歸來散發婆娑。無人能唱採蓮歌。小軒攲枕，簷影掛星河。

夏夜與客泛舟湖上，一邊賞月一邊舉杯暢飲，歡聚結束後，友人各自散去，因餘興未盡，又帶著一點微醉、獨自來到湖邊觀魚——倘若心中沒有恬淡與自適，恐怕不會有如此閒情逸致。

而在《八聲甘州・寄知還倦鳥》一詞中，這種倦鳥知返的退隱之意表現得更為明顯：

寄知還倦鳥，對飛雲、無心兩難齊。漫飄然欲去，悠然且止，依舊山西。十畝荒園未遍，趁雨卻鋤犁。敢忘鄰翁約，有酒同攜。

況是岩前新創，帶小軒橫絕，松桂成蹊。試憑高東望，雲海與天低。送滄波、浮空千里，照斷霞、明滅卷晴霓。君休笑，此生心事，老更沉迷。

詞中「寄知還倦鳥，對飛雲、無心兩難齊」化用了陶淵明《歸去來兮辭》中的「雲無心以出岫，鳥倦飛而知還」，而「敢忘鄰翁約，有酒同攜」則與「攜幼入室，有酒盈樽」相對。陶淵明門前「三徑就荒，松菊猶存」，葉夢得則「小軒橫絕，松桂成蹊」……字裡行間處處都是陶淵明的影子，處處都是歸隱之意。雖然此時葉夢得只有四十幾歲，正處於壯年，但他的心卻已像看透世事的老人漸趨平靜恬淡，不願再與世相爭。

追慕謝公的失意人

葉夢得早有歸隱之心，但發生於西元一一二七年的「靖康之難」卻令他的內心久久無法平靜。徽、欽二帝被俘虜北去的恥辱、大片中原土地的淪陷，激起了他內心強烈的抗金救國的願望，於是在趙構逃到金陵建立南宋政權後，隱居山林的葉夢得在朝廷急需用人之際，再次回到了朝廷。

重新出仕的葉夢得曾一度官至吏部尚書，後來又擔任江東安撫制置大使兼建康府知府，為官期間，他積極主張抗金，並為此辛苦奔走，恨不得能縱馬馳騁沙場殺敵雪恥。可是，新建立的南宋王朝並非如葉夢得想像的那般眾志成城、有著合力抗金的決心——朝廷裡固然有許多主戰派人士，但皇帝趙構傾向於主和，且重用求和賣國的秦檜為相，致使許多意氣風發的英雄豪傑無用武之地。

在這樣的朝局下，葉夢得自然也難逃被主和派傾軋、排擠的命運。因此，他此時的內心既充滿挽救國家危亡的愛國熱情，又因壯志豪情無法施展而滿懷失意。他創作於這一時期的許多詞作，便是這種愛國激情與政治失意相融合的產物。如《八聲甘州・壽陽樓八公山作》：

故都迷岸草，望長淮、依然繞孤城。想烏衣年少，芝蘭秀髮，戈戟雲橫。坐看驕兵南渡，沸浪駭奔鯨。轉盼東流水，一顧功成。

千載八公山下，尚斷崖草木，遙擁崢嶸。漫雲濤吞吐，無處問豪英。信勞生、空成今古，笑我來、何事愴遺情。東山老，可堪歲晚，獨聽桓箏。

壽陽（今安徽壽縣）地處皖中，控扼淮淝，自古便是南北要衝，是兵家必爭之地。稱它為「故都」，是因為戰國末年，在楚國國都郢城為秦兵攻陷後，這裡曾一度成為楚皇室動遷後的臨時都城。而八公山矗立在壽陽城北，它的北面，就是滔滔東流的淮河支脈淝水。

登上位於淝水之濱的壽陽樓，望著眼前滾滾流逝的江水，葉夢得想起了歷史上著名的「淝水之戰」，想起了從容睿智、僅以八萬兵力大敗前秦號稱百萬軍隊的謝安，以及謝石、謝玄、謝琰等少年英才。他仰慕這些古代的英雄人物，但眼下的南宋朝廷因主和派當權，有才能的將士紛紛遭到排擠，致使朝中英傑寥寥，這令他十分憤慨，發出了「漫雲濤吞吐，無處問豪英」的慨嘆。

謝安曾一度歸隱、後在國家存亡之際出山指揮淝水之戰打敗前秦，葉夢得多麼渴望賦閒多年後再次出仕的自己也能如謝安一般建立奇偉的功績。只可惜，在秦檜等人的壓制下，他的才華沒能得到施展，這又不禁令他失意、無奈。

這種無奈是深刻的，因為古往今來的朝政都是相似的。像謝安這樣建立了豐功偉績的英雄豪傑，到頭來也免不了被君王猜忌、疏遠的命運，為抗金付出的努力無人知曉，又算得了什麼？「東山老，可堪歲晚，獨聽桓箏」，正是葉夢得看透歷史、看透人世後感到的無限失落與悲涼。

西元一一三五年，葉夢得因被罷官而重回卞山。他曾在一日登高遠眺時寫下了《點絳唇・紹興乙卯登絕頂小亭》一詞：

縹緲危亭，笑談獨在千峰上。與誰同賞。萬里橫煙浪。
老去情懷，猶作天涯想。空惆悵。少年豪放，莫學衰翁樣。

這年葉夢得已經五十八歲，仕途令他感到厭倦，朝廷令他感到失望，遭受排擠令他感到失意，遇不到伯樂與知己令他感到孤獨。他為自己年歲已大、無力再去實現胸中理想而生出無邊無際的惆悵，這種惆悵無處排遣，以至於只好將希望寄託於那些不諳世事的少年，希望他們能胸懷壯志，去實現收復北方河山的理想。

然而，從「少年豪放，莫學衰翁樣」一句可以看出，葉夢得雖然失望，卻仍未絕望，他對抗金收復中原仍抱有希望，這也是他此後再度復出為官的原因之一。然而，他等來的結果卻是因岳飛等名將的努力，南宋朝廷逐漸在南方站穩腳跟，而金兵也被趕到淮河以北，眼下的危局暫時得到緩解，宋高宗沒了抗金的志向，主戰派在朝中的地位岌岌可危。

葉夢得當然看得清這一形勢，所以他常對時政感到不滿，時時生發出寄情山水、歸隱山林的念頭。但同時，儘管遭受排擠、被調到遠離抗金前線的地方當官，他的內心仍然懷著一絲希望，渴望能繼續留在朝廷為抗金事業盡一己之力。《水調歌頭（次韻叔父寺丞林德祖和休官詠懷）》一詞，正是他這種矛盾心理的反映：

今古幾流轉，身世兩奔忙。那知一丘一壑，何處不堪藏。須信超然物外，容易扁舟相踵，分佔水雲鄉。雅志真無負，來日故應長。

問騏驥，空矯首，為誰昂。冥鴻天際，塵事分付一輕芒。認取騷人生此，但有輕篷短楫，多制芰荷裳。一笑陶彭澤，千載賀知章。

在徽宗時他一度出仕奔忙，到了高宗時他又出仕當官，和多數有志之士一樣，他多年來潛心苦學，在險惡的朝廷中如履薄冰、步步為營，為的就是為朝廷效力、建立功績。然而，現實卻全然不像他想像的那般，他忙來忙去，到頭來卻一事無成。「問騏驥，空矯首，為誰昂。」縱然他是一匹千里馬，倘若沒有伯樂，此生的存在又有什麼意義？

南渡後的十幾年，葉夢得始終在這種仕與隱的矛盾中掙扎。眼看著朝廷任由奸臣秦檜一手遮天，對外向金求和、殺害岳飛、致使北伐功虧一簣，在朝內則極力排斥異己、大興文字獄殘害忠良。西元一一四四年，年近七旬的他終於對朝廷徹底失望，憤然辭官歸隱。

卜居石林的石林居士

辭官後，葉夢得再度回到卞山、回到了峰石林立的山間，自號「石林居士」，過起了與閒雲、詩書為伴的隱居生活。

新月掛林梢，暗水鳴枯沼。時見疏星落畫簷，幾點流螢小。
歸意已無多，故作連環繞。欲寄新聲問採菱，水闊煙波渺。

這首簡短的《卜算子・五月八日夜鳳凰亭納涼》，就是晚年葉夢得隱居生活的剪影。

葉夢得晚年的卜居之地臨近太湖、隱於山林，近處有月明星稀、流螢飛舞的幽景，多少個夜晚他曾在這兒聽著溝水叮咚作響，難以入眠；遠處則有浩渺的太湖，它的無邊無際常令他感到人生的渺小與茫然，不知該向何處尋覓可以寄情的理想，也不知該向何處尋覓能懂他心聲的知音。

有時，隱居生活太過寂寥，年逾六旬的葉夢得也會約三五好友一起習射。他的《水調歌頭・九月望日與客習射西園餘偶病不能射》就寫了一年深秋他與諸客習射之事：

霜降碧天靜，秋事促西風。寒聲隱地初聽，中夜入梧桐。起瞰高城回望，寥落關河千里，一醉與君同。疊鼓鬧清曉，飛騎引雕弓。

歲將晚，客爭笑，問衰翁：平生豪氣安在？走馬為誰雄？何似當筵虎士，揮手弦聲響處，
雙雁落遙空。老矣真堪愧，回首望雲中。

那是農曆九月十五的一天，前一天大風勁吹，吹散了天上陰霾，使得次日晴空萬里。清晨，濃霜如雪般覆蓋在草地上，葉夢得一早起來，登上城樓遠眺，看著滿地被大風吹落的梧桐葉，他不知不覺想起了淪陷的中原，想起了前線的將士，也不免想起了朝廷的懦弱，以及朝中主和派的奸惡嘴臉，心情忽然變得沉重起來。

天將破曉之時，鼓聲響起，日常的操練與習射又開始了。在習射的武士中，有個名叫樂德的將領，箭術十分高明，只見他輕輕一拉弓弦，遠處一對飛雁就應聲而落，引得在場的觀眾嘖嘖稱讚。見此情景，葉夢得多麼希望自己也是這群武士中的一員，縱馬彎弓，重新找回當年的壯志豪情，因為他的心中還懷著報國的熱忱。但是他老了，還生著病，不論是彎弓射鵰，還是為國效力，他都感到心有餘而力不足。

正如他在《水調歌頭．秋色漸將晚》中所感慨的：

秋色漸將晚，霜信報黃花。小窗低戶深映，微路繞欹斜。為問山翁何事，坐看流年輕度，
拚卻鬢雙華。徙倚望滄海，天淨水明霞。

念平昔，空飄蕩，遍天涯。歸來三徑重掃，松竹本吾家。卻恨悲風時起，冉冉雲間新雁，

邊馬怨胡笳。誰似東山老，談笑靜胡沙。

流年輕度、白髮徒生。個人意志怎能與歲月抗衡？又怎能與時代命運抗衡？眼看強敵壓境，邊馬悲鳴，儘管他很想像謝安一樣東山再起、殺敵報國，但他知道，他這一生再也無法實現這般雄心壯志了。

秋來看菊花開放，孤獨地漫步於門前小路，閒時掃掃庭前落葉、看看江邊晚霞，靜待歲月老去，這樣的隱居生活，曾是他嚮往的，如今卻成了他這個年老力衰之人的無奈之選。

在外人看來，葉夢得隱居在幽靜秀美的卞山山麓，晚年生活一定過得相當舒適愜意，而實際上，葉夢得日復一日地帶著無法為國效力的遺憾，帶著對國家、朝廷命運的憂慮，帶著無法收復中原的憾恨，度過了他生命中的最後幾年。

西元一一四八年，這個一身才華卻得不到施展的詞人在太湖之濱那片石林幽谷走完了人生的最後一程。而他的詩詞，以及他所寫的《石林燕語》、《石林詞話》等著作餘音不絕，為後人留下了無盡遐想。

「眾裡尋他千百度。驀然回首，那人卻在，燈火闌珊處。」

一身劍氣的豪放派——「詞壇飛將軍」辛棄疾

闖入金營生擒叛賊

西元一一六二年正月，黃河以北的中原地區仍是千里冰封、萬里雪飄。因為戰亂和寒冷，人們閉門不出，曠野中鮮有人影出現，大道上也幾乎看不見通行的車馬。極目遠眺，廣闊的平原上唯有白茫茫的風雪。但在這風雪之中，一條偏僻的小道上，卻意外出現了幾個騎著快馬、一路匆匆南去的人——這些人正是山東義軍首領耿京派往南宋朝廷的使者，其中一個是諸軍都督提領賈瑞，而那個英姿颯爽的年輕人，就是節度掌書記辛棄疾。

這一年，辛棄疾二十二歲，此時距北宋滅亡、南宋建朝已有三十多年。這三十多年來，金人屢次南侵意欲將南宋一舉消滅而未果，南宋也曾幾度北伐、但一次次因朝廷的軟弱和猶豫功敗垂成。這場持久的拉鋸戰，最終以南宋朝廷殺害抗金名將岳飛、與金國簽訂紹興合議宣告結束。

岳飛被害那年，辛棄疾才兩歲。因自幼生長於金人統治的中原，他親眼見到了漢人遭受的悲慘境遇，並對南宋向金國稱臣、並每年納貢大量歲幣和絹帛義憤填膺。

西元一一六一年，野心勃勃的金國皇帝完顏亮不滿紹興合議中金、宋兩國的邊境劃分，率數十萬金兵，兵分四路，再度大舉入侵南宋。南宋朝廷用合議換取的近二十年安逸日子到了頭，宋高宗舒展的眉頭又皺了起來，日夜想著究竟是繼續南逃，還是以更優厚的條件向金國求和。而生活於北方的中原百姓則久不堪金兵滋擾，一些有膽有識的英雄人物趁金兵南下、中原空虛之際，紛紛率領百姓揭竿而起，而辛棄疾，正是這樣一位舉起抗金大旗的英雄人物。

金兵再度南侵這年，二十一歲的辛棄疾聚集兩千餘人，與山東的另一位好漢耿京的義軍會合，以期完成驅走金人、收復失地、恢復宋廷的宏大理想。隨後，因不斷有山東、河南、河北等地的其他義軍匯入，以耿京為首的這支義軍在不到一年的時間裡竟發展到數十萬之眾，成為中原地區十分重要的一股抗金力量。

這年年底，金國內部發生了宮廷政變——完顏亮的從弟完顏雍趁其兄親自率軍南征之機，在東京遼陽擁兵稱帝，這一消息傳到前線，金兵軍心動搖，一些南征將士偷偷逃回北方擁立完顏雍，留下的將士也鬥志全無，以致在與宋軍交戰時連連潰敗。而此時，完顏亮為了顏面不願無功而返，他惱羞成怒，以「三日渡江不得，將隨軍大臣盡行處斬」來威逼將士背水一戰，結果激起兵變，在營帳中為部將所殺。隨後，金兵北撤，南宋朝廷的危局暫時得以解除。

西元一一六二年正月，辛棄疾與賈瑞等一縱人馬領義軍首領耿京之命、冒著風雪匆匆南下，為的正是前往南宋朝廷奏請南歸，並進一步謀劃如何在朝廷的支持下抗擊金兵、收復北方失地。

經歷了一場虛驚的宋高宗見有中原義士南歸，十分高興，大方地對他們進行了嘉獎，他授耿京為天平節度使、知東平府，給其他義軍將士也授予了官職。辛棄疾被授予右丞務郎一職，從此北雁南歸，正式成為南宋的臣民。

不料，就在辛棄疾欲北還覆命時，卻聽說叛徒張國安暗殺了義軍首領耿京並投降了金人。聽到這一消息，年輕氣盛的辛棄疾當即率領五十餘騎，連夜奔襲金營，生擒張國安，並日夜兼程將他押送到當時宋高宗所在的建康城，以正國法。辛棄疾這一英雄之舉，令他聲名大振，同時也震懾了金兵，大大鼓舞了宋軍的士氣。

從辛棄疾的一生來看，他不僅是個血氣方剛的抗金英雄，還是個才華橫溢的詞壇大家，為後世留下了數百篇優秀詞作，無論是言志、抒情還是記述日常生活，他都信手拈來，題材包羅萬象，風格也十分多變，或雄偉奔放，或樸素清麗，或婉約細膩，且都能寫出極高的意境，被《四庫全書總目提要》評為「其詞慷慨縱橫，有不可一世之概，於倚聲家為變調；而異軍特起，能於剪紅刻翠之外，屹然別立一宗，迄今不廢」。而他本人，也被後世譽為「詞中之龍」。

如果知道辛棄疾是這樣一位有著文韜武略的英雄人物，那麼就不難想像他年輕時那種躊躇滿志的昂揚氣勢。而他年少時的這種氣勢，在他晚年時所作的《鷓鴣天・有客慨然談功名因追念少年時事戲作》一詞中可見一斑：

壯歲旌旗擁萬夫，錦襜突騎渡江初。燕兵夜娖銀胡觮，漢箭朝飛金僕姑。

追往事，嘆今吾，春風不染白髭鬚。卻將萬字平戎策，換得東家種樹書。

詞的上闋，雖只有短短四句話，但那個英勇無畏、生擒叛賊的少年英雄辛棄疾已呼之欲出。

但是南歸之後，辛棄疾發現原來一切並不像想像的那般順利。《鷓鴣天》中「追往事，嘆今吾」中的一個「嘆」字，便是他對這一生種種不順的概括。

為什麼要嘆呢？因為儘管他懷有滿腔報國熱忱，一心想平定中原，這一願望卻無法實現，凝結他心血的「萬字平戎策」，到頭來卻只換得「東家種樹書」的結果。

這種現實與理想的深度割裂，其實辛棄疾在南歸後不久，就已深深體會到——南歸這年五月，高宗退位、孝宗繼位，辛棄疾曾滿懷希望，向當時在朝中頗具聲望、也頗受皇帝看重的主戰大臣張浚提出分兵攻打金兵的策略，結果這一建議被束之高閣，置之不理。

原本懷著一顆熾烈的報國心而來，希望能幹出一番功績，沒想到南歸不久就遇到挫折和打擊，辛棄疾的內心感到失落悵然。

一開始，他以為這失落只是一時的，於是在失落中等待機會。然而，當時朝中雖有張浚等大臣力主抗金，但抗金並非或戰或和這樣簡單，辛棄疾心中雖有制敵之術卻無路請纓，不禁憂心如焚，在南歸後的次年立春寫下了《漢宮春·立春日》一詞：

春已歸來，看美人頭上，嫋嫋春幡。無端風雨，未肯收盡餘寒。年時燕子，料今宵夢到西園。渾未辦，黃柑薦酒，更傳青韭堆盤？

卻笑東風，從此便薰梅染柳，更沒些閒。閒時又來鏡裡，轉變朱顏。清愁不斷，問何人會解連環？生怕見花開花落，朝來塞雁先還。

辛棄疾胸懷天下，一心想要建立掃平北虜的大功業，不料南歸即遭冷遇，儘管春日裡的一切充滿盎然生機，他卻滿腹愁腸，無心欣賞。

「清愁不斷，問何人會解連環？」這句中的「連環」，便是辛棄疾雖在南宋朝廷為官，卻無法施展才華的艱難處境。他想要早日回到北方，回到故鄉，可卻什麼也做不了，只能眼睜睜看著時間一天天過去，收復失地的願望卻始終無法實現。當年秦昭王遣使齊國，送上玉連環一串，請齊人解環，齊國滿朝大臣面面相覷，無人能解，君王後卻機智地用椎將玉連環打破，為齊國挽回了顏面，而此時，又有誰能夠幫他解開這「連環」，將他從沉悶的處境和無盡的憂愁中解救出來？

「生怕見花開花落，朝來塞雁先還。」是辛棄疾給自己的答案。眼下的情勢，令他隱隱感到，此生想要驅走金人、重歸北方故園，恐怕是難以企及的奢望了。

被擱淺的英雄

和所有英雄人物一樣，辛棄疾胸中懷有遠大的志向，且從未放棄對志向的追求。然而，個人命運在時代面前總是脆弱的——不幸的時代猶如一個巨大的鐵輪，常常將個人理想碾壓得粉碎。可以說，辛棄疾的一生，就是承受理想不斷被碾壓的一生。

自西元一一六二年南歸後，十餘年間，辛棄疾曾多次向朝廷上奏抗金戰略，其中最為著名的便是《美芹十論》。他在《美芹十論》的開篇就憂心忡忡地寫道：「臣聞事未至而預圖，則處之常有餘；事既至而後計，則應之常不足。虜人憑陵中夏，臣子思酬國恥，普天率土，此心未嘗一日忘……」他先聲明了凡事預則立、不預則廢的重要性，接著條分縷析，從審勢、察情、觀畔、自治、守淮、屯田、致用、防微、久任、詳戰十個方面入手，系統論述了自己在抗擊和抵禦金國方面的見解。在寫這篇文章時，他的分析冷峻而清醒，他的情感卻充沛而激昂，正如他自己所言：「臣雖至陋，何能有知，徒以忠憤所激，不能自已。」且不說《美芹十論》中的一字一句都是他多年來日夜苦思的心血結晶，他抗金的熱情就十分令人感動。

辛棄疾原本期望皇帝能夠「赦其狂僭而憐其愚忠」，讓他從事一些與抗金直接相關的職務，結果卻事與願違，他一直在地方擔任通判等不合他心意的官職。在建康任通判時，他懷著憂憤急切的心情，寫下了《水龍吟・登建康賞心亭》一詞：

楚天千里清秋，水隨天去秋無際。遙岑遠目，獻愁供恨，玉簪螺髻。落日樓頭，斷鴻聲裡，江南遊子。把吳鉤看了，闌干拍遍，無人會，登臨意。

休說鱸魚堪膾，盡西風，季鷹歸未？求田問舍，怕應羞見，劉郎才氣。可惜流年，憂愁風雨，樹猶如此！倩何人喚取，紅巾翠袖，揾英雄淚！

時間一年年過去，心中懷有的英雄志向卻無法實現，這令辛棄疾感到十分苦悶。他自嘲「江南遊子」，為自己不被伯樂發現而惆悵不已，然而，「把吳鉤看了，闌干拍遍，無人會，登臨意」，這世間知道他稼軒的志向與才幹的，又有幾人呢？

除了《美芹十論》，西元一一七〇年，辛棄疾還曾作《九議》以論「恢復之事」——一片赤子之心，天地可鑒。但南歸後的十餘年間，他始終被南宋主和的政治局勢裹挾著，不得不像當時的多數官員一樣被不斷調遣，輾轉於江蘇、浙江、安徽、江西、湖北、湖南等地，擔任的職位從簽判、司農主簿、地方太守、安撫司參議官到轉運副使等，始終與他的理想相去甚遠。

但現實中越是沒有機會實現理想，收復中原失地的宏願就越像一匹不羈的野馬在他胸中奔騰。想起自己南歸已有多年，南宋朝廷苟且偷安、不思進取的局面卻絲毫沒有改變，辛棄疾的憂愁無處述說，只好化為一篇篇滿含豪情壯志的詞作。

《鷓鴣天・送人》是辛棄疾贈給一位友人的詞作，看似是贈別，實則無處不在言志：

唱徹《陽關》淚未乾，功名餘事且加餐。浮天水送無窮樹，帶雨雲埋一半山。
今古恨，幾千般，只應離合是悲歡？江頭未是風波惡，別有人間行路難！

「今古恨，幾千般」，離別固然傷感，但人一生的愁苦又何止離愁一種？「功名餘事且加餐」只是送別時的一句安慰話。在這風波險惡的世間，於辛棄疾而言，找不到出路的煩悶，才最令他不堪忍受。

一年元宵佳節，眼看強敵壓境，南宋朝廷卻一派歌舞昇平，毫無憂患意識，辛棄疾於憂憤之中寫下了流傳千古的名作《青玉案・元夕》：

東風夜放花千樹。更吹落、星如雨。寶馬雕車香滿路。鳳簫聲動，玉壺光轉，一夜魚龍舞。

蛾兒雪柳黃金縷。笑語盈盈暗香去。眾裡尋他千百度。驀然回首，那人卻在，燈火闌珊處。

元宵夜的街頭越是繁華，他的內心就越是孤寂落寞。在通明的燈火中、在人來人往的歡聲笑語中，他癡癡地尋找著一個人，卻怎麼也尋不到，但「驀然回首」，竟發現他在繁華之外，默默立於燈火闌珊的幽暗之處。

王國維曾提出「人生三境界」，第一境界為「昨夜西風凋碧樹。獨上高樓，望盡天涯路」，第二境界為「衣帶漸寬終不悔，為伊消得人憔悴」；而「眾裡尋他千百度。驀然回首，那人卻在，燈火闌珊處」則為人生的最高境界。

辛棄疾沒有明說他要尋找的是何人，所為何事，但不論怎樣，人生有許多事，不正是「驀然回首」時才看清？有許多追求，難道不正是「驀然回首」時才得到？只是這世間鮮有人能做到「驀然回首」、不再執迷於那耀眼的燈光幻影。或許在理想受挫時，辛棄疾也曾無數次渴望自己能淡然處之，希望自己能達到「驀然回首」、超然於世的境界，然而無數的嘆息和感慨過後，內心深沉的愛國情懷卻又重新浮現。他無法馳騁戰場與金兵廝殺，於是將滔滔的愛國熱忱傾注在紙筆間，寫下了一篇又一篇洋溢著悲愴深沉的愛國之情的詩詞。

《菩薩蠻．書江西造口壁》一詞，便是這樣一首感人肺腑之作：

鬱孤臺下清江水，中間多少行人淚。西北望長安，可憐無數山。
青山遮不住，畢竟東流去。江晚正愁餘，山深聞鷓鴣。

這首詞作於西元一一七六年，為辛棄疾駐節贛州、途經造口時所作。《菩薩蠻》是一首小令，過往詞人多用這一詞牌來表現閨情，而辛棄疾卻將它寫成了愛國絕唱。

「行人淚」像那鬱孤臺下的清江水一樣滔滔不絕。行人為什麼落淚？因為「西北望長安，可憐無數山」。那重重疊疊的山巒阻隔的不只是辛棄疾這個南歸北人的視線，更是他意欲收復北方失地的理想。「可憐」二字，道出了這個遊子無可奈何的現實處境，而深山裡傳來的鷓鴣聲，更勾起了他深切的思鄉之情與理想無法實現的綿綿愁緒。

雖然憂愁，但一次次遭受打擊的辛棄疾仍未放棄理想，仍在期盼。「青山遮不住，畢竟東流去」——他相信，雖然在投降派當權的眼下收復北方失地困難重重，但他心中所盼之事，總會有實現的一天。

辛棄疾就是這麼「固執」，儘管世道艱難、屢屢受挫，他卻一刻也不曾放棄收復中原失地的志向，正因如此，多年過去，他身上那種豪情萬丈的英雄之氣絲毫不曾減損。這種豪氣，在他的詞作中隨處可見，如《滿江紅・漢水東流》一詞：

漢水東流，都洗盡，髭鬍膏血。人盡說，君家飛將，舊時英烈。破敵金城雷過耳，談兵玉帳冰生頰。想王郎，結髮賦從戎，傳遺業。

腰間劍，聊彈鋏。尊中酒，堪為別。況故人新擁，漢壇旌節。馬革裹屍當自誓，蛾眉伐性休重說。但從今，記取楚樓風，裴臺月。

這首詞作於西元一一七七年，是辛棄疾贈給一位同僚的勵志詞。此時距辛棄疾南歸已然過去十五年，當時那個躊躇滿志的少年英雄已是年近不惑的中年人了。雖然從通判做到江陵知府兼湖北安撫使這樣的軍政長官，但辛棄疾始終無法如願躋身抗金前線，而朝廷偏安一隅的局面也始終未有改觀。

南歸的理想落空，辛棄疾對「漢水東流，都洗盡，髭鬚膏血」的現狀感到十分無奈，對自身「腰間劍，聊彈鋏」的處境感到憤懣。然而，胸中縱有不平之氣，但他真正在意的並非個人得失，而是國家的盛衰。既然自己無法馳騁戰場抗金殺敵，他就將這一希望寄託於「王郎」，希望他能記取馬革裹屍的決心，不墮青雲之志。

詞壇「愁將軍」

南宋時，湖北民間有一支由茶商組成的特殊「軍隊」——「茶商軍」，他們私販茶葉，且持有兵器，一旦遇到政府的武力干涉，便進行反抗。西元一一七五年初夏，湖北爆發了茶商賴文政領導的「茶商軍」起義，這支起義軍靈活精悍，後來從湖北轉向湖南，屢次將官兵打得落花流水。

當朝廷屢次進攻卻無法滅一滅「茶商軍」氣焰時，時任倉部郎官的辛棄疾被火速調往江西任提刑，即掌管刑獄、治安等方面的長官，節制諸軍，進擊「茶商軍」。辛棄疾素來行事果斷，又頗具軍事才能，當年就平定了起義。

然而，儘管擁有一身才幹，辛棄疾卻只被朝廷用來鎮壓盜賊，後來還因與朝中善妒的小人不合而遭受排擠，以至於在短短四年中改官六次，別說實現心中宏願，就是想留在一個地方踏踏實實做事也成了奢望——這險惡的官場、艱難的處境，無不令辛棄疾感到苦悶。

西元一一七九年，被朝廷支來支去的辛棄疾再次由湖北轉運副使改調湖南轉運副使，這種頻繁的調遣令他失望、無奈，故而在此期間作了一首《摸魚兒》來抒發胸中的不平之氣：

更能消、幾番風雨，匆匆春又歸去。惜春長怕花開早，何況落紅無數。春且住，見說道、天涯芳草無歸路。怨春不語。算只有殷勤，畫簷蛛網，盡日惹飛絮。

長門事，准擬佳期又誤。蛾眉曾有人妒。千金縱買相如賦，脈脈此情誰訴？君莫舞，君不見、玉環飛燕皆塵土！閒愁最苦！休去倚危闌，斜陽正在，煙柳斷腸處。

於辛棄疾而言，抗金的大好春天已經過去，而他自己也如當年被棄於長門的漢代陳皇后，雖有一片赤膽忠誠，卻因小人讒言不得重用，終致年華老去，功業未成。他痛斥那些長袖善舞的小人，用「玉環飛燕皆塵土」來預言他們的未來。然而當下，眼看南宋朝廷日薄西山，而他這位壯懷激烈、忠心耿耿的臣子竟無一點辦法來挽救局面，是何等的憂和愁，苦和怨。

抱怨歸抱怨，辛棄疾畢竟是務實派。他就像《摸魚兒》詞中的那隻蜘蛛，明知春天不可能留住，卻仍要殷勤地羅織蛛網，用蛛絲挽留那飄飛的柳絮。

初到湖南時，辛棄疾懲治盜賊、整頓湖南鄉社，且創制了旨在防禦盜賊和少數民族武裝、只受帥臣節制的一支地方武力「飛虎軍」。飛虎軍規模不大，不過兩三千人，但建軍、養軍要耗費大量錢財，一年少說也得花費數萬貫錢、數萬石糧。朝中有人以耗費巨大為由阻撓飛虎軍的建立，但辛棄疾力排眾議，通過各方斡旋，竟籌集到創立軍隊的巨款。後來，飛虎軍屢屢被調往前線戰鬥，成了南宋後期一股重要的軍事力量。

在辛棄疾任職湖南期間，當時要修造營寨，但因秋雨連綿，片瓦難求。情急之下，辛棄疾下令全城居民在兩日內每家供送二十片瓦，凡送足瓦片者可得一百文錢。結果百姓們踴躍送瓦，所需的瓦片很快就攢夠了。

這些事雖不大，但都可以看出辛棄疾雷厲風行的做事風格，以及他務實的辦事才幹。儘管他在湖南任職才一年多的時間，後又被派往別處做官。他在別處也像在湖南一樣，即便只能作短暫停留，他也要努力留下惠政，造福百姓。

然而，朝中小人仍無法容忍他的存在。離開湖南後不久，辛棄疾即遭彈劾，此後除兩次短暫的復職，他在家中閒居了近二十年之久。這二十年，本是一個人建功立業的最好時期，而辛棄疾除了與友人唱和、相聚議論時政，並無多少實事可做，心中之愁，自不必說。

為此，他寫下了大量的「愁詞」，《鷓鴣天・晚日寒鴉一片愁》便是其中一種：

晚日寒鴉一片愁。柳塘新綠卻溫柔。若教眼底無離恨，不信人間有白頭。
腸已斷，淚難收。相思重上小紅樓。情知已被山遮斷，頻倚闌干不自由。

詞中寫的是一個女子的離愁，而她對遠去情人的相思之苦，不正像辛棄疾對北方故國的相思之情嗎？因為愁苦而肝腸寸斷，明知會被層層疊疊的山巒擋住視線、即便登高遠眺也望不見，仍要「重上小紅樓」，倚著闌干望啊望、盼啊盼，又豈止詞中的女子一人？這種愁已不再是「閒愁」，而是哀綿不絕、充滿深情的愁。

西元一一八八年，辛棄疾本與好友朱熹、陳亮等人相約在鉛山瓢泉相見，共同商討統一大計。結果朱熹因事爽約，辛棄疾又染疾在床，當他看到陳亮獨自風塵僕僕趕來赴約時，心中無比高興。那是一個大雪飄飛的冬日，這對志同道合的朋友一起豪飲，共遊鵝湖，長歌相答，縱談國事。這段往事，從辛棄疾與陳亮分別後所作的《賀新郎・同父見和再用韻答之》中可見一斑：

老大那堪說。似而今、元龍臭味，孟公瓜葛。我病君來高歌飲，驚散樓頭飛雪。笑富貴千鈞如發。硬語盤空誰來聽？記當時、只有西窗月。重進酒，換鳴瑟。

事無兩樣人心別。問渠儂：神州畢竟，幾番離合？汗血鹽車無人顧，千里空收駿骨。正目斷關河路絕。我最憐君中宵舞，道「男兒到死心如鐵」。看試手，補天裂。

詞的上闋是對這次相會的回憶，而下闋則表達了他與好友陳亮堅定的抗金志向。

這被後世稱為「第二次鵝湖之會」的聚會，還流傳著一則故事。據說有一晚上辛棄疾酣飲後，開始大談宋、金關係，他分析了南宋吞併金國的策略，又說金國想滅南宋簡直易如反掌，只要阻斷牛頭山、決了西湖堤壩，杭州城就將不攻自破。聽了辛棄疾的分析，第二天陳亮特地跑去西湖邊觀察地形，發現杭州城的地勢竟低於西湖水面。怔怔地望著西湖盈盈的湖水，他不禁對辛棄疾的軍事

分析才能欽佩不已，忍不住感慨道：「城可灌爾！」（見《四朝聞見錄》）

但這樣一位軍事奇才卻遭閒置，他該是怎樣的憂愁？怎樣的無奈？怎樣的激憤？與陳亮分別後的另一首詞──《破陣子・為陳同甫賦壯詞以寄之》，便抒發了這般百感交集的愁緒：

醉裡挑燈看劍，夢迴吹角連營。八百里分麾下炙，五十弦翻塞外聲。沙場秋點兵。
馬作的盧飛快，弓如霹靂弦驚。了卻君王天下事，贏得生前身後名。可憐白髮生！

他嚮往的是騎著戰馬馳騁於沙場的生活，他期盼的是輔佐君王統一國家的宏偉大業，但現實卻是如此蒼白：轉眼他已成半百之人，兩鬢生出白髮，功業卻絲毫未成。「可憐白髮生」一句，道出了這位遲暮英雄壯志未酬、萬丈豪情被壓抑的悲苦。

而當辛棄疾寫下《鷓鴣天・欲上高樓去避愁》一詞時，他的愁緒又重了一些：

欲上高樓去避愁，愁還隨我上高樓。經行幾處江山改，多少親朋盡白頭。
歸休去，去歸休。不成人總要封侯？浮雲出處元無定，得似浮雲也自由。

辛棄疾明白，人生苦短，轉眼就到了滿頭白髮的年紀；他也明白追求功名，就難免要遭受無盡的愁苦。他曾自問：人為什麼非要建立封侯封相的功業？為什麼不能像浮雲那般逍遙自在？

雖然他十分嚮往自由自在的生活，卻始終無法淡忘心中那未曾實現的抱負。他的愁在心裡如影隨形，無法釋然，又如何躲避？

而《醜奴兒・書博山道中壁》一詞中所寫的愁，則愁到了極致：

少年不識愁滋味，愛上層樓。愛上層樓。為賦新詞強說愁。
而今識盡愁滋味，欲說還休。欲說還休。卻道天涼好個秋。

少年時不諳世事，偏要「強說愁」，現如今「識盡愁滋味」，才明白原來真正的愁苦是說不出的。「欲說還休」四個字看似什麼都沒說，實際卻道出了最深切的哀愁。

遲來的北伐

茅簷低小，溪上青青草。醉裡吳音相媚好，白髮誰家翁媼？
大兒鋤豆溪東，中兒正織雞籠。最喜小兒亡賴，溪頭臥剝蓮蓬。

正如這首《清平樂・村居》所描繪的，辛棄疾的閒居生活便是如此清淡，日復一日，十幾年就這樣過去了。

西元一一九二年，在家賦閒了十餘年的辛棄疾再次出仕，先被派到福建提點刑獄任職，次年遷太府少卿，到秋天又升任福州太守兼福建安撫使——看這升職的態勢，他似乎要被光宗重用了。

雖然已是五十幾歲的年紀，但辛棄疾寶刀未老，一到福建任上，就著手修建儲存糧食的倉庫以備荒年，改革官鹽買賣的法令，又修建福建郡學，做了不少實事。然而，不想短短兩年時間，他再次因受人彈劾被免除官職，成為閒人。這一閒，又是近十年的時間。

此時，辛棄疾已從上饒舊居搬到位於鉛山的瓢泉新居。在漫長的閒居生活中，他漫遊山水、託興詩酒，卻無一點閒情，因為他仍無法放下未竟的志向，即便在夢裡，也依然想著年少時的夢想。

在此期間，辛棄疾曾作有《水調歌頭·我志在寥闊》一詞：

我志在寥闊，疇昔夢登天。摩挲素月，人世俯仰已千年。有客驂鸞並鳳，雲遇青山赤壁，相約上高寒。酌酒援北斗，我亦蝨其間。

少歌曰：「神甚放，形如眠。鴻鵠一再高舉，天地睹方圓。」欲重歌兮夢覺，推枕惘然獨念，人事底虧全？有美人可語，秋水隔嬋娟。

這是一首寫夢的詞——他夢見自己與好友飛向寥闊的天空，撫摸皎潔的明月，還與李白、蘇軾這樣的雅士一起把酒言歡，在夢中高歌。他高歌精神的恣意奔放，高歌鴻鵠自由搏擊長空——這夢境，是何等瀟灑浪漫。

但夢境畢竟是夢境，醒來後，他一下從高高的「青天」跌落，重重地摔在現實堅硬的土地上。夢中的無拘無束瞬間消失得無影無蹤，現實如囚籠般牢牢將他困住，他縱有鴻鵠之志又能怎樣？

辛棄疾早年在建康任江東安撫使參議官時，葉衡為江東安撫使，是他的上司。後來葉衡升遷，入京拜右丞相兼樞密使，辛棄疾曾寫下《菩薩蠻・金陵賞心亭為葉丞相賦》來抒發內心的情感：

青山欲共高人語，聯翩萬馬來無數。煙雨卻低回，望來終不來。
人言頭上髮，總向愁中白。拍手笑沙鷗，一身都是愁。

此時的辛棄疾南歸已有十多年，因不被重用頭髮「總向愁中白」。如今他年近花甲，眼看再無機會實現心中理想，成了那隻「一身都是愁」的沙鷗。

然而，正如辛棄疾在《水調歌頭・我志在寥闊》一詞中所寫：「神甚放，形如眠。」雖然賦閒在家，看似無所事事，但他心裡其實無時無刻不在關注家國大事，也無時無刻不在等待，等待被重新任用、為國效力的一天。

然而這一天遲遲不來，時光卻無情地流逝了。辛棄疾這位胸懷壯志的英雄，一天天臨近暮年。晚年時，他曾懷著無盡的遺憾和傷心，寫下了《西江月・示兒曹以家事付之》一詞：

萬事雲煙忽過，一身蒲柳先衰。而今何事最相宜，宜醉宜遊宜睡。
早趁催科了納，更量出入收支。乃翁依舊管些兒，管竹管山管水。

此時的辛棄疾老了，他不再提殺敵，也不再提抗金；不再作慷慨激昂之詞，也不再憂憤抱怨。他感到心力交瘁、力不從心，只想將所有的事拋在一邊，做個「管竹管山管水」的閒人。

然而，就當辛棄疾對抗金幾乎不再抱什麼希望時，命運與時勢卻突然出現了轉機。

西元一一九四年，在趙汝愚和外戚韓侂胄的擁立下，當了短短五年皇帝的光宗被迫讓位給太子趙擴。趙擴格外倚重韓侂胄，從此開啟了韓侂胄長達十幾年的專權生涯。韓侂胄是北宋名臣韓琦之後，雖獨斷專行卻在政治上力主抗金。他掌權後追封岳飛為鄂王，追奪秦檜官爵，朝中遭罷黜、貶官的大臣和將領又紛紛得到重用。西元一二〇三年，辛棄疾正是在這樣的大勢下第三次入仕。

西元一二〇四年，宋寧宗趙擴依韓侂胄之言，決定發動抗金戰爭，辛棄疾趁機在皇帝面前慷慨陳詞，分析了當前形勢與抗金戰略，並預言金國必亂必亡，為抗金造勢。

西元一二〇五年，在辛棄疾等大臣的建言下，韓侂胄加封平章軍國事，總攬軍政大權，下令各軍密作行軍準備。在大規模北伐前，宋兵先渡過淮河，以聲東擊西、攻其不備的戰略，順利奪取了泗州、虹縣、新息縣、褒信縣等地，令韓侂胄信心大增。

見宋軍旗開得勝，形勢一片大好，韓侂胄奏請寧宗正式下詔，出兵北伐。

為這一刻，辛棄疾已經等了四十多年，他怎能不激動？在此情此景下，他提筆寫就了豪情萬丈的《六州歌頭》，盛讚了韓侂胄北伐的氣魄：

西湖萬頃，樓觀矗千門。春風路，紅堆錦，翠連雲。俯層軒。風月都無際。蕩空藹，開絕境，雲夢澤，饒八九，不須吞。翡翠明璫，爭上金堤去，勃窣媻姍。看賢王高會，飛蓋入雲煙。白鷺振振，鼓咽咽。

記風流遠，更休作，嬉遊地，等閒看。君不見，韓獻子，晉將軍，趙孤存。千載傳忠獻，兩定策，紀元勳。孫又子，方談笑，整乾坤。直使長江如帶，依前是、保趙須韓。伴皇家快樂，長在玉津邊。只在南園。

整首詞氣勢磅礴，洋溢著必勝的信心。辛棄疾的樂觀是有依據的——此時，金國朝政混亂，國力衰退，又受蒙古與西夏兩面夾擊，已呈現出風雨飄搖之勢。

原本，這的確是北伐的好時機，無奈南宋朝廷腐敗已久，軍備鬆弛，軍紀渙散，朝中又無多少可用的人才，加上作戰部署失當，投降派從中作梗，軍中又出內奸，西線有吳曦叛變，東線有丘主和，韓侂胄漸漸陷於孤立無援的境地，宋軍大敗已成定局。

西元一二〇七年，隨著戰爭局勢的變化，南宋北伐竟轉變為金兵南侵。儘管此時的金朝其實並不具備繼續作戰的能力，卻仍虛張聲勢，恫嚇南宋派去求和的使臣，說南宋如果願意稱臣，則以江淮之間取中重劃兩國邊界；如果南宋願意稱子，則以長江為界來劃分邊界，並提出了斬殺韓侂胄、獻上其首級的殘酷要求，增加歲幣等條款也是咄咄逼人。韓侂胄得知後大怒，決意再度整兵出戰。於是寧宗下詔招募新兵，起用辛棄疾為樞密院都承旨指揮軍事。

如果這件事發生在三十年前，二十年前，甚至十年前，辛棄疾都會欣然赴任。為國家統一上前線抗金殺敵，是他苦苦等了一輩子，盼了一輩子的事。然而此時，辛棄疾已經六十八歲高齡，既老且病，收到朝廷的旨意時他正在家中養病，縱然他殺敵的志向堅定，無奈他腰間的寶刀已經老鏽。

這年九月，辛棄疾自知病重已無力擔負起如此重任，於是上奏請求告老，不久即病逝於家中。

「恨芳菲世界，遊人未賞，都付與、鶯和燕。」

倒楣囚徒和短命狀元——「辛派詞人」陳亮

「他日之國士」

西元一一六一年，婺州知府周葵府上來了一個年輕的讀書人。他大約十八九歲的模樣，臉上尚稚氣未脫，眉宇間卻透露出一股逼人的英氣。他坐在賓客的席位上，顧不得喝茶或吃點心，只顧滔滔不絕地談論時事，言辭慷慨激昂。主人周葵則坐在一旁，偶然插上幾句，多半時間都在專心致志地聽這個年輕人的言論，他輕輕捋著鬍鬚，微微頷首，看上去十分滿意。

主賓相談甚歡，屋內不時傳出周葵爽朗的笑聲。

不知不覺已是半日過去，周葵親自將這個年輕人送到周府門口，看著他翩然遠去的身影，忍不住嘆道：「他日之國士也！」

這個被婺州知府周葵嘆為「他日之國士」的年輕人，不是別人，正是博古通今、十八歲就寫出《酌古論》的婺州奇才陳亮，只是那時，他用的還是舊名「汝能」。

《酌古論》是一本風格獨特的史論著作，一開篇就在序言中辨析闡述了文武之道，其後，又以漢光武帝、劉備、曹操、孫權、韓信等十九位歷史人物為例，總結了前人成敗的經驗教訓，供今人以史為鏡，學習借鑒。

周葵愛才惜才，對陳亮的《酌古論》十分讚賞，他將陳亮拜為座上賓，常請他到府上商議要事，對他很是器重，還親自為他講授《大學》、《中庸》這類學問。

從西元一一六一年到西元一一六三年，陳亮在周府客居了三年。這三年，可以說是他人生中最春風得意的三年。其間，因周葵被調到京城臨安當官，陳亮也隨之來到臨安，並在周葵的引薦下結識了當時的許多政要和文壇名士，同時得以向這些名人政要抒發自己的思想和政治主張，成為一時名揚天下的文士。

當時，有個人稱「南湖綠髮居士」的烏傷（今浙江義烏）人，名叫何恪，在當地是個頗有身分地位的藏書家。西元一一六一年，剛中進士不久的何恪在拜會婺州知州周葵時，讀到陳亮的《酌古論》，驚為奇人，而在聽到周葵對陳亮的褒讚之詞後，不覺對陳亮更為讚賞。此後，何恪與陳亮常有書信往來，兩人意氣相投，很快成了知交。

何恪對陳亮這個才氣超邁、下筆千言的年輕人很是喜歡，每次在寫給兄弟何恢的家書中都要將陳亮大加讚揚一番，還說：「必以次女歸亮，吾保其可依也。」

一開始，何恢還十分猶豫——雖然陳亮是當朝名士，但畢竟出身寒門，且尚未考取功名，只是一介布衣，思來想去，總覺得把女兒嫁給他不太穩妥。但何恪十分堅持，一有空就給兄弟寫信，疾呼「吾懼失此士」。見自家兄弟如此抬舉這個年輕人，何恢也不動搖了，拋開門第之見，答應將二女兒許配給陳亮。（**見《陳亮集》**）

「書中自有黃金屋，書中自有顏如玉。」對於未考取功名的陳亮而言，則是「才中自有黃金屋，才中自有顏如玉」——其中的「才」，是陳亮的思辨之才、文韜武略，也是他經世致用、義利並舉的思想。年輕時的陳亮因其才而受貴人賞識、被尊為上賓，還因此成就了一時英名結成了一段良緣，算得上少年得志、意氣風發了。

然而，「木秀於林，風必摧之」。有時才氣太過逼人，於一個人的命運而言未必是好事。

年輕時，陳亮雖客居周府多年，而周葵作為伯樂與知音對陳亮的恩情也頗為深重，但他們在對待金人的態度上卻有截然不同的觀點：周葵作風穩健，不主張貿然北伐，當西元一一六三年大臣張浚奏請北伐時，他曾規勸皇帝時機未到、不宜輕舉妄動；而年輕氣盛的陳亮卻是個堅定的主戰派，他主張學以致用，崇尚經世致用的學問。這些年，他之所以熟讀兵書、鑽研歷史，為的就是有朝一日能將這些學問和本領用在統一國家的大業上。

陳亮抗金的理想與實現中興的宏願，不僅體現在他的文章裡，也時時體現在他的詩詞中。他的詞往往直抒胸臆，充滿愛國憂國的豪情，且喜歡議論，被後世歸為「辛派」。雖然陳亮有時也寫一些婉約抒情的詞，但即便是《一叢花・溪堂玩月作》這樣的寫景詞，他也忍不住要在其中抒發對國家興亡的感慨：

冰輪斜輾鏡天長。江練隱寒光。危闌醉倚人如畫，隔煙村、何處鳴根。烏鵲倦棲，魚龍驚起，星斗掛垂楊。

蘆花千頃水微茫。秋色滿江鄉。樓臺恍似遊仙夢，又疑是、洛浦瀟湘。風露浩然，山河影轉，今古照淒涼。

在秋日登高遠眺，看著月照澄江、水映長空的壯闊景象，陳亮並未陶醉其中，而是想起了北方大片被金人侵佔的土地，心中頓生淒涼之感。

道不同，不相為謀。在周府客居多年，因深受周葵器重，陳亮的人生達到了巔峰，但他沒有因為受惠於周葵就按他的意思去潛心鑽研道德性命之學，而是繼續研究歷史，希望從前人的經驗教訓中總結中興復國之道。

或許，這可以解釋為年少輕狂、恃才傲物。因為恃才，年輕的陳亮鋒芒畢露，有時難免會表現出狂傲的一面。在周府時，因周葵懷有一顆公心，且胸襟寬廣，即便陳亮與他政見不一，也從不打壓排擠陳亮，而是處處抬舉、褒獎陳亮，因而陳亮並未感受到世道的艱難險惡。但西元一一六三年，在他離開周府、失去周葵的庇護之後，隨著各種厄運與打擊的接連到來，陳亮的人生軌跡陡然發生了改變。

不走運的教書先生

西元一一六三年，陳亮離開周府，是以父母之命趕赴官塘（位於今浙江義烏）定親。如前所述，這位即將與陳亮結為伉儷的女子不是別人，正是陳亮的知己好友何恪的侄女。

兩年後，陳亮與何氏完婚。何恢風風光光地將女兒從烏傷送到婺州，等待著這位被兄弟何恪視為人傑的金龜婿能不負他的期望，順利考取功名，創造出一番光耀門楣的功業來。

不曾想，自西元一一六五年之後，陳家厄運連連：先是陳亮的母親因病去世；緊接著，就在陳亮居家為母守喪期間，因陳家原來的家僮殺人，陳亮的父親被誣陷下獄；陳亮為營救父親出獄，不得已變賣良田與家財，四處打點奔波，不料父親尚未出獄，祖父母又因兒子蒙受不白之冤而憂慮成疾，不久便相繼去世。

因家貧無錢，陳亮只好將母親與祖父母的三具棺柩停在家中，並將新婚不久的嬌妻送回娘家暫居……而遭受這一系列變故時，陳亮不過二十三歲。

西元一一六八年，經過兩年多的周旋，在親朋好友的幫助下，父親終於出獄。陳亮的心稍稍安定了些。這年九月，他因仰慕諸葛孔明而改名為「亮」，希冀自己也能像臥龍先生一般受到明主的器重。隨後，他順利通過鄉試，被太學錄取，仕途似乎順利了起來。

但命運像是有意捉弄陳亮，它毫不憐憫這個滿懷抱負、急於實現理想的年輕人——西元一一六九年，陳亮因考官刁難在禮部考試中被黜落。

然而，他沒有灰心喪氣，為實現中興，他又以布衣身分上奏《中興五論》，從「中興論」、「論開誠之道」、「論執要之道」、「論勵臣之道」、「論正體之道」五個方面，陳述了治國的「大體」、謀國的「大略」。然而，《中興五論》上報後如石沉大海、毫無回應。

人生的藍圖未能如想像般在眼前鋪開，失意的陳亮不得已回到故鄉閉門讀書，並創辦龍川書院授徒講學。他一邊講學，一邊為生計四處奔波，但閒暇時從未停止對學問的求索，數年間寫成《類次．文中子》、《三國紀年》等史論著作。

轉眼數年過去，西元一一七六年，境況有所好轉的陳亮再入太學學習，成了一名大齡太學生。雖然此時已經三十三歲，但陳亮的脾性卻和年輕時一樣，不改其狂傲的一面。次年太學舉行了一次小試，陳亮以此為機會借題發揮、大發議論，將這些年鬱積於心的政治理想通通書於紙上。

之所以這麼做，是因為他太急切了。他太渴望發聲，太渴望引起關注，尋求一條報國救國興國的捷徑。只可惜，欲速則不達——那些中規中矩的考官指斥陳亮為「狂怪」，還以他的文章不符合科舉規矩為由將他排擠出了太學。

此時的陳亮，已經出離憤怒了。對於被太學開除一事，他憤憤不平道：「亮老矣，反為小子所辱！」

遭受不平而抱怨幾句，本是情理之中的事，但陳亮萬萬沒有想到，因為自己這一句話，竟莫名為自己招致了一場禍事。

在宋代，自秦檜當權後，對太學生有不得上書言事的規定。但陳亮不甘心，不甘心就這樣被一群沒有理想、沒有抱負、沒有血性的儒生壓制。收復北方失土、實現中興的熱望令他不顧一切，在西元一一七八年開春不足一個月的時間裡，他接連三次上書孝宗皇帝，陳述中興之道。他多麼渴望自己能像諸葛亮一樣受到明君的賞識和重用，但事實表明，這不過是一廂情願的奢望。

這件事如果到此為止，或許不會生出禍端。但陳亮因為受壓制無法實現理想，在回鄉途中不禁牢騷滿腹，言語中多有犯上的言辭。結果「言者無心，聽者有意」，有人告發陳亮犯了大不敬之罪，而這正中了時任刑部尚書何澹的下懷——原來，何澹正是當年那個將陳亮趕出太學的考官，後來因陳亮所說的「亮老矣，反為小子所辱！」對陳亮嫉恨在心，早就想找個機會報復陳亮。如今，他總算逮住了機會，因而藉這件事大做文章，誣告陳亮圖謀不軌，將陳亮關入大理寺監獄嚴刑拷打，險些害了陳亮的性命。

好在陳亮入獄後，多方親友紛紛設法營救他，而宋孝宗雖不打算重用他，但也不想殺他，對於陳亮犯上之罪，他只說道：「秀才醉矣，何罪之有？」辦事的大臣領會皇帝不想殺陳亮之意，這才放了陳亮一條生路。

陳亮曾寫過一首《南鄉子・風雨滿蘋洲》：

風雨滿蘋洲。繡閣銀屏一夜秋。當日襪塵何處去，溪樓。怎對煙波不淚流。
天際目歸舟。浪卷濤翻一葉浮。也似我儂魂不定，悠悠。宋玉方悲庾信愁。

這是一首悲秋懷人之詞，作為「辛派詞人」的代表人物，此詞與他一貫的慷慨激昂的詞風相比，不免顯得有些氣軟。但事實上，儘管現實的重重打擊令陳亮失望，他卻並未被擊倒。

且看「宋玉方悲庾信愁」一句：宋玉出身寒微，在仕途上困頓不得志，宋玉之悲，實乃他在九辨中抒發的「豈不郁陶而思君兮？君之門以九重」之悲；而庾信生於亂世，後來故國覆滅，他被強留於西北，永別江南，庾信之愁，正是「搖落秋為氣，淒涼多怨情」的鄉關之愁。

陳亮以宋玉之悲、庾信之愁來形容自身所處的境況，說明他儘管備受打擊，卻未曾改變收復中原的熱望。只是現實的牢籠太過堅固，難以衝破，因而令他煩愁。

「王霸義利」筆戰

經歷這場牢獄之災後，陳亮重回鄉間，一邊繼續當教書先生，傳授他的思想和學問，一邊埋首書齋讀書、著書，創立了獨樹一幟的「永康學派」，並與當時哲學界赫赫有名的呂祖謙、朱熹等人互究學問，展開激辯。而在所有的辯論中，尤以陳亮與朱熹的「王霸義利」之爭最為激烈，對學界造成的影響也最為深遠。說到這場論戰，不得不提陳亮的第二次入獄。

這件事發生在西元一一八四年，陳亮受鄉人呂師愈之邀參加宴會，呂師愈因敬重陳亮，特意在他所吃的菜羹中加入了胡椒。不料這天，與陳亮同席的一個姓盧的人回家後莫名暴斃，盧的家人一口咬定盧為呂師愈與陳亮合謀所害，遂告到官府，致使呂師愈與陳亮雙雙入獄。就在陳亮入獄期間，朱熹寫信給陳亮，挑起了這場驚動學界的「王霸義利」之爭。

其實，早在陳亮第二次入獄之前，朱熹和陳亮就曾有過兩次會面。第一次是西元一一八二年正月，時任「提舉兩浙東路常平鹽茶公事」的朱熹到衢州巡查，陳亮曾趕赴衢州與朱熹會面、探討學問；第二次則在這年二月，朱熹巡歷至婺州時，曾特意到永康回訪陳亮。

這兩位持不同觀點的思想家的會面，不知其間有過怎樣的交鋒，但至少從表面上看，朱熹稱此次激辯為「思奉偉論，夢想以之」，陳亮則說「山間獲陪妙論，往往盡出所聞之外」，彼此保持著君子的風度，想必那兩次見面也還算愉快。（見《陳亮集》）

但不久之後，當朱熹將自己的幾本著作寄給陳亮以進一步探討學問時，一向鋒芒畢露的陳亮便不再客氣，在信中對朱熹的思想和學說直接提出批評，說它只是不切實際、無補於政事的空談。

但一封信還不足以表明他的思想和態度，緊接著，陳亮又連寫了十篇雜論寄給朱熹，系統地闡述了充滿功利的哲學觀念，以「雜霸」對抗「王道」，以「人欲」對抗「天理」，對朱熹所奉行的程朱理學幾乎作了全盤的否定與顛覆。這其實已經可以視為「王霸義利」之爭的發端。

陳亮的「十論」令朱熹措手不及，他讀完後驚駭無比，但並沒有立即提出反駁，而是時隔數月之後，才遲遲寄了一封回信給陳亮，表達了他的反對態度。但陳亮卻像一個鬥士，不願結束這場論爭。他在西元一一八三年秋朱熹過生日時，專門給朱熹寫了《水調歌頭・癸卯九月十五日壽朱元晦》這首賀詞給他寄去，言語間對朱熹不念國事、恬然自處的做法不無隱諷之意：

人物從來少，籬菊為誰黃。去年今日，倚樓還是聽行藏。未覺霜風無賴，好在月華如水，心事楚天長。講論參洙泗，杯酒到虞唐。

人未醉，歌宛轉，興悠揚。太平胸次，笑他磊魄欲成狂。且向武夷深處，坐對雲煙開斂，逸思入微茫。我欲為君壽，何許得新腔。

此時朱熹已經罷官，他居住在武夷山五曲，建精舍聚徒講學，潛心著書立說。收到陳亮的「賀詞」，朱熹只是淡然一笑，並未理睬。而事實上，朱熹之所以沒有公然反駁陳亮，並非膽怯，而是在尋找一個恰當的機會——而西元一一八四年陳亮因被誣用藥毒人入獄，便是一個時機。

西元一一八四年夏，陳亮在好友辛棄疾等人的合力營救下終於出獄。儘管生活困頓艱辛，但他與朱熹的「王霸義利」論戰才剛剛拉開序幕。此後數年中，陳、朱二人書信往來不輟，頻頻交鋒，直至兩年後朱熹在信中聲明「以往是非不足深較」，掛起免戰牌，這場論戰才告一段落。

然而，筆戰告一段落並不表示這場論戰已經結束。事實上，觀點幾乎對立的陳亮與朱熹誰也沒有說服誰。陳亮仍然堅定地持功利主義哲學觀，他的一切學說的最終指向，仍然離不開抗金與收復中原這一主旨。

西元一一八五年，即陳亮與朱熹激烈論戰期間，陳亮的好友章德茂受遣出使金國，為金主完顏雍慶祝壽辰。臨行前，陳亮曾作《水調歌頭・送章德茂大卿使虜》贈送好友，整首詞言辭慷慨，充滿了不甘屈辱的浩蕩正氣與誓雪國恥的豪情：

不見南師久，謾說北群空。當場隻手，畢竟還我萬夫雄。自笑堂堂漢使，得似洋洋河水，依舊只流東？且復穹廬拜，會向藁街逢。

堯之都，舜之壤，禹之封。於中應有，一個半個恥臣戎。萬里腥膻如許，千古英靈安在，磅礴幾時通？胡運何須問，赫日自當中。

西元一一八八年，陳亮約朱熹在紫溪見面，試圖通過雄辯說服這位理學大家，結果朱熹託故未至，他便在當時閒居在家的好友辛棄疾那裡小住一陣，並與辛棄疾共遊鵝湖，共議國事，相談甚歡。分別後，陳亮曾作《賀新郎・寄辛幼安和見懷韻》一詞贈辛棄疾：

老去憑誰說。看幾番、神奇臭腐，夏裘冬葛。父老長安今餘幾，後死無仇可雪。猶未燥、當時生髮。二十五弦多少恨，算世間、那有平分月。胡婦弄，漢宮瑟。

樹猶如此堪重別。只使君、從來與我，話頭多合。行矣置之無足問，誰換妍皮癡骨。但莫使、伯牙弦絕。九轉丹砂牢拾取，管精金、只是尋常鐵。龍共虎，應聲裂。

詞中既有「父老長安今餘幾，後死無仇可雪」的擔憂與隱痛，也有對朝廷「算世間、那有平分月」的質問。儘管此前，陳亮曾遭受許多挫折，但他越挫越勇，在他看來，他和好友辛棄疾都是能煉成「精金」的「尋常鐵」，只要不放棄理想，不放棄奮鬥，那麼終有實現抱負的一天。

陳亮信守功利主義，並且是個積極進取的實幹家。他從不只將理想掛在嘴邊，而是想做什麼，就立即付諸行動。

西元一一八八年，就在陳亮與辛棄疾鵝湖相會後不久，陳亮親赴長江沿岸，對京口、建鄴一帶的地理環境作了詳細考察，而後再度上書孝宗皇帝，在《戊申再上孝宗皇帝書》中提出「江南不必憂，合議不必守，虜人不足懼，書生之論不足憑」的觀點。

此間，他還懷著滿腔憂憤，寫下了《念奴嬌・登多景樓》一詞：

危樓還望，嘆此意、今古幾人曾會？鬼設神施，渾認作、天限南疆北界。一水橫陳，連崗三面，做出爭雄勢。六朝何事，只成門戶私計？

因笑王謝諸人，登高懷遠，也學英雄涕。憑卻長江，管不到，河洛腥膻無際。正好長驅，不須反顧，尋取中流誓。小兒破賊，勢成寧問強對！

他指斥朝廷只知憑藉長江這一天塹偏安於南方，不懂得利用險要的山川圖謀進取，還嘲諷一些官員瞻前顧後沒有一點收復中原的實際行動。在他看來，南方並不缺乏運籌帷幄、決勝千里的將才，也不缺乏披堅執銳、衝鋒陷陣的猛將，只要朝廷敢於用人、充滿信心，宋軍長驅千里、收復河洛之地並非難事。

能說出這樣激昂又躊躇滿志的話，可見在陳亮看來，他自己就是那個具有治國用兵才能、輔助君王成就統一大業的「謝安」。他有大志、大謀略，眼下所缺的，就是一個報國的機會了。

對待理想，陳亮不可謂不執著，他的執著，甚至可以用「頑固」來形容。然而，他的所有努力和付出，他的拳拳赤子之心、熱切的報國熱忱，換來的依舊只是一場空等。《賀新郎・懷辛幼安用前韻》一詞，便是陳亮多次上書無果後失落悲切的心情寫照：

> 話殺渾閒說！不成教、齊民也解，為伊為葛？樽酒相逢成二老，卻憶去年風雪。新著了、幾莖華髮。百世尋人猶接踵，嘆只今、兩地三人月！寫舊恨，向誰瑟？
>
> 男兒何用傷離別？況古來、幾番際會，風從雲合。千里情親長晤對，妙體本心次骨。臥百尺、高樓斗絕。天下適安耕且老，看買犁賣劍平家鐵！壯士淚，肺肝裂！

陳亮的滿腔愁苦無處傾訴，唯有與他同病相憐的好友辛棄疾能體會他此時的感受。鵝湖之會後，這對好友常常書信往來，通過詩詞唱和互吐衷腸、互相砥礪。但沒有實現抱負的機會，說再多的話又有何用呢？

眼看自己一年年老去，而國勢日衰，士風日靡，陳亮內心的焦灼與苦痛，也唯有用「壯士淚，肺肝裂」六個字來形容了。

一波三折的最後五年

西元一一九〇年，陳亮四十七歲。正值壯年的他因貧病交困而顯得格外蒼老。由於無處施展抱負，蟄居期間，他只好作些詩詞來抒發自己無處安放的愛國之心。

他固然是英雄豪傑，可以不斷激勵自己不懈怠地追求理想，可以一再地在一次次打擊中崛起，但他畢竟是凡人，而非菩薩金身，因此在頑強的意志背後，還藏著凡人柔軟、脆弱的一面。

文如其人。他性格中截然不同的兩面，在他的詩詞中多有反映。雖然他的詞多為直抒胸臆、以議論為主的豪放之作，但同時也有《小重山・碧幕霞綃一縷紅》這樣淒涼哀婉的小令：

> 碧幕霞綃一縷紅。槐枝啼宿鳥，冷煙濃。小樓愁倚畫闌東。黃昏月，一笛碧雲風。
>
> 往事已成空。夢魂飛不到，楚王宮。翠綃和淚暗偷封。江南闊，無處覓征鴻。

寫豪放詞時，陳亮的胸中充滿了英雄之氣，而寫下這首《小重山》時，他的內心則充滿了無限柔情。除了《小重山》，《水龍吟・春恨》一詞也寫得十分輕柔婉約：

鬧花深處層樓，畫簾半卷東風軟。春歸翠陌，平莎茸嫩，垂楊金淺。遲日催花，淡雲閣雨，輕寒輕暖。恨芳菲世界，遊人未賞，都付與、鶯和燕。

寂寞憑高念遠。向南樓、一聲歸雁。金釵鬥草，青絲勒馬，風流雲散。羅綬分香，翠綃對淚，幾多幽怨。正銷魂，又是疏煙淡月，子規聲斷。

但是陳亮所作的婉約詞還是與周邦彥、柳永等不同，他的懷人與春怨，其實是一種假託。《小重山》詞中「夢魂飛不到，楚王宮」一句，所寫的不僅是屈原，也是陳亮自己——哪怕皇帝不理會他，他也要像唐代的官妓灼灼一般，將眼淚收集起來託鴻雁寄去——這是怎樣深切真摯的情感？

而《水龍吟》中「恨芳菲世界，遊人未賞，都付與、鶯和燕」的嘆息，又豈止是在惜春？他所嘆息的，也是被金人佔領的中原河山。

一個習慣直抒胸臆、胸懷壯志的豪傑卻作婉約詞，借典故抒發輕柔的感情，這恰恰代表了一種無法用豪放詞言說的深情——因為深愛，才有柔情；倘若柔情兼具堅韌的品質，有時會比豪情更有衝擊力。

然而，陳亮這個擁有「推倒一世之智勇，開拓萬古之心胸」的奇才，命運卻格外坎坷多舛——西元一一九〇年，距離第二次入獄六年之後，他竟然再度入獄。

這一次入獄，也和前兩次一樣，純屬命運的捉弄。事情的起因是陳家家僮毆打一個名叫呂天濟的人，差點將對方打死，呂天濟一口咬定此事是陳亮指使的一起故意凶殺案，致使陳亮再度入獄。

若不是好友為此案四處奔走，又有辛棄疾的知交、時任少卿的鄭汝諧親自過問此案、並向孝宗皇帝求情，恐怕在獄中遭受嚴刑拷打的陳亮命已歸西。西元一一九二年春，在孝宗皇帝親自過問下，陳亮才得以出獄。雖然僥倖免於一死，卻已丟了大半條性命。

陳亮喜愛梅花，他讚賞梅花高潔的品質，敬佩它不懼嚴寒的風骨，曾寫下了多首詠梅詞。如《好事近・詠梅》，就讚頌了梅花的卓爾不群：

的皪兩三枝，點破暮煙蒼碧。好在屋簷斜入，傍玉奴橫笛。
月華如水過林塘，花陰弄苔石。欲向夢中飛蝶，恐幽香難覓。

《最高樓・詠梅》一詞，寫的則是梅花的清新高潔，令群芳難以望其項背：

春乍透，香早暗偷傳。深院落，鬥清妍。紫檀枝似流蘇帶，黃金須勝鬮寒鈿。更朝朝，瓊樹好，笑當年。
花不向沉香亭上看；樹不著唐昌宮裡玩。衣帶水，隔風煙。鉛華不御凌波處，蛾眉淡掃至尊前。管如今，渾似了，更堪憐。

而《點絳唇・詠梅月》一詞，則讚揚了梅花飽經風霜仍不改志向的格調：

一夜相思，水邊清淺橫枝瘦。小窗如畫，情共香俱透。
清入夢魂，千里人長久。君知否。雨孱雲愁。格調還依舊。

陳亮愛梅、詠梅，而他自身也恰如梅花一般，有著高潔的品格，有著百折不撓的堅韌品質。

從西元一一七八年到西元一一九〇年，他在短短十數年間三度蒙冤入獄，前後又屢屢遭受上書不報、科舉不中的命運，所遭受的打擊與挫折可想而知。然而，即便命運如此殘酷，他仍不忘抗擊金兵、收復中原失地的理想，正如他在《賀新郎・寄辛幼安和見懷韻》一詞中許下的錚錚誓言，不將自己這塊「尋常鐵」煉成「精金」誓不甘休。

西元一一九三年，即第三次出獄後的次年，陳亮很快從巨大的打擊中振作起來，再度參加了禮部舉行的科舉考試。

此時，南宋的皇帝已經由孝宗變為光宗。一朝天子一朝臣，這一年，半生坎坷的陳亮終於時來運轉，不僅順利科舉及第，還被意外擢為「狀元」——這一命運的陡然轉變，令陳亮百感交集。

高中狀元這年，陳亮已經五十歲。於他人，五十知天命，一生的格局已基本確定；於陳亮，他的人生彷彿才剛剛開始。

狀元及第後，陳亮被授予簽書建康軍判官廳公事一職。他曾在《及第謝恩和御賜詩韻》中寫道：「治道修明當正寧，皇威震迭到遐方。復仇自是平生志，勿謂儒臣鬢髮蒼。」

只可惜，命運沒有給陳亮這樣的機會——西元一一九四年，他還來不及赴任就病倒了，不久病逝於家中。收復河山這一生平志向，終成憾事。

「二十四橋仍在，波心蕩、冷月無聲。念橋邊紅藥，年年知為誰生？」

仙風道骨的民間大詞人——姜夔

「千岩老人」與「白石道人」

在太湖西南之濱，有一片綿亙十數里的山林，林間奇峰怪石林立，其間住著一個自號「千岩老人」的詩人，名叫蕭德藻。

蕭德藻可不是尋常人物，在當時的文壇，他也算是有一定地位的詩人。與他同時代的大詩人楊萬里就曾如此評價他：「余嘗論近世之詩人，若范石湖之清新，尤梁溪之平淡，陸放翁之敷腴，蕭千岩之工致，皆予之所畏者。」在楊萬里眼中，蕭德藻是堪與尤袤、范成大、陸游比肩的傑出詩才。而宋末的方回更是在《瀛奎律髓》中寫道：「如果蕭不早死，即楊萬里猶出其下。」

不過，蕭德藻是個淡泊名利的人，當了幾年官後一直在烏程（今浙江湖州）過著隱居生活，閒來會會朋友，寫寫詩詞，還特別喜歡給人講故事。他的故事幽默風趣，還充滿寓意，總令人回味無窮。

有一天，蕭德藻約了三五詩友在家聚會，趁大家酒興正高時，他清了清嗓子，又說起了故事：

「過去淮右有個瘋和尚，旅居在吳郡一帶，每天都要喝得酩酊大醉，喝醉了就打人。有一天，縣官把這個瘋和尚抓了起來，並派一個姓吳的五百（古代差役的別稱）押送他回原籍去。這個吳五百脾氣很不好，一路上對瘋和尚打罵不停，而且每天天沒亮就把瘋和尚從床上揪起來，趕著他上路。瘋和尚實在受不了吳五百的打罵，於是有一天傍晚，當兩人來到一個叫奔牛埭的地方時，他把吳五百灌醉，然後剃光了吳五百的頭髮，跟他互換了衣服，並把自己的刑械也套在吳五百身上，然後趁著夜色破牆逃走了。第二天早上，吳五百醒來，發現牆破了個洞，瘋和尚不在了，才知道他逃走了。可是，吳五百低頭一看，『咦，奇怪！這刑衣、刑具怎麼在我身上呢？』再一摸頭，他的頭髮也沒了。於是大叫起來：『和尚倒是還在這裡，可是我又到哪裡去了呀？』」

故事一說完，在座的人哄堂大笑起來，但笑過之後，又頗覺意味深長。

作為文壇的重要人物，與蕭德藻交往的往往是詩壇名士和奇才，而真正拜訪蕭宅最多的，卻是一個年輕後生。這個年輕人是蕭德藻的侄女婿，氣貌清秀文弱，看上去弱不禁風，又似乎有神仙之氣，氣質不凡，在一群人中一眼就可認出他來。

在世俗的人眼中，這個年輕人沒有功名，無官無爵，幹不了力氣活，只能靠賣字為生，實在很不起眼，但蕭德藻卻偏偏十分喜愛他、器重他，視他為奇才，不僅將他引薦給楊萬里、范成大等詩壇名士，還說：「學詩數十年，始得一友。」

這位被蕭德藻如此看重的年輕人，便是後來在詞壇獨樹一幟、開創一代詞風的大詞人姜夔。

姜夔年幼喪父，自小跟隨姐姐一起生活在漢陽。離開漢陽後，他居無定所、在江淮間四處流浪，直到與蕭德藻相識，才追隨這位文壇前輩在烏程定居下來，還娶了蕭德藻的侄女為妻。早年漂泊不定的遊子，終於成了有家之人。

雖然仕途失意，但在文學和藝術領域，姜夔卻是少有的奇才——他精通書法、音律和詩詞，二十一歲就寫出了當時在坊間廣為流傳的《揚州慢・淮左名都》詞曲：

淮左名都，竹西佳處，解鞍少駐初程。過春風十里，盡薺麥青青。自胡馬窺江去後，廢池喬木，猶厭言兵。漸黃昏，清角吹寒，都在空城。

杜郎俊賞，算而今、重到須驚。縱豆蔻詞工，青樓夢好，難賦深情。二十四橋仍在，波心蕩、冷月無聲。念橋邊紅藥，年年知為誰生。

淳熙三年，也就是西元一一七六年，這年冬至日，當時離開姐姐家後一直漂泊不定的姜夔騎馬來到揚州古城，漫步在揚州道上，想起杜牧詩中數百年前揚州的繁華，再看這座歷史名城在戰亂及金人的踐踏下一片蕭條，滿城「廢池喬木」的景象，不禁感慨萬千，生出淒冷之感，於是寫了這首傳唱千古的《揚州慢》。

正如明末王夫之所評「以樂景寫哀，以哀景寫樂，一倍增其哀樂」，這首詞用娓娓道來的言辭，將眼前所見之景與歷史典故、前人詩詞巧妙地融合在一起，營造出一種清雅空靈的氛圍，可謂技藝高超、意境深遠。

姜夔年紀輕輕就能寫出這樣的詞中精品，難怪「千岩老人」蕭德藻會如此看重他。由蕭德藻牽線，姜夔得以結識楊萬里、范成大等人，並在他們的推介下聲名鵲起。

定居烏程時，姜夔的生活相對安定，其宅院坐落在弁山腳下的白石洞天之畔，因而自號「白石道人」。空閒時，他時而外出訪友，時而泛舟苕溪。清越的笛聲從水上傳來，悠悠飄向山林，飄向弁山下炊煙嫋嫋的村舍。循著笛聲望去，只見水上一舟一人，隨風在山水間悠悠飄蕩，超逸不群。

一生難忘的合肥情事

姜夔看上去仙風道骨，高標絕塵，但畢竟是個凡人。是凡人，就會有凡人的憂愁，就會為世俗功名與情感所煩擾。

年輕時，姜夔也曾像多數讀書人一樣，懷抱「學而優則仕」的願望，一次次參加科舉考試以期取得功名，可惜他才華雖高，在科舉中卻屢次失利，他內心的失落與苦悶可想而知。這從他於西元一一八七年冬外出遊歷時所作的《點絳唇・丁未冬過吳松作》一詞可以看出：

燕雁無心，太湖西畔隨雲去。數峰清苦。商略黃昏雨。
第四橋邊，擬共天隨住。今何許。憑闌懷古，殘柳參差舞。

吳松是唐代大詩人陸龜蒙曾經隱居的地方。陸龜蒙年輕時也曾屢試不第，後來隱居在吳松，過著躬耕南畝、垂釣江湖的隱居生活。大概由於身世相似，姜夔將唐代大詩人陸龜蒙引為知己，抒發了「擬共天隨住」的感慨——詞中「天隨」即「天隨子」，是陸龜蒙的號。然而，在懷念古人時，姜夔的心中除了懷念和追慕，還有一種對現實無可奈何的「清苦」。

因為內心「清苦」，滿眼所見也就充滿了「清苦」。而此種「清苦」的心態，不正是對科舉失利、仕途無望而漂泊不定的無奈？

蘇軾的一首《少年游》中曾有「此心安處是吾鄉」的說法。如果有什麼能讓姜夔心安，那麼不論漂泊到何處，不論生活境況如何，他大概也會感到身心自在。

可他並不心安。即使在他定居烏程、娶妻之後，他的心也仍在別處，在另一個曾經相識、相愛，後來卻再也無法好夢重圓的女子身上。

這個女子是個姿色殊麗、擅彈琵琶的歌女，是姜夔的紅顏知己，也是他年輕時的情人。他們邂逅於合肥城南赤闌橋畔，而後又一起度過了一段難忘的時光。分別後，癡情的姜夔對這個女子念念不忘，用他多情的筆，為她寫下了一首首充滿思念與哀傷的詞。

有時，相思牽人魂魄，擾人清夢。《踏莎行・自沔東來丁未元日至金陵江上感夢而作》一詞，便是姜夔夢中與情人相會所引發的感慨：

燕燕輕盈，鶯鶯嬌軟，分明又向華胥見。夜長爭得薄情知？春初早被相思染。

別後書辭，別時針線，離魂暗逐郎行遠。淮南皓月冷千山，冥冥歸去無人管。

有時，相思充滿無奈。之所以無奈，是因為人被現實生活所累，有情人無法廝守，不得不分隔兩地，想見卻無法相見，只能在回憶中彼此思念。姜夔於西元一一八七年正月過金陵時望向西北，不禁又想起往事，用《杏花天影・綠絲低拂鴛鴦浦》一詞傾訴了自己相思而不得的苦澀：

綠絲低拂鴛鴦浦。想桃葉、當時喚渡。又將愁眼與春風，待去；倚蘭橈，更少駐。
金陵路、鶯吟燕舞。算潮水、知人最苦。滿汀芳草不成歸，日暮；更移舟，向甚處？

有時，相思如影隨形，纏綿不絕，如這首作於西元一一八九年春的《琵琶仙・雙槳來時》：

雙槳來時，有人似、舊曲桃根桃葉。歌扇輕約飛花，蛾眉正奇絕。春漸遠、汀洲自綠，更添了幾聲啼鴂。十里揚州，三生杜牧，前事休說。
又還是、宮燭分煙，奈愁裡、匆匆換時節。都把一襟芳思，與空階榆莢。千萬縷、藏鴉細柳，為玉尊、起舞回雪。想見西出陽關，故人初別。

表面上看，似乎是因為姜夔在春遊時遇見似舊情人的女子，勾起了他對往事的點滴回憶。而事實上，何嘗不是因為相思無時無刻不在心中，所以會睹物思人，總覺得生活中會出現似曾相識的情景呢？

才子佳人間的浪漫情事極為常見，但像姜夔這樣癡情、專情的人卻並不多見。他對那位琵琶女的情感一直持續了數十年，乃至他的一生。這一片癡情，從他的詠物詞多有柳和梅可以看出。

為什麼要詠柳和梅？

並非因為柳之妖嬈，梅之清高，而只是因為他與當年那位佳人相逢於一片柳林，而多次分別又都在梅花盛開的季節。因此，每每看見柳和梅，相思之情便源源不斷地襲來，無法閃躲。

西元一一九一年，姜夔曾在合肥有過一段短暫的停留。重訪舊地，令他想起了無限往事。他多想與昔日的紅顏知己重續前緣，但是，柳林還是那片柳林，佳人卻不知何在。他獨自站在那片柳林下，內心充滿了惆悵，忽然想起東晉桓溫的詩句：「昔年種柳，依依漢南。今看搖落，悽愴江潭。樹猶如此，人何以堪？」想起當年離別時留下的定情信物，想起佳人曾經的殷殷叮嚀，想著想著，他便自己哼唱起來：

漸吹盡，枝頭香絮，是處人家，綠深門戶。遠浦縈回，暮帆零亂向何許？閱人多矣，誰得似、長亭樹？樹若有情時，不會得青青如此！

日暮，望高城不見，只見亂山無數。韋郎去也，怎忘得、玉環分付：第一是早早歸來，怕紅萼無人為主。算空有並刀，難剪離愁千縷。

曾經滄海難為水。他的確回來了，可惜回來得太晚，多年來朝思暮想的歡會成了泡影，成為無法剪斷的千縷離愁。這離愁化作一片片柳葉、一樹樹梅花，一直追隨著姜夔，直到天涯海角，到他生命的盡頭。

人間離別易多時。見梅枝，忽相思。幾度小窗，幽夢手同攜。今夜夢中無覓處，漫徘徊。寒侵被，尚未知。

濕紅恨墨淺封題。寶箏空，無雁飛。俊遊巷陌，算空有，古木斜暉。舊約扁舟，心事已成非。歌罷淮南春草賦，又萋萋。漂零客，淚滿衣。

轉眼又到了冬季，滿樹的梅花再度盛開。現實中無法得到的，只能去夢境中求索。因為綿綿不盡的相思，不知有多少次，那佳人的倩影隨著梅花的暗香潛入窗戶，潛入這位癡情人的夢中，使他得以在夢境中與佳人攜手共續前緣。可是，有時思念太甚，太渴望在夢中與她相遇，她卻偏偏不入夢來。往事成空。相思成為一杯孤獨而苦澀的酒，只能一個人在無邊的夜色中獨酌。

不過，姜夔畢竟是姜夔，同樣寫相思，他的詞總能寫得哀而不傷，並寫出與他自身氣質相吻合的清冷、空靈之感。除這首《江梅引》外，在姜夔的所有詠梅詞中，最有名的當屬西元一一九一年冬他於石湖拜訪范成大時所作的《暗香》和《疏影》。

《暗香》以梅花為線索，通過今昔對照，將相思蘊藏其中，而他的相思因月色下的寒梅得以淨化，呈現出一種純淨的幽冷之感：

舊時月色，算幾番照我，梅邊吹笛？喚起玉人，不管清寒與攀摘。何遜而今漸老，都忘卻春風詞筆。但怪得竹外疏花，香冷入瑤席。

江國，正寂寂，嘆寄與路遙，夜雪初積。翠尊易泣，紅萼無言耿相憶。長記曾攜手處，千樹壓、西湖寒碧。又片片、吹盡也，幾時見得？

再看《疏影》：

苔枝綴玉，有翠禽小小，枝上同宿。客裡相逢，籬角黃昏，無言自倚修竹。昭君不慣胡沙遠，但暗憶、江南江北。想佩環、月夜歸來，化作此花幽獨。

猶記深宮舊事，那人正睡裡，飛近蛾綠。莫似春風，不管盈盈，早與安排金屋。還教一片隨波去，又卻怨、玉龍哀曲。等恁時、重覓幽香，已入小窗橫幅。

姜夔曾在石湖客居月餘。應范成大之邀，他先作《暗香》，隨後意猶未盡，又作《疏影》。《暗香》是見梅懷人，《疏影》則是借典故詠梅，而又借梅詠人，雖然姜夔寫得十分含蓄，但他詞作中綿綿不盡的相思，如梅花的暗香一般隨風湧動，無法掩藏。

就《暗香》和《疏影》兩首詞而言，正如南宋末年的詞人張炎在《詞源》中所說：「詩之賦梅，惟和靖一聯而已，世非無詩，無能與之齊驅耳。詞之賦梅，惟白石《暗香》、《疏影》二曲，前無古人，後無來者，自立新意，真為絕唱。」

而就姜夔寄託在這兩首詞中的感情而言，如此刻骨銘心又如此含蓄幽冷的相思之情，境界之高稱得上「前無古人，後無來者」。

據說，范成大是賞梅專家，愛梅成癖，晚年曾在梅園遍植十數種梅花。聽了姜夔的《暗香》、

《疏影》後，他大為感動，於是將身邊色藝雙絕的歌女小紅贈予姜夔，以成全他「喚起玉人，不管清寒與攀摘」的美事。

對於這件事，姜夔曾作《過垂虹》一詩以記之：

自作新詞韻最嬌，小紅低唱我吹簫。曲終過盡松陵路，回首煙波十四橋。

想來，還是范公了解姜夔。身邊有了小紅，姜夔的相思與寂寞多少紓解了些，但合肥那位琵琶女，已深入他的骨髓，任誰也無法取代。

肥水東流無盡期。當初不合種相思。夢中未比丹青見，暗裡忽驚山鳥啼。
春未綠，鬢先絲。人間別久不成悲。誰教歲歲紅蓮夜，兩處沉吟各自知。

創作這首《鷓鴣天・元夕有所夢》時，距離當年浪漫的合肥往事已有二十年。當年神采俊逸的少年已長出白髮，夢中情人的面容也漸漸變得模糊起來，那相思刻在心上的傷痕也漸漸癒合，不再像早年那麼疼痛了，只是那傷疤已成為永恆，任時光流逝也不會消失。

與張公子的「十年相處，情甚骨肉」

南宋中期，因江南富裕安定，當時在權貴間悄然興起了豢養門客的風氣，這為那些不得志的文人提供了一條出路，他們紛紛寄身於權貴門下，靠詩文謀生。

同樣是文人，有人擅長阿諛之道，將一身才華變作換取富貴生活的資本；有人善於經營，將攀附權貴作為自己發家致富的捷徑；也有人垂眉順目、以低姿態換取權貴的施捨……為了生計，姜夔不得不在江淮間四處奔波，成為寄身權貴的遊士，以填詞度曲謀生，但在權貴面前，他從不放棄自己的尊嚴。

他不願巴結、討好，也不會為現實的好處而違拗自己的品性做事。雖然他四處奔波、廣結名士，但他想要的並非他人的同情或施捨，而是渴望能遇到真正的知己，一個可以交心的伯樂，一個願意在精神上尊重他、真心誠意提攜他、幫助他的貴人。

蕭德藻便是這樣一位貴人，只是晚年他接連遭逢喪妻、喪子的悲痛，又貧病交加，不得不為生計重新出仕，無法再如早年一般給予姜夔關懷與照顧。尤其在蕭德藻隨侄子蕭時父居住池陽後，姜夔更是失去了依傍，他的孤寂，如《惜紅衣．吳興荷花》一詞中所描述的一般：

枕簟邀涼，琴書換日，睡餘無力。細灑冰泉，並刀破甘碧。牆頭喚酒，誰問訊、城南詩客。岑寂，高柳晚蟬，說西風消息。

虹梁水陌，魚浪吹香，紅衣半狼藉。維舟試望，故國渺天北。可惜柳邊沙外，不共美人遊歷。問甚時同賦，三十六陂秋色。

失去這位亦父亦友的知己，從此不能再隔著牆頭索酒，無人再來家中探望，也無人再與他共論詩詞、共遊太湖，姜夔內心的孤寂，比秋葉飄零中寒蟬的悲切更甚。

西元一一九六年，與蕭德藻分別後，姜夔便離開烏程，前往杭州，居住在冬青門，靠好友張鑒資助度日（見《白石道人年譜》）。

張鑒雖為中興名將張浚的後人、杭州城公認的名門貴胄，卻不擺公子哥架勢，而是對姜夔一片真誠、以禮待之，並常邀姜夔一同遊山玩水，與他詩詞唱和。姜夔曾作兩首《阮郎歸》，一首為：

紅雲低壓碧玻璃。惺忪花上啼。靜看樓角拂長枝。朝寒吹翠眉。
休涉筆，且裁詩。年年風絮時。繡衣夜半草符移。月中雙槳歸。

另一首為：

旌陽宮殿昔徘徊。一壇雲葉垂。與君閒看壁間題。夜涼笙鶴期。
茅店酒，壽君時。老楓臨路歧。年年強健得追隨。名山遊遍歸。

這兩首詞，均為姜夔特意為賀張鑒壽辰所作。從詞中可見，張鑒邀姜夔月夜泛舟，共遊山寺、賞壁間所題詩詞，把酒言歡，待姜夔甚厚；而姜夔對這位摯友也是充滿感激，「年年強健得追隨。名山遊遍歸」不是奉承話，而是他的肺腑之言。

除張鑒外，姜夔所倚靠的還有一人——張鑒的異母兄弟張鎡。那首歌詠蟋蟀的名作《齊天樂．庾郎先自吟愁賦》，便是姜夔和張鎡《滿庭芳．促織兒》唱和的作品：

庾郎先自吟愁賦，淒淒更聞私語。露濕銅鋪，苔侵石井，都是曾聽伊處。哀音似訴，正思婦無眠，起尋機杼。曲曲屏山，夜涼獨自甚情緒？

西窗又吹暗雨。為誰頻斷續，相和砧杵？候館迎秋，離宮吊月，別有傷心無數。豳詩漫與，笑籬落呼燈，世間兒女。寫入琴絲，一聲聲更苦。

張鑒、張鎡兄弟待姜夔不薄，這一點姜夔心裡十分清楚，他曾無限感慨：「嗟乎！四海之內，知己者不為少矣，而未有能振之於窶困無聊之地者。舊所依倚，惟有張兄平甫，其人甚賢。十年相處，情甚骨肉。」（見周密《齊東野語》）然而，但凡能找到其他謀生途徑，姜夔又怎會願意過這種寄食權貴的生活？在依靠張家生活的那些年，姜夔從未放棄自食其力的努力。

西元一一九六年，屢試不第的他向朝廷獻上《大樂議》和《琴瑟考古圖》，希望能憑藉自己在音樂上的才華得到一官半職，可惜未能成功。兩年後，他再次向朝廷獻上《聖宋鐃歌鼓吹十二章》——這一次，朝廷有了反應，准許他破格參加禮部舉行的進士考試，只可惜姜夔未能把握住這次機會，再次落第。其實，見姜夔科場如此不順，摯友張鑒曾一度伸出援手，願出資為他捐官，但被姜夔婉言謝絕了。他是個有所為、有所不為的狷客，他的品性令他絕不允許自己不顧尊嚴、與芸芸俗流合汙。然而，在日益腐敗的南宋，堅持高潔品性的人，注定要終身布衣。

姜夔曾作《卜算子・綠萼更橫枝》來歌詠梅花：

綠萼更橫枝，多少梅花樣。惆悵西村一塢春，開遍無人賞。
細草藉金輿，歲歲長吟想。枝上麼禽一兩聲，猶似宮娥唱。

他愛梅、詠梅，不僅因為梅花寄予著他的相思之情，更因為他敬重梅花高潔的品性。然而，在綠萼、橫枝等眾多品類的梅花中，他自己卻如西村的那一片梅林，「開遍無人賞」。這首詠梅詞，又何嘗不是姜夔對自己身世的感慨？

生命的餘燼

西元一二〇四年三月，剛從寒冬裡復甦不久的杭州城鶯飛草長，充滿了盎然生機。儘管仍是春寒料峭，城裡的年輕人已迫不及待地脫下厚重的冬衣，換上較為輕薄的春衫，三五成群地相約去遊春、賞花——一切看上去都十分美好，但誰也沒有料到，數日之後他們的家園竟會毀於一旦。

那是一場亙古未有的大火。它來得突然，且蔓延得極其迅速，熊熊烈火乘風席捲過一個個街區。被火舌吞噬的樓房紛紛倒塌，整個杭州城火光沖天、濃煙滾滾。受到驚嚇的人們尖叫著、哭嚎著四處逃竄，能活著逃出已是不易，要想挽救家中物什幾乎不可能。

大火熄滅後，杭州城兩千多戶民宅悉數化為灰燼，而其中一戶，便是姜夔的家。

大火過後，身形單薄的姜夔久久徘徊於一堆雜亂的焦木間，臉上神情木然。

因為這場大火，他幾乎失去了所有——他失去的，不僅是一處避身之所和他賴以生存的家當，也不僅是他積攢了大半輩子的翰墨書籍，還有他對未來安定生活的寄託與希冀。

其實，姜夔對安定生活的嚮往並非晚年才有，早在年輕時，他的一些詞作就已反映出對漂泊生活的厭倦情緒。如作於西元一一八六年的《一萼紅・古城陰》一詞：

古城陰，有官梅幾許，紅萼未宜簪。池面冰膠，牆腰雪老，雲意還又沉沉。翠藤共閒穿徑竹，漸笑語驚起臥沙禽。野老林泉，故王臺榭，呼喚登臨。

南去北來何事？蕩湘雲楚水，目極傷心。朱戶黏雞，金盤簇燕，空嘆時序侵尋。記曾共西樓雅集，想垂楊還裊萬絲金。待得歸鞍到時，只怕春深。

創作這首詞時，姜夔才三十一歲。這年正月，他客居蕭德藻的觀正堂，堂下有一片曲池，池西為古城牆，池畔有金橘竹林，曲徑通幽。姜夔沿著池畔小路前行，一片梅林忽然映入眼簾。此時正值梅花初綻的季節，或紅或白的少許花蕾在枝頭吐露芬芳，激起他春遊的興致。然而，出遊城東定王臺、又渡江登臨嶽麓山之後，他卻莫名遊興散盡，悲從中來。

為什麼要悲？因為他忽然不知道自己年年「南去北來」、漂泊江湖究竟是為了什麼。

從前的他雖然奔波卻還年輕，還有希望，而如今，他的處境大不如從前——他老了，已年近半百，身體也越來越虛弱，已經不宜四處奔走了，也漸漸對世間交遊等事失去了興趣，對安定生活的渴望更為強烈。這種隨著年歲漸長而產生的內心變化，從他數年前所作的《平甫見招不欲往》一詩中便可看出：

老去無心聽管弦，病來杯酒不相便。人生難得秋前雨，乞我虛堂自在眠。

如果不是這一場大火，他或許尚可以勉強度日，生活雖不富足，但至少有一處安身之所，即便他不再四處奔波，靠賣字為生，也能養活自己。

然而現在，他生平最大的依靠——蕭德藻和張鑒都已過世，其他知己好友也相繼凋零。他的生活本已困頓，而一場大火又燒盡了他的所有，更是雪上加霜，將他逼入絕境。

安定的晚年生活徹底化為了泡影。在此後十數年間，為了生計，姜夔不得不拖著羸弱之軀，在本該安享晚年的年紀為衣食四處奔走。

晚年時，姜夔身為精通音律的詞壇奇才，竟找不到一片立錐之地，要靠朋友不時的接濟才能勉強度日。最終，在飽經顛沛轉徙、飽嘗生活清苦之後，貧病交加的他孤身一人卒於一家旅館，因死後身無餘財，竟不能下葬。幸虧吳潛等生前好友聞訊趕來，眾人集資，才將他葬於杭州錢塘門外的西馬塍一帶，那個他生前最後十幾年寓居的地方。一代才子的人生就此落幕。

「無意苦爭春，一任群芳妒。零落成泥碾作塵，只有香如故。」

豪邁又專情的愛國詞人——陸游

會稽山下的失意人

西元一二一〇年臘月和往年的臘月一樣寒冷，街上的氣氛也如往年一樣熱鬧——年關漸近，街道上已鋪陳出各類年貨：臘肉、韭黃、生菜、薄荷、胡桃、飴糖、桃符、年畫、虎頭、爆仗……人們挎著籃子、挑著擔子，在擁擠的街道上來來往往，一些民間藝人也趁著人多找塊空地敲鑼打鼓招攬生意、表演各式絕活，一派熱鬧景象。

然而，在山陰縣遠離市區的會稽山下，滿頭華髮的陸游卻毫無過年的興致。他半臥在病榻上，把一條陳舊單薄的棉被拉到胸口。不知是屋子裡寒氣太重，還是生病的緣故，他一直咳個不停。窗外呼嘯的西北風像不速之客頻頻敲打臥房的木門，令病中的陸游更添一種淒涼之感，不禁想起自己罷官回山陰老家閒居的二十年時光。

這二十年來，除了中途有短暫的出仕，他時而勞作於田間，時而上山採藥、為無錢看病的鄉人提供幫助，時而在鏡湖邊看寒鴉嬉戲，時而攜一壺自釀的米酒、駕一葉扁舟在湖上悠遊垂釣。二十年時光如流水般轉瞬即逝，唯有陸游晚年時所作的詩詞，留下了這些年他閒居生活的一點印跡。

如《點絳唇・採藥歸來》一詞，寫的便是陸游上山採藥、聽漁歌唱晚的情形：

採藥歸來，獨尋茅店沽新釀。暮煙千嶂。處處聞漁唱。

醉弄扁舟，不怕黏天浪。江湖上，遮回疏放。作個閒人樣。

從詞中可以看出，陸游曾渴望駕一葉扁舟與漁人一道蕩舟湖上，當一個浪跡江湖的閒人。

然而，隱居山間，當一個田間老農並非他的本意，否則，他就不會產生《卜算子・詠梅》中流露的失落感了：

驛外斷橋邊，寂寞開無主。已是黃昏獨自愁，更著風和雨。

無意苦爭春，一任群芳妒。零落成泥碾作塵，只有香如故。

陸游一生酷愛梅花，他欣賞梅花高潔、不與群芳爭豔的品格，而他認為自己就像詞中那株生長在「驛外斷橋邊」的梅花，寂寞開放，獨自承受著天地間的風風雨雨，獨自承受著被風雨摧殘的悲苦命運。

雪梅化作塵土仍要「香如故」的品質固然可敬，但誰又知曉它內心的孤獨與寂寞？它無人欣賞、也無處依傍的身世難道不令人憐惜？

不過，令陸游感到失意的，並非他個人的利益得失。對於功名利祿，陸游在《鵲橋仙·一竿風月》中很明確地表達了他的態度：

一竿風月，一蓑煙雨，家在釣臺西住。賣魚生怕近城門，況肯到紅塵深處？
潮生理棹，潮平繫纜，潮落浩歌歸去。時人錯把比嚴光，我自是無名漁父。

嚴光是東漢的著名隱士，與東漢開國皇帝劉秀是少年時的好友，後來劉秀當了皇帝，多次請嚴光入朝為官，但都被嚴光拒絕了。

嚴光因不慕榮利、歸隱山林的做法為後人稱道，但在陸游看來，嚴光雖不求利，但他披著羊裘垂釣於富春江上的做法分明有求名之嫌，不如那江上「潮生理棹，潮平繫纜，潮落浩歌歸去」的無名漁父，雖以賣魚為生，卻遠遠避開爭利的官場——他甚至連城門都不靠近，更別說追逐名利了。

顯然，陸游想成為的是不追名逐利的無名漁父。當然，「達則兼濟天下，窮則獨善其身」，成為淡泊功名的漁父，只是一種無奈的選擇。而他的內心，其實一直渴望著有所作為，他不希望白白消磨時光，浪費一身才華，他渴望建功立業，渴望報效國家。

內心想要「進」，現實卻逼得他不得不「退」——正是這種現實與理想的衝突，常令他回首往事時感慨不已，令他在閒居時內心無法真正悠閒，而是充滿了憾恨。這種情緒，從他晚年卜居時所作的詩詞中可見一斑，如《鵲橋仙·華燈縱博》一詞：

華燈縱博，雕鞍馳射，誰記當年豪舉。酒徒一半取封侯，獨去作、江邊漁父。
輕舟八尺，低篷三扇，占斷蘋洲煙雨。鏡湖元自屬閒人，又何必、君恩賜與。

他在詞中明確寫道，他不願與那些只圖功名利祿的人同流合污。既然無法實現年少時的凌雲之志，那不如乾脆回到鄉間、在鏡湖邊當個隱姓埋名的漁父。

然而，以漁父自比的他，眼前是湖山的秀麗景色，心裡想的卻是當年「雕鞍馳射」的豪舉，是此生未能實現的理想與抱負。雖然他嘴上說「鏡湖元自屬閒人，又何必、君恩賜與」，可他的內心卻不可能真的像漁父那樣閒適，而是充滿了難以平息的憂憤。

他曾在《蝶戀花・禹廟蘭亭今古路》這首送別詞中寫道：

禹廟蘭亭今古路。一夜清霜，染盡湖邊樹。鸚鵡杯深君莫訴。他時相遇知何處。
冉冉年華留不住。鏡裡朱顏，畢竟消磨去。一句丁寧君記取。神仙須是閒人做。

是啊，「神仙須是閒人做」。雖然陸游一生所追求的不是個人功名，所做的一切都源於一顆為國為民的赤誠公心，但他仍有追求，心中記掛著國家，記掛著百姓，仍希望能奮起抗金、收復中原失地、洗雪「靖康之恥」，令百姓不再受金人的侵擾、戰亂的禍害，因此他當不了閒人，也當不了「神仙」。然而，縱使他胸懷大志、常懷國事又能怎樣？

從陸游的一生來看，他二十歲立下「上馬擊狂胡，下馬草軍書」的志向，此後積極入仕，不顧個人得失直言進諫，一再向皇帝建言獻策，不顧個人安危與道路險阻深入抗金第一線投身激烈的戰鬥……他所做的，都是在為心中的理想努力、奮鬥。但這一切付出，最終換來了什麼？

當年萬里覓封侯，匹馬戍梁州。關河夢斷何處？塵暗舊貂裘。
胡未滅，鬢先秋，淚空流。此生誰料，心在天山，身老滄洲。

這首作於晚年的《訴衷情・當年萬里覓封侯》，便是陸游一生的寫照：他的一生始於「萬里覓封侯」、「匹馬戍梁州」，卻無奈終結於「心在天山，身老滄洲」。

躺在病榻上的陸游，如今年事已高，身體老邁，縱使他依然懷抱壯年時的志向，也無力再去實現報國之志了，除了回憶當年不遠萬里縱馬奔赴邊疆殺敵的往事，還能做些什麼？

當凌雲壯志遭遇第一次「滑鐵盧」

一陣風透過門縫吹進屋子，床榻邊的碳盆忽然亮了，揚起許多白色的灰燼。陸游斜過身子，攬了攬碳盆，咳嗽幾聲，斜靠在枕上，數十年前的往事又一件件浮現在他眼前。

他想起了童年，那個充滿動盪的童年。在他的印象裡，童年從來沒有一個長久的居所，一家人總在漂泊遷徙，而不論遷到哪裡，母親總是憂心忡忡，父親也總是唉聲嘆氣。

這是一次漫長的逃亡，一直持續了十年之久，此間他們一家人顛沛流離，一路上擔驚受怕，直到南宋王朝在南方站穩腳跟，他們才於西元一一三四年結束了動盪的生活，在祖父陸佃的出生地山陰鄉間安下家來。

等到陸游長大一些，開始從父母和周圍親友的談話中逐漸瞭解到「靖康之難」、國恥家仇，並知道了造成他們一家顛沛流離的根源，他的心中便已立下收復河山的志向。

陸家祖上世代為官，陸游的祖父陸佃是北宋名臣，父親陸宰又在朝當官多年，靠著殷實的家底，退居鄉間的陸家仍是大戶。值得一提的是，陸宰是當時有名的藏書家，據說西元一一四三年皇室內府藏書缺書較多，詔求天下遺書，首先命紹興府抄錄陸宰家所藏書籍，數量竟達一萬三千卷。出生於這樣的官宦世家、書香門第，陸游少時得以徜徉書海，又深受嚴親教誨，十二歲就能詩能文。

而在陸游十幾歲時，南宋歷史上發生了一起震驚天下的冤案——抗金名將岳飛一路揮師北上，多少人期待的收復中原近在咫尺，然而由於秦檜等奸臣從中作梗，岳飛父子先被落職，後慘遭殺害，繼而宋王朝向金人求和，與之簽訂了喪權辱國的《紹興和議》。

岳飛被害時，陸游曾沉痛地為之悲吟。他哀嘆豪傑之不幸，內心抗金的志向卻因此變得更加堅定。當時許多志士仁人因為秦檜當權而不願出仕，年輕的陸游卻汲汲於仕途，他用心鑽研兵書，四處結交豪傑，渴望能通過科舉登上仕途，輔佐君王恢復大計。

不過，陸游因為喜歡談論收復中原一事，仕途一開始就走得不順。直到秦檜死後，他的仕途才漸漸明朗起來，逐漸由一名小小的主簿升遷為大理寺司直兼宗正簿。

西元一一六二年，當了三十多年皇帝的宋高宗把皇位禪讓給太子趙昚。宋孝宗趙昚即位之初雄心勃勃，他改變高宗主和的策略，啟用主戰派名將張浚及其他主戰派大臣，下詔為岳飛冤獄昭雪、赦還岳飛被流放的家屬，積極籌備恢復大計。

宋高宗趙構之所以禪位，或許是由於西元一一六一年金主完顏亮突然撕毀《紹興和議》、率四路大軍南侵一事。金人的善變令南宋當權者感到不安，若不是西元一一六一年年末金國內部發生政變、完顏亮被部將所殺，當時在位的宋高宗很可能會選擇繼續南逃。

與趙構相比，宋孝宗趙昚是個更有抱負的君王。隨著金人主動北撤，南宋王朝的危機解除，而此時金國內政尚不穩定，中原地區又因完顏亮率大軍出動而出現了兵力空虛的情況，宋金兩國的局勢正悄然發生變化。或許，趙昚正是由此看到了北伐的希望。

然而，正如後人評價的那般：「高宗朝有恢復之臣，無恢復之君。孝宗朝有恢復之君，而無恢復之臣。」趙昚當皇帝時，朝中已無岳飛那樣智勇雙全的軍事奇才，也不再有岳家軍那樣紀律嚴明、驍勇善戰的軍隊，張浚雖有抗金的決心，但已是年近七十的老人，而以他的才智韜略，要挑起北伐的重任仍不免有所欠缺，更何況他手下幾乎沒有可堪重用的將領。

宋孝宗即位時，陸游已經三十七歲，不再是懵懂無知、空有一腔報國熱忱的少年。「讀萬卷書，行萬里路」，他的所見所聞、所思所想，令他對時局有了更清晰、更深刻的認識。儘管他十分渴望能早日北伐，但仍然趁著皇帝召見他的機會，規勸宋孝宗在北伐前先整飭吏治軍紀、固守江淮，等時機成熟再慢慢圖謀恢復大計。

遺憾的是，宋孝宗並沒有把陸游的話放在心上，他甚至在聽陸游陳述治國方略時嬉戲取樂，並不上心。

當時朝中有位叫張燾的老臣，是個德高望重的諫臣，孝宗十分敬重他，曾命人用肩輿將身體老弱的他抬到宮裡、當面詢問治國要略。陸游認為召見臣子時嬉戲取樂不是人君該有的樣子，便憤憤不平地將那天發生的事告訴了張燾。於是，這位忠心耿耿的老臣立馬換上朝服趕到宮裡，對著孝宗皇帝劈頭蓋臉來了一通質問。宋孝宗自知理虧，在張燾面前自然不敢流露對陸游的不滿，但不久之後，陸游就被貶到鎮江府當通判去了。

就在陸游出任鎮江府通判前後，宋孝宗以張浚為都督，開始北伐。陸游知道北伐並非一蹴而就的易事，於是上書張浚，建議早定長遠之計、不要輕率出兵。但當時金人已在屯糧修城為南攻作準備，張浚希望先發制人，於是沒有聽從陸游的建議，於西元一一六三年初夏派大將李顯忠、邵宏淵率十三萬大軍主動向金人出擊。一開始，宋軍一路挺進，接連收復靈壁、虹縣，出師十分順利，但不久，因李、邵兩位大將不睦，宋軍在符離之戰中大敗而歸。張浚上疏領罪，被貶為江淮宣撫使。（見《宋史》）

北伐失敗後，朝臣湯思退等人攻擊張浚北伐誤國，力主和議。宋孝宗抗金的決心受到動搖，加上當時退位的宋高宗仍在世，不時對他施加壓力。不久，孝宗便被湯思退等人說服，決定下令撤防，遣使與金國商議「隆興和議」。

西元一一六四年，就在張浚兵敗之後、「隆興和議」簽訂的前夕，當時在鎮江府任通判的陸游曾與鎮江知府方茲一同來到北固山登臨多影樓。

登樓遠眺，望著江南蔥蘢的草木，想起隔著浩渺江水的北方又將失去多少土地，又想起此地三國時孫劉合兵大敗曹操的往事，陸游心中感慨萬千，寫下了《水調歌頭・多景樓》：

江左占形勝，最數古徐州。連山如畫，佳處縹緲著危樓。鼓角臨風悲壯，烽火連空明滅，往事憶孫劉。千里曜戈甲，萬灶宿貔貅。

露沾草，風落木，歲方秋。使君宏放，談笑洗盡古今愁。不見襄陽登覽，磨滅遊人無數，遺恨黯難收。叔子獨千載，名與漢江流。

往事如煙，古人的「遺恨」再也無法彌補，但金人雄踞淮北，鎮江為江防前線，只要軍民齊心合力、積極部署，徐圖恢復大業是有希望的。「叔子獨千載，名與漢江流」一句，正是陸游借西晉名臣羊祜坐鎮襄陽、屯田興學、以德懷柔、繕甲訓卒，廣為戰備，積極為伐吳做準備一事來勸勉時任鎮江知府的方茲，希望他也能如羊祜一般，為渡江北伐作好部署，建萬世奇勳，垂名千載。

除了勸勉上司，陸游還積極上書朝廷，認為臨安東面臨海、運送糧草不便，又不易防守，將都城設在這裡只能作權宜之計，相比之下，六朝古都建康更適宜作為都城。他建議簽訂合約之後，皇帝應駐紮建康、臨安兩地，這樣一來就可以迷惑金人，為建都立國、籌畫北伐爭取時間。

此外，他還向樞密使張燾揭發深受皇帝信任的曾覿、龍大淵二人利用職權廣結私黨、迷惑朝廷等事，認為應盡早懲治這兩人，以絕後患。

不論是勸勉、上疏還是直接進諫，陸游所做的一切無不是為了國家大計。但在當時，主戰派失去勢力，而直言彈劾小人又令陸游樹敵，再加上曾經誓要收復中原的宋孝宗本人表面上志存恢復，實則已不想再提復國之事——諸多原因綜合在一起，致使陸游仕途坎坷，短短兩年內先從臨安外放鎮江府，再由鎮江府調到建康，又從建康調到興隆府。

對於陸游的遭遇，他的朋友韓元吉在《送陸務觀序》中憤憤不平地寫道：「朝與一官，夕畀一職，曾未足職，曾未足傷朝廷之大；旦而引之東隅，暮而置之西陲，亦無害幅員之廣也……務觀之於丹陽（鎮江），則既為貳矣，邇而遷之遠，輔郡而易之藩方，其官稱小大無改於舊，則又使之冒六月之暑，抗風濤之險，病妻弱子，左饘右藥……」（見《南澗甲乙稿》）

然而，這還不是最糟糕的——不久，陸游連官都當不成了：西元一一六五年，因小人向孝宗進讒言，說他結交諫官、鼓唱是非，還說張浚北伐也是因為受了他的鼓動，就這樣陸游被罷免了官職。（見《放翁詞編年箋注》）

被罷官這年，陸游四十歲。想起自己年輕時飽讀兵書、結交天下志士豪傑，為的是能盡一己之力為國效勞，而如今自己入仕多年，不僅在抗金事業上一事無成，強兵興國的建議得不到採納，還落到被罷官的地步，陸游感到無比痛心。

《訴衷情・青衫初入九重城》一詞，正是他年華流逝、功名難就的沉鬱痛惜之情的流露：

青衫初入九重城，結友盡豪英。蠟封夜半傳檄，馳騎諭幽並。
時易失，志難城，鬢絲生。平章風月，彈壓江山，別是功名。

被罷官後，陸游回到山陰老家，在鏡湖邊過起了閒居生活。此間，他寫下了不少抒發胸中不平之氣的詩詞，其中有幾首《鷓鴣天》，便是他此時生活與心境的寫照。

在《鷓鴣天・家住蒼煙落照間》中，他描寫了居住地雲煙繚繞、秀美出塵的景色，以及自己讀書閒遊、不問世事的生活：

家住蒼煙落照間，絲毫塵事不相關。斟殘玉瀣行穿竹，卷罷《黃庭》臥看山。

貪嘯傲，任衰殘，不妨隨處一開顏。元知造物心腸別，老卻英雄似等閒！

而《鷓鴣天‧懶向青門學種瓜》一詞，寫的是冬去春來，詞人看燕子北歸，看傍晚夕陽下沙鷗落在湖灘，聽湖上隱隱傳來漁人的歌聲，品清美酒菜的舒適愜意生活：

懶向青門學種瓜。只將漁釣送年華。雙雙新燕飛春岸，片片輕鷗落晚沙。

歌縹緲，艣嘔啞。酒如清露鮓如花。逢人問道歸何處，笑指船兒此是家。

他的另一首《鷓鴣天》也寫得飄逸絕塵：

插腳紅塵已是顛。更求平地上青天。新來有個生涯別，買斷煙波不用錢。

沽酒市，採菱船。醉聽風雨擁蓑眠。三山老子真堪笑，見事遲來四十年。

從表面上看，陸游卜居鏡湖三山鄉間的生活似乎十分閒適愜意，然而，他真的甘心做一個不問世事的漁父，真的能在美酒與山水間做一個不問世事的閒客麼？

「老卻英雄似等閒」，只是他無可奈何的自我安慰罷了，「插腳紅塵已是顛」也不過是失意時的自我解脫。如果陸游當真甘願碌碌無為、老死山間，當真認為涉足紅塵是錯誤的選擇，那麼就不會有西元一一六九年的再次出仕，不會有他後來奔赴西北邊境抗金的壯烈人生了。

短暫而豪邁的抗金生涯

西元一一六九年冬，在鏡湖邊閒居了四年的陸游，終於等來了朝廷的召喚。這一次，他的職位仍是通判，但任職的地方，卻在離家鄉千里之外的夔州。

雖然夔州地處偏遠，陸游卻不辭辛勞，攜帶家眷沿著長江逆流而上欣然赴任。因為他不想放棄任何機會——他想，只要身在朝中，他就可以慢慢籌畫恢復中原的大業。

當然，對於在夔州的處境，陸游顯然是不滿意的，這從他在夔州任上所作的《木蘭花・立春日作》中可以看出：

> 三年流落巴山道，破盡青衫塵滿帽。身如西瀼渡頭雲，愁抵瞿塘關上草。
> 春盤春酒年年好，試戴銀旛判醉倒。今朝一歲大家添，不是人間偏我老。

其實寫這首詞時，陸游到夔州任職不過一年，他卻說是「三年」，足見這段時間的煎熬。「破盡青衫塵滿帽」，流露出他對自己這一低級文職的不滿，而宦途奔波則令他疲倦。轉眼又是一年新春，當大家都喜氣洋洋地過年時，陸游想到的卻是自己功業未成，卻平白無故又老了一歲。但他仍然耐心等待，等待著實現壯志的機會。

兩年後，機會終於來了：當時，任川、陝宣撫使的王炎駐軍在地處漢中的南鄭，他寫信給陸游，召他為幹辦公事。王炎也是當時文壇頗有名氣的詞人，雖然他的詞作多為「一點心情千萬緒。落花寂寂風吹雨」這類婉轉嫵媚的風格，但在政治上卻與陸游意氣相投，擁有共同抗金的理想。

南鄭位於西北宋金邊境，是抗金的前沿陣地，這正是陸游的理想所在。收到王炎的書信，陸游十分高興，於是即刻啟程來到南鄭，開始了一生中極為短暫卻熱血沸騰的軍旅生涯。

到南鄭後，陸游的本職雖為文書、參議類工作，但他常常身著戎裝，隨軍騎馬外出露宿，也曾在野外雪地上彎弓射虎，還常到駱谷口、仙人原、定軍山等前方據點和戰略要塞巡邏，他還應王炎之請，盡平生所思所學草擬了一份驅逐金人、收復中原的戰略計畫——《平戎策》。

當時，南鄭內城西北有一座高興亭，與高興亭遙遙相對的，便是被金人佔領的長安南山。在南鄭時，陸游常常登臨高興亭遠眺，曾無數次幻想宋金交戰的激烈場景。

秋到邊城角聲哀，烽火照高臺。悲歌擊筑，憑高酹酒，此興悠哉。
多情誰似南山月，特地暮雲開。灞橋煙柳，曲江池館，應待人來。

這首《秋波媚・七月十六日晚登高興亭望長安南山》中的豪情，便是陸游當時內心的豪情。他意氣風發，想像著英勇的宋軍向長安挺進、接連攻克金兵防守、收復失地的情景，不禁鬥志高昂，對北伐充滿信心。

雖然在南鄭不足一年，但這短短數月的軍旅生活，成了陸游一生最愛回憶的一段經歷。晚年退居山陰老家後，陸游曾作《謝池春・壯歲從戎》一詞，其上闋就是對這段難忘歲月的回顧：

壯歲從戎，曾是氣吞殘虜。陣雲高、狼烽夜舉。朱顏青鬢，擁雕戈西戍。笑儒冠、自來多誤。
功名夢斷，卻泛扁舟吳楚。漫悲歌、傷懷弔古。煙波無際，望秦關何處。嘆流年、又成虛度。

從這首詞可以看出，當時的陸游意氣風發、壯懷激烈，對於能效力於恢復山河的事業，他是真心感到高興和滿足的。

只可惜，陸游二月來到南鄭，同年十月幕府就遭解散，王炎被召回，陸游則被調到成都任職，「上馬擊狂胡，下馬草軍書」的理想生活才剛開始就倉促結束了。

這年十一月，陸游懷著無比沉痛的心情，離開南鄭前往成都赴新任，途中他再次經過在南鄭幕府任職時時常途經的葭萌驛，內心感慨萬千，揮筆寫下《清商怨・葭萌驛作》一詞：

江頭日暮痛飲。乍雪晴猶凜。山驛淒涼，燈昏人獨寢。
鴛機新寄斷錦。嘆往事、不堪重省。夢破南樓，綠雲堆一枕。

有人說這是一首懷人詞，也有人說這首詞是陸游的比興之作。不必在意詞中這位鬢髮如雲的女子是否真有其人，對陸游來說，理想未能實現的失意正如與心愛之人分別一樣愁苦。

離開南鄭後，陸游在西南邊陲又當了幾年官，先到成都、後到西川，都地處偏遠。他卻不在意在哪裡當官，也不在意從事的職位只是參議官類的閒職，他只希望自己能有機會為抗金事業出力，希望自己出師北伐的建議能被朝廷採納。

初到成都時，對於北伐一事，陸游還信心滿滿，認為還有重來的機會。這從他的《漢宮春・初自南鄭來成都作》一詞中可以看得很清楚：

羽箭雕弓，憶呼鷹古壘，截虎平川。吹笳暮歸野帳，雪壓青氈。淋漓醉墨，看龍蛇飛落蠻箋。人誤許、詩情將略，一時才氣超然。

何事又作南來，看重陽藥市，元夕燈山？花時萬人樂處，敧帽垂鞭。聞歌感舊，尚時時流涕尊前。君記取、封侯事在。功名不信由天。

在南鄭時，豪邁的軍旅生涯和人們對他「詩情將略」的稱讚，使得陸游心中充滿了英雄之氣，這種內心的英雄氣概，並沒有因為幕府的解散而消失。儘管遭受了挫折，但陸游仍勉勵自己，「君記取、封侯事在。功名不信由天」，只要不放棄，肯努力，願等待，機會總是會再來的。

但幾年過去，當年歲漸長，北伐卻看不見一絲希望，陸游便又是另一番心境了。因為他知道，他所期盼的一切終究成了空想。於是，他感到悲憤、委屈、不滿、疲倦、思鄉……各種情緒雜糅一處，最終匯成了《雙頭蓮・呈范至能待制》一詞：

華鬢星星，驚壯志成虛，此身如寄。蕭條病驥。向暗裡、消盡當年豪氣。夢斷故國山川，隔重重煙水。身萬里，舊社凋零，青門俊遊誰記？

盡道錦裡繁華，嘆官閒晝永，柴荊添睡。清愁自醉。念此際、付與何人心事。縱有楚柁吳檣，知何時東逝？空悵望，鱠美菰香，秋風又起。

縱然心中有英雄夢，但陸游畢竟也是凡人，眼看自己兩鬢生出白髮，報國的壯志落空，他自然會傷心落寞；回顧自己漂泊不定、不受重用的一生，他也會抱怨不滿；而面對一再的失意與打擊，他也會疲累消沉，需要借酒消愁，才能暫時忘卻那無盡的煩惱，需要向好友傾訴，才能一解心中積鬱已久的苦悶。

而陸游的這種煩惱與苦悶，不僅是因為理想抱負無法實現，而且還來自主和派小人對他的種種攻擊——在蜀地時，他曾因被人詆毀「不拘禮法」、「燕飲頹放」而被免職，為生計故，只得在浣花溪畔開墾菜園、親自躬耕養家。

雖然仕途的沉浮無法由自己作主，陸游卻執意當個精神上的勝利者，既然別人攻擊他「頹放」，他就乾脆自號「放翁」與其對抗。但不管怎樣，恰如《鵲橋仙‧夜聞杜鵑》一詞所寫的那樣，現實終究慘澹，他失意的情緒還是無法掩藏：

茅簷人靜，蓬窗燈暗，春晚連江風雨。林鶯巢燕總無聲，但月夜、常啼杜宇。催成清淚，驚殘孤夢，又揀深枝飛去。故山猶自不堪聽，況半世、飄然羈旅！

暮春時節，子規聲聲，擾人清夢。半夜驚醒，想起自己已是半百之年，卻仍沉淪下僚、在這離故鄉千里之遙的荒僻之地漂泊，夜色中無盡的淒涼與落寞襲上心頭，令人難以承受。

執拗的北伐詩人

失之東隅，收之桑榆。五十幾歲時，陸游雖仕途坎坷，但在文壇卻詩名日盛。他的詩名傳到京城臨安，讓宋孝宗再度想起這個被他遺忘的臣子，於是將他從千里之外的蜀地召回了江南。

西元一一七八年，自蜀東歸的途中，望著初春時節長江沿岸草木復甦的景象，陸游的內心不知是喜是憂，慨然寫下《南鄉子・歸夢寄吳檣》一詞：

歸夢寄吳檣，水驛江程去路長。想見芳洲初繫纜，斜陽，煙樹參差認武昌。
愁鬢點新霜，曾是朝衣染御香。重到故鄉交舊少，淒涼，卻恐他鄉勝故鄉。

自西元一一六九年離開故鄉復出當官，陸游這一去就是十年。這十年來，他宦途漂泊，人生中也曾有過短暫的慷慨激昂，但更多的是失意落魄。十年中，他曾多少次想回到故鄉，但想到自己離家多年，家鄉的人事早已發生巨變，不禁又有些「近鄉情更怯」。

但他終於還是回來了。當陸游再次回到闊別九年的山陰老家，這裡的一山一水仍是舊時模樣，可當年鬥志昂揚的遊子如今已成鬢髮蒼蒼的老人，而故鄉親友則零落四處，有的則已入土為安——

這一切，無不令他傷心感慨。

過了知天命的年紀，又經歷了這麼多年的宦海沉浮，陸游對人生的起伏已習以為常。回到故鄉後，他寫下《沁園春．孤鶴歸飛》一詞：

孤鶴歸飛，再過遼天，換盡舊人。念累累枯塚，茫茫夢境，王侯螻蟻，畢竟成塵。載酒園林，尋花巷陌，當日何曾輕負春。流年改，嘆圍腰帶剩，點鬢霜新。

交親散落如雲。又豈料如今餘此身。幸眼明身健，茶甘飯軟，非惟我老，更有人貧。躲盡危機，消殘壯志，短艇湖中閒采蓴。吾何恨，有漁翁共醉，溪友為鄰。

既然過往舊事已如雲煙消散無蹤，親友散落也非人意所能左右，年歲已大，實現壯志的希望亦是渺茫，那麼何不如順其自然，拋開過往，過「漁翁共醉，溪友為鄰」的生活？

不過，這種生活對陸游來說似乎仍為時尚早。在西元一一九〇年罷官之前，陸游還曾有過兩段為官的經歷。

一次是受宋孝宗召見後，陸游先後被派遣到福州、江西當官，官職不高，不過是掌管茶葉、官鹽、糧倉、水利等事的閒職。但不久，因被人誣告「不自檢飭、所為多越於規矩」，陸游憤然辭職，回到山陰老家隱居。

另一次是西元一一八六年，在山陰閒居了五年的他又被起用，被派往嚴州任知州。此時，年逾花甲的陸游已是文壇赫赫有名的大詩人，他的詩名令孝宗皇帝也對他另眼相待，在他赴任前，孝宗還特意勉勵他，說嚴州山清水美，公務之餘可以多遊覽名勝古蹟，多寫寫詩詞文賦。

在嚴州任上，陸游一邊「重賜蠲放，廣行賑恤」，一邊整理舊作，集成《劍南詩稿》，可以說度過了一生宦途中最為平靜的一段時光。

兩年後，陸游嚴州任滿，被升為掌管兵器製造與修繕的軍器少監，再度入京當官。

不久，孝宗禪位給宋光宗，彼時陸游還未放棄恢復大業，於是上疏光宗，提出了治理國家、蓄力北伐的建議。不久，陸游升任禮部郎中兼實錄院檢討官，此時他又直言進諫，希望光宗廣開言路，慎獨多思，帶頭節儉，以尚風化。

殊不知，宋光宗既沒有恢復中原的大志，也沒有任賢安邦的才能，而且體弱多病、意志軟弱，分不清讒言和諫言。陸游託付了一片苦心的諫言無異於對牛彈琴，不僅如此，他還因為宣導北伐而遭主和派彈劾，不久就被削職罷官。

西元一一九〇年的這一次罷官，是陸游宦途生涯最後一次被罷官。此後，他一直在鏡湖邊閒居，直到西元一二〇二年朝廷忽然又想起了他，將他召回京城編修國史。次年國史編纂完成，七十八歲的陸游便告老還鄉，徹底結束了一生的仕途。

陸游告老還鄉時，南宋朝政又發生了變化：主和派漸漸消沉，以韓侂胄為首的主戰派又在朝中佔據了上風。

當時，南宋軍民抗金熱情高漲，隱居鄉間的陸游看似過著閒居的生活，其實一刻也不曾閒著——當辛棄疾前往山陰看望他時，他與這位同樣懷抱恢復大志的同仁促膝長談、共議國事，給予了許多勉勵與建議。而當北伐開始時，他則密切關注著北伐動向，北伐初戰告捷，他額手相慶，恨不得自己能在前線助宋軍將士一臂之力，而聽聞北伐因宋軍內部叛亂失利、韓侂冑被誅、南宋朝廷派遣使臣遣攜韓侂冑頭顱前往金國求和，他悲痛不已，不禁失聲痛哭。

北伐失敗那年，陸游已經八十二歲了。他知道自己不能親眼看見收復中原的那天了。可即便如此，他仍在生命即將燃盡的最後歲月裡，一天天盼著奇蹟的發生。他在焦慮與憂思中纏綿病榻日漸蒼老，日漸衰弱。

一場「錯、錯、錯」的婚姻

西元一二一〇年，那年的臘月似乎格外寒冷，兒孫幾度進屋來添炭火，但屋子裡仍寒冷無比。一股冷風鑽進門縫，令陸游一陣哆嗦，這漫長一生的回憶被打斷了。

他深深地嘆了一口氣，抬起頭，透過微微開啟的窗戶，看了一眼外面陰沉的天空，接著強撐著身子，從病榻上坐起，拿起紙筆，寫下了絕命詩《示兒》：

死去元知萬事空，但悲不見九州同。王師北定中原日，家祭無忘告乃翁。

寫完後，他像是終於完成了一件大事，長長地舒了一口氣，又躺回到病榻上。

現在，他不再想抗金，不再想朝廷，也不再想天下的蒼生百姓了。他只想一個人，一個令他內疚了一輩子、思念了一輩子的人——這個人，就是他的髮妻唐婉。

說起陸游與唐婉，不得不提到當年題在沈園牆上的兩首《釵頭鳳》。正是這兩首詞，令這段淒婉的愛情故事流傳千古，為後人不斷傳頌。

紅酥手，黃滕酒，滿城春色宮牆柳。東風惡，歡情薄。一懷愁緒，幾年離索。錯、錯、錯。
春如舊，人空瘦，淚痕紅浥鮫綃透。桃花落，閒池閣。山盟雖在，錦書難託。莫、莫、莫！

據說，這首《釵頭鳳》為陸游西元一一五一年遊覽沈園時偶遇唐婉與趙士程所作。當時，陸游已經另娶，而唐婉也已另嫁。但分別多年後意外地在這春日裡重逢，不禁令兩人都不勝感慨。

唐婉還是當初那個溫婉嫻靜的女子，她看陸游的眼神也一如當初那般充滿深情。只是與數年前相比，她憔悴消瘦了許多，而且因為已是別人的妻子，所以必須有所顧忌，她只是偶然抬起頭，偷瞧陸游幾眼，隨後很快低下頭去，裝作若無其事地為丈夫斟酒，一杯又一杯。

看著眼前這一切，想起過往的許多情事，陸游既心疼，又傷心；既歉疚，又無奈。當唐婉與丈夫趙士程離開後，陸游按捺不住內心起伏的情感，揮筆寫就了這首充滿痛惜之情的《釵頭鳳．紅酥手》。

然而，在沈園與陸游不期而遇後，唐婉的內心也不平靜。雖然她與陸游之間的往事已過去多年，雖然丈夫趙士程在婚後對她十分體恤疼愛，可她終究難忘舊情。第二年春天，當她再遊沈園，看到陸游於壁上所題的《釵頭鳳》一詞，內心百感交集，因此和了一首《釵頭鳳》：

世情薄，人情惡，雨送黃昏花易落。曉風乾，淚痕殘。欲箋心事，獨語斜闌。難，難，難！

人成各，今非昨，病魂常似秋千索。角聲寒，夜闌珊。怕人尋問，咽淚裝歡。瞞，瞞，瞞！

有人說，陸游與唐婉在沈園題詞的故事為後人杜撰，歷史上並未真正發生，甚至連和陸游的那首《釵頭鳳》也不是出自唐婉之手，但不論怎樣，陸游與唐婉之間的這段淒美愛情故事卻是真實發生、有據可考的。

唐婉出身於書香門第，溫婉賢慧，西元一一四四年嫁給陸游時正值妙齡。婚後，這對小夫妻情投意合，也曾一同吟詩品茶，遊春賞花。可惜，這美好的光景不足一年，唐婉就因「不當母夫人意」被趕出了陸家。

至於陸游的母親為什麼要驅逐唐婉，歷來說法不一。一說唐婉與陸游太過恩愛，陸母擔心會影響兒子的上進心，因此狠心逼迫陸游休了新婚不久的妻子；又說唐婉不孕，因此才被逐出陸家。總之，不管什麼原因，因為陸母的嫌惡，陸游與唐婉這對鴛鴦被活活拆散了。

至於陸游，他不敢違拗母親的意思，又不忍辜負嬌妻，於是在外面悄悄地另築別院安置唐婉。但兩人的私會還是被陸母發現了。這場藕斷絲連的婚姻，最終以陸游在父母的安排下娶王氏為妻而告終。

唐家在山陰也是名門大戶，在得知陸游的再婚妻子王氏婚後不久便有了身孕後，認為不立刻將女兒嫁出去會顏面盡失，因此將唐婉嫁給了在當地頗有身分地位的趙家公子趙士程。

因為各自成家，這段婚姻似乎徹底結束了。此後，陸游因忙於仕途常年奔波在外，不再有時間、也不再有理由與唐婉見面、寫信。但不論陸游，還是唐婉，他們內心深處卻誰也沒能真正放下彼此、放下那段過往的感情。

唐婉在趙家生活的幾年，一直遭受著刻骨相思的折磨，不久就因憂鬱而香消玉殞了。而陸游也未曾忘記唐婉，在唐婉離世後的數十年間，每過沈園都會情不自禁地想起她，內心生出無限思念與傷感。

為唐婉、為沈園，陸游曾寫下不少詩詞。西元一二〇九年，當八十四歲的陸游再度遊覽沈園，他仍是情不自禁，用顫抖的筆寫下「沈家園裡花如錦，半是當年識放翁。也信美人終作土，不堪幽夢太匆匆」。

陸游如此癡情，倘若唐婉地下有知，也會為之感動吧？

然而現在，過往的一切都不重要了。

回顧完自己的一生，這位病榻上的老人忽然露出一絲淺淺的微笑——他釋然了，終於不再為紅塵中事羈絆。功名也好，理想也罷，再也與他無關了；而對於唐婉，他也不再感到歉疚，因為他知道，不久他們就會重逢。

就在那個淒風苦雨的臘月，一生坎坷的大詩人陸游在新年到來之前離開了人世。

「去年燕子天涯，今年燕子誰家？三月休聽夜雨，如今不是催花。」

宋詞最後的大家——「格律派詞人」張炎

西湖吟社的「承平公子」

十三世紀初，漠北的游牧民族在首領鐵木真的率領下迅速崛起，他們像勢不可當的龍捲風掃平了西北諸地，西遼、西夏、東夏、金，一個個曾經顯赫的王朝在蒙古人的鐵蹄下紛紛覆滅。隨後，這支強大的軍隊又以銳不可當之勢一路南下，企圖鯨吞全國。

西元一二六七年，鐵木真的孫子忽必烈下令攻打南宋重鎮襄陽，南宋軍民奮起反抗，與剽悍的蒙古人展開了長達六年的浴血奮戰。然而，當前沿陣地在苦苦血戰、苦苦堅守時，由於權臣賈似道封鎖了所有蒙古人南侵的消息，距襄陽千里之遙的京都臨安仍是一片鶯歌燕舞：繁華的街市上車水馬龍，茶館酒肆迎來送往，酒樓飯店門口冒出熱騰騰的香氣，商販大聲吆喝著，以秀美著稱的西湖更是遊人如織，仕女們乘坐著香車寶馬，歌女們咿咿呀呀地唱著小曲，貴胄們則在畫舫上賞景鬥酒……

而在西泠橋畔的一片桃紅柳綠間，更是聚集了一群文人雅士，面前擺滿了各式精美的瓜果點心，旁邊則不知是誰家的家姬盈盈笑著、立在一旁伺候。這些老爺公子，個個興致盎然，面對著眼前美不勝收的景象，情不自禁地作起了詩詞。

只聽其中有一人捋著鬍鬚吟道：

畫舸西泠路，占柳陰花影，芳意如織。小楫衝波，度麴塵扇底，粉香簾隙。岸轉斜陽隔。又過盡、別船簫笛。傍斷橋、翠繞紅圍，相對半篙晴色。

頃刻。千山暮碧。向沽酒樓前，猶擊金勒。乘月歸來，正梨花夜縞，海棠煙冪。院宇明寒食。醉乍醒、一庭春寂。任滿身、露濕東風，欲眠未得。

「好！好！不愧是梅川先生！真是一首淡雅的好詞。難得這個清明天氣晴朗，下面誰來和一首《曲遊春》？」

「在我們西湖吟社中，要數草窗先生才思最為敏捷了。草窗先生？」

「不不不……」

「唉，公瑾，以你的才思，不必謙虛！」

「那好吧……」

禁苑東風外，颺暖絲晴絮，春思如織。燕約鶯期，惱芳情偏在，翠深紅隙。漠漠香塵隔。沸十里、亂弦叢笛。看畫船，盡入西泠，閒卻半湖春色。

柳陌，新煙凝碧，映簾底宮眉，堤上游勒。輕暝籠寒，怕梨雲夢冷，杏香愁冪。歌管酬寒食，奈蝶怨，良宵岑寂。正滿湖、碎月搖花，怎生去得？

「好詞！公瑾果然出手不凡，尤其是『閒卻半湖春色』這一句，真是寫得妙極！」

「哪裡哪裡……子長兄，你不能總讓我們這些老人作詞。張公子妙解音律，此時此刻，應該和一首呀！」

話音剛落，只見人群中站出一個風流倜儻的少年，大約二十歲，他落落大方地走到人群中，略作思索，說道：「有兩位前輩絕妙的詞作在前，張某實在不敢班門弄斧。不過，張某十分仰慕覺翁先生，老先生曾作一首與清明相關的《風入松》，張某想借花獻佛、讓家姬來吟唱一番，大家意下如何？」

這位少年說完後，眾人都點頭稱好，於是幾個貌美的女子來到人群中間，幾個伴舞，一個則撫琴彈唱起來：

聽風聽雨過清明，愁草瘞花銘。樓前綠暗分攜路，一絲柳，一寸柔情。料峭春寒中酒，交加曉夢啼鶯。

西園日日掃林亭，依舊賞新晴。黃蜂頻撲秋千索，有當時、纖手香凝。惆悵雙鴛不到，幽階一夜苔生。

原來，聚集在這西泠橋畔吟詩作詞的，正是「西湖吟社」的一群文人騷客。「西湖吟社」是南宋末年西湖邊著名的詩社之一，其中主要成員有二十幾人，除了著名詞人草窗先生周密、精通音律的梅川先生施岳，還有李彭老、王沂孫、毛敏仲等人，其中還不乏楊纘這樣的皇親國戚和張樞、張炎這樣的勳貴之後。這些不同身分地位的人，因愛好作詞而集結成社，他們常常相約於西湖畔吟風弄月，時常也去張家的私家園林把酒言歡。

張家的這座南湖園由張樞祖父張鎡所修，被周密形容為「其園池聲妓服玩之麗甲天下」。當年，張鎡就在這座園中遍交文壇的詩人詞客，如今到了張樞、張炎這一代，園中盛況依然不減當年。（見周密《齊東野語》）

然而，這些文人墨客當真都沒有感覺到南宋王朝的衰落腐朽，沒有感覺到一點危機嗎？

當然不是。且不說別人，就說「西湖吟社」中那位自稱「承平公子」的張炎，雖然他出身名門，從小生活優遊富貴，但他畢竟是南宋一代名將張浚之後，祖父張濡又是南宋將領，不可能對家國大事沒有自己的想法。

儘管年輕時，張炎的詞作多典雅華麗，如《南浦．春水》：

波暖綠粼粼，燕飛來、好是蘇堤才曉。魚沒浪痕圓，流紅去、翻笑東風難掃。荒橋斷浦，柳陰撐出扁舟小。回首池塘青欲遍，絕似夢中芳草。

和雲流出空山，甚年年淨洗，花香不了。新淥乍生時，孤村路，猶憶那回曾到。餘情渺渺，茂林觴詠如今悄。前度劉郎歸去後，溪上碧桃多少。

這首詞以婉麗清雅之辭道盡了西湖春水的秀美，張炎也因此詞一舉成名，獲得了「張春水」的雅號。另外，他也作有《清平樂・平原放馬》這類感慨國家興亡的詞作：

轡搖銜鐵。蹴踏平原雪。勇趁軍聲曾汗血。閒過昇平時節。
茸茸春草天涯。涓涓野水晴沙。多少驊騮老去，至今猶困鹽車。

寫這首詞時，他看見放牧於平原上的舊時戰馬，引發了無限感慨——那些戰馬曾跟隨主人奔馳於沙場，在激烈的廝殺中立下汗馬功勞，如今卻在草原上過著無所事事的日子，有一些良馬命運更為悲慘，竟被粗人奴役，幹著拉鹽車這樣的粗活。

「多少驊騮老去，至今猶困鹽車。」——難道，這僅僅是在為戰馬嘆息麼？在這衰敗的朝廷，有多少豪傑像這些良馬一樣遭受著被埋沒的命運?!

或許，張炎認為自己就是這「良馬」中的一匹，然而權臣當道、皇帝昏聵，南宋王朝已呈現出日薄西山之勢，他縱有報國之志，又能做些什麼？既然做不了什麼，不如惜取少年時，沉醉於眼前的良辰美景，於詩詞聲樂中自在度日——這不僅是張炎的無奈，也是當時許多文人的無奈，他們都假裝耳聾目盲，默默等待著，等待著必將到來的灰暗命運。

不願出仕的南宋遺民

西元一二七三年，樊城失守、襄陽城破，南宋軍民苦苦堅守了六年的襄陽保衛戰以失敗告終。襄樊一失，南宋門戶大開，元軍得以順江南下，三年後攻破臨安，又過了三年，「崖山海戰」兵敗，被元軍一路追殺到天涯海角的宋懷宗跳海自盡，南宋徹底滅亡。

當太陽再次升起，那屹立於東方大地上的已是一個幅員遼闊的新帝國。新帝國持續奉行對外擴張政策，官吏橫徵暴斂，隨意蹂躪漢人，百姓苦不堪言。

此後數年，歷經戰爭創傷的杭州城漸漸恢復，只是不復昔日的繁榮盛況，當年聚集在此的人也四散零落，一些北去，一些南逃，一些喪命於元兵的刀斧之下，唯有那西湖，風光依舊，儘管在戰後清冷了許多，寶馬香車不再，遊船畫舫不再，靡靡歌舞不再，但它像是一位局外客，對王朝的興衰更替冷眼旁觀。

又至春日，又是清明，桃樹依舊開花，柳樹依舊發芽，但因遊人稀少，荒草蔓長，此時西湖柳林的鶯啼似乎充滿了哀傷，而草間的蟲鳴也為這春日添了幾分孤寂與惆悵。

就在這下著雨的日子裡，一個曾經生活在美好的西湖之畔、如今卻被迫飄遊在外的浪子懷著淒涼的心境，寫下了《朝中措・清明時節》一詞：

清明時節雨聲嘩。潮擁渡頭沙。翻被梨花冷看，人生苦戀天涯。
燕簾鶯戶，雲窗霧閣，酒醒啼鴉。折得一枝楊柳，歸來插向誰家。

這個落魄的文人不是別人，正是當年在西湖畔與「西湖吟社」的詩友們唱和的張炎。只是南宋交戰時，他的祖父張濡因部下誤殺元使慘遭磔殺，族人也有不少慘死於元兵的大刀之下，張府被抄、家財盡失，張炎承受著亡國與喪家的雙重不幸逃離臨安，在江南各地四處漂泊，由於貧窮難以自給，竟流落江湖，不得已靠占卜為生。往日「承平公子」悠遊富貴的生活一去不復返。

儘管動盪的生活充滿艱苦，但張炎不願為新朝出仕為官。在流亡中，他曾作《甘州・寄李筠房》一詞寄給當時隱居深山的好友李筠房，一來為抒發分別後自己「酒瓢詩錦」、虛度年華的感慨，二來也是以梅花自喻，與友人共勉：

望涓涓、一水隱芙蓉，幾被暮雲遮。正憑高送目，西風斷雁，殘月平沙。未覺丹楓盡老，搖落已堪嗟。無避秋聲處，愁滿天涯。

一自盟鷗別後，甚酒瓢詩錦，輕誤年華。料荷衣初暖，不忍負煙霞。記前度、翦燈一笑，再相逢、知在那人家？空山遠，白雲休贈，只贈梅花。

雖長期流落他鄉，但每到一年的寒食時節，張炎就會情不自禁地想起當年與眾詩友在西湖畔詩詞酬唱的爛漫時光，不禁思念起故國與故園。只是國不復當年的國，家不復當初的家，往日的朋友也天各一方，鮮有團聚的機會。今昔對照不禁令他心生悲涼，寫下了一闋又一闋思鄉懷舊的詞作。

如《鷓鴣天・樓上誰將玉笛吹》，寫的就是離鄉遊子對故鄉故人的懷念：

樓上誰將玉笛吹？山前水闊暝雲低。勞勞燕子人千里，落落梨花雨一枝。修禊近，賣餳時。故鄉惟有夢相隨。夜來折得江頭柳，不是蘇堤也皺眉。

而《解連環・孤雁》，則是張炎飄零在外、對自身淒涼身世的感慨：

楚江空晚，悵離群萬里，恍然驚散。自顧影、欲下寒塘，正沙淨草枯，水平天遠。寫不成書，只寄得、相思一點。料因循誤了，殘氈擁雪，故人心眼。

誰憐旅愁荏苒。謾長門夜悄，錦箏彈怨。想伴侶、猶宿蘆花，也曾念春前，去程應轉。暮雨相呼，怕驀地玉關重見。未羞他、雙燕歸來，畫簾半卷。

新帝國的都城設在離江南千里之遙的北方，南宋滅亡後，許多人紛紛北遷求官，其中也有不少張炎的朋友。張炎因國仇家恨不願出仕，獨自在江南各地飄零，像一隻失群的孤雁，無伴無侶，獨自在空曠的天際飄飛，內心的悽楚與孤獨可想而知。

《渡江雲・山陰久客一再逢春回憶西杭渺然愁思》一詞也是他寓居山陰時對西湖舊情的懷念：

山空天入海，倚樓望極，風急暮潮初。一簾鳩外雨，幾處閒田，隔水動春鋤。新煙禁柳，想如今、綠到西湖。猶記得、當年深隱，門掩兩三株。

愁餘。荒洲古溆，斷梗疏萍，更漂流何處。空自覺、圍羞帶減，影怯燈孤。常疑即見桃花面，甚近來、翻笑無書。書縱遠，如何夢也都無。

山陰疾風暮雨、農人在田間忙著耕種的景象，令張炎想起此時應當已被春意綠透的西湖。往事歷歷在目，他渴望能重回故鄉、重見故人，但故鄉已回不去，故人也很久未通信，他期待能在夢裡重溫往昔舊夢，卻也不能遂願——這樣的悵然與失落，又有誰能解？

儘管張炎如那漂浮在水上的「斷梗疏萍」，不知道自己將何去何從，儘管此時的杭州已非當初的臨安，但時過境遷，他又回到了杭州，回到了那個令他朝思暮想的地方。

然而，當他真的回到故鄉、重見故園時，眼前蕭條的陌生景象又令他感慨萬千：

望花外、小橋流水，門巷愔愔，玉簫聲絕。鶴去臺空，佩環何處弄明月？十年前事，愁千折、心情頓別。露粉風香誰為主？都成消歇。淒咽。曉窗分袂處，同把帶鴛親結。江空歲晚，便忘了、尊前曾說。恨西風不庇寒蟬，便掃盡、一林殘葉。謝楊柳多情，還有綠陰時節。

一別十年後故地重遊，但故園何在？故人何在？過往的一切都如春日之花香消玉殞，都如那殘冬之葉被西風吹盡。

離開故園，一路上的景象也十分蕭條。他想起昔日的臨安，每到春天，人們就三五成群外出遊春踏青，打扮俏麗的女子最愛在芳草地採摘花束。而當年的他正值青春年少，在晴日裡邀幾個好友一起乘著轎輦或騎著駿馬漫行在杭州城，看盡滿城繁華，賞盡滿城春色——那曾經的日子，是多麼逍遙愜意。而如今，卻如《清平樂》一詞所寫的那般：

採芳人杳，頓覺遊情少。客裡看春多草草，總被詩愁分了。
去年燕子天涯，今年燕子誰家？三月休聽夜雨，如今不是催花。

採花姑娘不知去了何處，回到故鄉的他卻無賞春的心情。南來北往的燕子尚有家可歸，可他的家又在何方？

家已歸不去，好在西湖尚在。他只好寄情西湖，來尋找一點舊時的回憶。多少次，他曾獨自一人久久徘徊於西湖畔，一遍遍行走於蘇堤、白堤之上，一遍遍倚靠西泠橋的闌干向裡湖眺望，一遍遍來到孤山，任那被春風摧殘的梅花隨風飄落；有時，他會與周密等當年的舊友再度重聚西湖，共話往事——西湖，承載著他生命中多少美好的回憶。

然而，西湖已不再是往日的西湖。重遊西湖時，再也沒有當年那種盎然的興致了。他，或者說他們，都無心再追敘往日的歡樂。舊日的景象，及對往事的追憶，只會令人觸景傷情、倍覺淒涼。

作為徒有才華卻無法左右自己命運的文人，張炎和當年「西湖吟社」的詩友們一樣，悲情無處傾訴，只好填詞來抒發淒涼、悲鬱的心緒。而他們的詞作，恰成了南宋末年詞壇的最後韻律，也成了南宋遺民沉痛的共同心聲。如重遊西湖時，張炎所作的《高陽臺‧西湖春感》一詞：

接葉巢鶯，平波卷絮，斷橋斜日歸船。能幾番遊？看花又是明年。東風且伴薔薇住，到薔薇、春已堪憐。更淒然，萬綠西泠，一抹荒煙。

當年燕子知何處？但苔深韋曲，草暗斜川。見說新愁，如今也到鷗邊。無心再續笙歌夢，掩重門、淺醉閒眠。莫開簾。怕見飛花，怕聽啼鵑。

雖然寫的是西湖春景，但詞中的斜陽、斷橋、暮春、荒煙、深苔、暗草等意象無不透出淒冷荒涼之感。作為一個失去家國的遺民，張炎目之所及皆是傷心，見飛花令他感傷，聞杜鵑令他心驚，他只想避開這一切，關起門來「淺醉閒眠」。

北行之後

時光飛逝，轉眼到了西元一二九〇年。此時，張炎已到不惑之年。因他才名在外，這年他與好友沈堯道、曾心傳一同受召北上寫金字《藏經》。對張炎來說，這是被迫參與的事，這種無奈和愁苦，都體現在他寫於途中的《壺中天》一詞中：

揚舲萬里，笑當年底事，中分南北。須信平生無夢到，卻向而今遊歷。老柳官河，斜陽古道，風定波猶直。野人驚問，泛槎何處狂客？

迎面落葉蕭蕭，水流沙共遠，都無行跡。衰草淒迷秋更綠，唯有閒鷗獨立。浪挾天浮，山邀雲去，銀浦橫空碧。扣舷歌斷，海蟾飛上孤白。

儘管黃河驚濤駭浪、有著北國的壯麗景象，但在張炎這位被迫北行的遊子眼中，千里迢迢乘舟北行，來到這「落葉蕭蕭」、「衰草淒迷」的北國，實在是一件無奈的事。年輕時他做夢也不曾來到這裡，如今之所以來了，是出於不得已的苦衷。這令他羨慕起沙汀中的閒鷗，倘若可以，他寧願化身為一隻飛鳥，可以不受世俗羈絆、無拘無束地飛翔於天際。

北上後，張炎又作《綺羅香・紅葉》一詞來表明自己的志向：

萬里飛霜，千林落木，寒豔不招春妒。楓冷吳江，獨客又吟愁句。正船艤、流水孤村，似花繞、斜陽歸路。甚荒溝、一片淒涼，載情不去載愁去。

長安誰問倦旅。羞見衰顏借酒，飄零如許。謾倚新妝，不入洛陽花譜。為迴風、起舞尊前，盡化作、斷霞千縷。記陰陰、綠遍江南，夜窗聽暗雨。

詞中上闋所寫，是他在冬日乘舟北上的途中所見。「萬里飛霜，千林落木」——這壯闊又淒涼的景象，勾起了他無限的愁緒。「載情不去載愁去」，正是他化不開的濃愁。

而詞的下闋，寫的則是他抵達京城大都時的內心感觸。不論哪個朝代，都城往往都是全國人文薈萃、最為繁華的地方，然而張炎卻見新都而思舊都，除了傷感自己的身世，他還在內心暗許下「羞見衰顏借酒，飄零如許。謾倚新妝，不入洛陽花譜」的志向——他寧做那冬日裡必將凋零的紅葉，也要守住貞潔的氣節，不羨慕京城新貴，更不會與之為伍。

如果說此次北行有什麼值得留戀的，那便是張炎在短短數月間結識了一位佳人，並與她度過了一段浪漫的時光。或許在那些愁苦的日子裡，唯有這位佳人可以為他解憂；然而，他不願為這份感情滯留京都，毅然於次年春天回到了江南。但南歸之後，張炎一直不曾忘記她，每到寒食節，他便會想起當年在京都的種種過往。為她，他曾作《阮郎歸・有懷北遊》一詞以抒懷念之情：

> 鈿車驕馬錦相連，香塵逐管弦。瞥然飛過水秋千。清明寒食天。
> 花貼貼，柳懸懸。鶯房幾醉眠。醉中不信有啼鵑。江南二十年。

南歸之後，張炎過的依然是四處漂泊的生活。他曾寓居紹興鏡湖一帶，作《摸魚子・高愛山隱居》表達自己想效仿陶淵明高蹈遺世的志趣：

> 愛吾廬、傍湖千頃，蒼茫一片清潤。晴嵐暖翠融融處，花影倒窺天鏡。沙浦迥。看野水涵波，隔柳橫孤艇。眠鷗未醒。甚占得蓴鄉，都無人見，斜照起春暝。
> 還重省。豈料山中秦晉，桃源今度難認。林間即是長生路，一笑原非捷徑。深更靜。待散發吹簫，跨鶴天風冷。憑高露飲。正碧落塵空，光搖半壁，月在萬松頂。

儘管隱居地高愛山有著千頃澄澈如鏡的湖水，有著芳草萋萋、野舟自橫的幽靜，但跨鶴成仙的幻想、萬籟俱寂的山林，都無法讓張炎忘卻世間煩惱。隱居期間，他與昔日舊友間常有書信往來，從他寫給沈堯道的《八聲甘州・記玉關踏雪事清遊》一詞中可以看出，北行歸來後，他的生活仍是一片淒苦，身邊沒有多少知己好友，日子似乎變得更加難挨了：

記玉關踏雪事清遊，寒氣脆貂裘。傍枯林古道，長河飲馬，此意悠悠。短夢依然江表，老淚灑西州。一字無題處，落葉都愁。

載取白雲歸去，問誰留楚佩，弄影中洲？折蘆花贈遠，零落一身秋。向尋常、野橋流水，待招來，不是舊沙鷗。空懷感，有斜陽處，卻怕登樓。

這首詞作於西元一二九一年，即張炎北行南歸後不久。此時的張炎，時常想起與好友在北國冒著嚴寒行走在枯葉落盡的道路上，以及二三人一起乘舟南歸的往事，他感慨此後獨自居住在紹興，與昔日舊友天各一方，別時多聚時少，而在寓居地只有泛泛之交、沒有幾個可以真正交心的朋友，作為一個亡國又無家可歸的人，此時內心的悲涼悽楚不免又加重了些。

在寓居紹興期間，張炎偶然閒暇時也會遊覽勝景。

紹興臥龍山下有一座蓬萊閣，為五代時吳越王錢鏐所建，以唐代著名詩人元稹的「謫居猶得近蓬萊」一句而得名。宋亡後，這裡成了南渡的士大夫們登臨北望的傷心之地。宋末著名詞人周密就曾登臨此閣，寫下《一萼紅・登蓬萊閣有感》來抒發亡國之痛：

步深幽。正雲黃天淡，雪意未全休。鑒曲寒沙，茂林煙草，免仰千古悠悠。歲華晚、飄零漸遠，誰念我、同載五湖舟。磴古松斜，崖陰苔老，一片清愁。

回首天涯歸夢，幾魂飛西浦，淚灑東州。故國山川，故園心眼，還似王粲登樓。最憐他、秦鬟妝鏡，好江山、何事此時遊。為喚狂吟老監，共賦消憂。

而多愁善感的張炎在登臨蓬萊閣時，也觸景生情寫下了《憶舊游・登蓬萊閣》：

問蓬萊何處，風月依然，萬里江清。休說神仙事，便神仙縱有，即是閒人。笑我幾番醒醉，石磴掃松陰。任狂客難招，采芳難贈，且自微吟。

俯仰成陳跡，嘆百年誰在，闌檻孤憑。海日生殘夜，看臥龍和夢，飛入秋冥。還聽水聲東去，山冷不生雲。正目極空寒，蕭蕭漢柏愁茂陵。

兩首詞一唱一和，道盡了落魄遊子四處飄零的寂寥與感傷，以及難以排遣的亡國之痛。其他傷痛尚可以撫平、痊癒，但宋王朝已逝，作為南宋遺民，內心的傷痛永遠難以彌合。

在此後的歲月裡，張炎帶著這種無法癒合的傷痛，在俗世為生計奔波。

他登臨天台山，便將這一片愁緒帶到了天台：

萬里孤雲，清遊漸遠，故人何處？寒窗夢裡，猶記經行舊時路。連昌約略無多柳，第一是難聽夜雨。謾驚回淒悄，相看燭影，擁衾誰語？

張緒歸何暮？半零落依依，斷橋鷗鷺。天涯倦旅，此時心事良苦。只愁重灑西州淚，問杜曲人家在否？恐翠袖正天寒，猶倚梅花那樹。

在這首《月下笛・萬里孤雲》中，他化身為一片飄蕩在萬里晴空的孤雲，感到自己的漂泊生涯無窮無盡，不知自己下一刻會去向何方。

他來到四明，又將這一片亡國之恨、失家之痛帶到了四明：

山風古道，海國輕車，相逢只在東瀛。淡薄秋光，恰似此日遊情。休嗟鬢絲斷雪，喜閒身、重渡西泠。又溯遠，趁回潮拍岸，斷浦揚舲。

莫向長亭折柳，正紛紛落葉，同是飄零。舊隱新招，知住第幾層雲。疏籬尚存晉菊，想依然、認得淵明。待去也，最愁人、猶戀故人。

在這首《聲聲慢・別四明諸友歸杭》中，他化身為深秋時節落葉的楊柳，無論是來到四明，還是與友人分別，都是飄零。他之所以生活慘澹，是因為他心中難以忘記國恨家仇，因此他寧可學陶淵明一生貧苦，也不願學那些沒有原則、飛黃騰達之人。

張炎曾在詞中一遍遍強調這種做定南宋遺民的決心，如《疏影・梅影》：

黃昏片月。似碎陰滿地，還更清絕。枝北枝南，疑有疑無，幾度背燈難折。依稀倩女離魂處，緩步出、前村時節。看夜深、竹外橫斜，應妒過雲明滅。

窺鏡蛾眉淡抹。為容不在貌，獨抱孤潔。莫是花光，描取春痕，不怕麗譙吹徹。還驚海上然犀去，照水底、珊瑚如活。做弄得、酒醒天寒，空對一庭香雪。

月光下的梅花超凡脫俗、纖塵不染，而張炎自己，也如詞中所稱讚的梅影、梅花一般，「還更清絕」、「獨抱孤潔」，宋亡後當了數十年清貧隱士，將一生心血凝結為一部詞集《山中白雲》和一部詞學專著《詞源》，留給後世回味品評。

藏在宋詞裡的趣事／王月亮著. -- 一版.-- 臺北市：大地, 2019.10
面：　公分. --（大地叢書：43）

ISBN 978-986-402-322-6（平裝）

1.宋詞 2.詞論

831.4　　108013523

藏在宋詞裡的趣事

大地叢書 043

作　者	王月亮
發行人	吳錫清
主　編	陳玟玟
出版者	大地出版社
社　址	114台北市內湖區瑞光路358巷38弄36號4樓之2
劃撥帳號	50031946（戶名：大地出版社有限公司）
電　話	02-26277749
傳　眞	02-26270895
E-mail	vastplai@ms45.hinet.net
網　址	www.vastplain.com.tw
美術設計	成樺廣告印刷有限公司
印刷者	博客斯彩藝有限公司
一版一刷	2019年10月

定　價：280元
版權所有・翻印必究
Printed in Taiwan

藏在宋詞裡的趣事／王月亮
本書由中國法制出版社專屬授權出版中文繁體字版本。非經書面同意，不得以任何形式任意重製、轉載。